MINGUO TONGSU XIAOSHUO
DIANCANG WENKU

民国通俗小说典藏文库·冯玉奇卷

魂断斜阳·荒岛怪人

冯玉奇◎著

中国文史出版社

图书在版编目（CIP）数据

魂断斜阳·荒岛怪人／冯玉奇著. — 北京：中国
文史出版社，2018.3
（民国通俗小说典藏文库·冯玉奇卷）
ISBN 978 - 7 - 5205 - 0036 - 4

Ⅰ. ①魂… Ⅱ. ①冯… Ⅲ. ①长篇小说 - 中国 - 现代
Ⅳ. ①I246.5

中国版本图书馆 CIP 数据核字（2018）第 010434 号

点　　校：张　颖　冯英梅
责任编辑：蔡晓欧

出版发行　**中国文史出版社**
网　　址：http：//www. chinawenshi. net
社　　址：北京市西城区太平桥大街 23 号　邮编：100811
电　　话：010 - 66173572　66168268　66192736（发行部）
传　　真：010 - 66192703
印　　装：廊坊市海涛印刷有限公司
经　　销：全国新华书店
开　　本：720×1020　1/16
印　　张：16.5　　　字数：194 千字
版　　次：2018 年 8 月第 1 版
印　　次：2018 年 8 月第 1 次印刷
定　　价：48.80 元

目　录

魂断斜阳

荒岛怪人

魂断斜阳

一、期我乎园中

一阵凄凉的秋风，吹着那沿街几株梧桐树的枝叶儿，便微微地摇摆着不停，互相摩擦的结果，是发出一阵瑟瑟的音调。这音调在黄昏暮色的空气中流动，触送到人们的耳鼓，会感到一阵莫名的悲哀。秋声是足以惊人的，人们对于秋的降临，心头上都会盖了一层黯淡的阴影。

淡淡的秋阳，已慢慢地爬到西山的脚下去了。所谓人之将死，其言也善；鸟之将死，其鸣也哀。太阳在将死的时候，它也会显出柔弱的光线，和地球上的一切，似乎也起了依恋惜别之情。但夜神是不徇情的，它绷住了冷静的面孔，对于西坠的斜阳，仿佛有这一种意思：你在世界上已横行了一整日，此刻总该是我胜利的时候了。斜阳已失却了热烈的炎威，它再没有力量抵抗下去，终于很伤心地涨红了脸儿，让暮霭一层一层地埋葬了它的身子。黄昏笼罩下的上海都市中的景致，此刻又变换了颜色，各处起了一层紫淡的烟霞，织成了轻罗，把这秽浊的都市，遮盖得分外的缥缈可爱。

水银那样的明月，已爬上了辽阔的天空。她那圆圆的脸庞，象征着一个处女的娇容，白嫩而皎洁，令人感到她的柔软可亲，最好让她拥抱到自己的怀中。夜是静悄悄的，充满诗情画意的兆丰公园里的景色，是那样清丽而幽雅。各处布满了成对的青年男女，内心荡漾着甜蜜的滋味，脸颊上都会浮现着一圈淡淡的红晕，沉醉在这爱河里游泳着。

前面是个小小的池子，夜风吹荡着池水，微微地皱起了鱼鳞似的波纹，被那清辉月光的笼罩，反映出丝丝闪烁的光芒。四周疏疏朗朗地围着几株苍翠的秋柳，在秋风中飞舞着，仿佛正在挣扎它将残的生命。沉寂的空气中，除了青蛙呱呱的悲鸣，更显得是那样冷落与寂寞。

在那池畔的石栏杆上，有一个豆蔻年华的姑娘，用那条紫红的绢帕垫在她的臀部，双手环抱着膝踝，雪白的牙齿微咬着她殷红的嘴唇，很幽闲地静坐。但有时候也抬起粉脸来，凝眸远眺，似乎正在等着她心上人的到来，一件银灰的大衣斜放在她的身旁。她穿着一件苹绿色条子薄呢的旗袍，衣袖是短短的，两条玉雪可爱的臂儿，仿佛可以榨出水儿来。脚下踏着一双红白相镶的香槟皮鞋，配着肉色的丝袜，更加瘦俏得雅致。头发一卷一卷的，做得很好看，覆盖着那个鹅蛋的脸儿，左颊上很显明的还深深地印着一个笑窝。这仿佛是万山环抱中的一个碧波样的小潭，在轻柔月光的吮吻之下，更清丽得动人，真是"眉若春山隐，眼若秋水横"。樱桃小口，银齿如雪；芙蓉其颊，杨柳其腰；玉骨珊珊，丰韵楚楚，虽非倾国倾城，实在亦可说是闭月羞花的了。

那姑娘似乎有些等得不耐了，慢慢地抬起两臂，伸了一个懒腰，然后又把纤纤玉掌按到嘴儿上，微微地打了一个呵欠，低头向手表瞧了瞧，见短针已指在八时了。她鼓着桃腮，有些儿生气，暗暗自语了一句："怎么还不来？"不料，就在这个当儿，从她身后的树荫中匆匆地钻出一个西服少年来，一副白净的脸儿，配上那双奕奕有神的眼睛，十足显出英挺的气概。他见了池旁边坐着的女郎，仿佛是找到了一件珍宝那样的喜欢，脸上立刻堆满得意的笑容，蹑手蹑脚地转到那女郎的身后，把他的两手去蒙住了那女郎的眼睛。因为是冷不防之间，所以那女郎倒猛吃了一惊。但她脑海里立刻有了一个感觉，这就哧哧地笑道："逸民，你不用吓我，我还猜不着是你吗？你干吗这样迟来？我真等得有些不耐烦了。"

"对不起！对不起！累你好等。你来了有多少时候了？"逸民放下了两手，慢慢地踱到了她的面前，一面弯着腰儿连连抱歉，一面又笑嘻嘻地问她。

"我吗？我吃了晚饭就来的，在这里已整整地等了一个钟点了。谁像你，好一个少爷的架子，到此刻才来。你若再不来，我可也要走了。"她起先还绕着一双又喜又怨的俏眼脉脉地向他瞟着，但说到末几句，心中实在有些生气，竟别转了脸儿，鼓着小腮子，表示不理他了。

"该死！该死！丽云，你快不要生气，我可不是故意迟来的，委实有一些儿事情，等会儿我可以告诉你的。"逸民见她薄怒含嗔的情态，虽然知道她不是真的生气，至少是含了撒娇的成分，但表面上又不得不向她打躬作揖地赔不是。丽云见他这个小花脸似的情态，便又回过头来，雪白的牙齿，微咬着鲜红的嘴唇皮子，秋波恨恨地白他一眼，把她绷住了的粉颊再也忍不住显出一丝笑意来，啐了一口，抿嘴笑道："谁和你涎脸？那么你快说，到底有些什么贵干呢？若有半句虚言，那我可捶你！"丽云说着，把纤手向他一扬，又做个要打的姿势。逸民并不躲避，反走上一步，将她的手儿握住了，便在她身旁并肩坐下来，笑道："丽云，你现在是愈加厉害了，假使你真的要打我，我是只好叫饶了。"

"我不要！你老欺侮我，我可走了。"丽云听他这样说，一颗芳心真有说不出的羞涩和喜悦，但脸部上立刻又显出娇嗔的情态，表示真的生气了。

"你别忙，我原说错了话，请你饶我这一遭儿吧！你听着，我马

5

上告诉你，自接到你的电话后，我连吃饭的心思都没有，换了一身衣服，刚要动身，谁知偏来了几个不识趣的朋友，说长说短，仅管赖着屁股不肯走。我既不好说要来赴你的约会，又不好意思下逐客令，嘴里虽然和他们敷衍着，但一颗心儿是早已凌空飞到这儿来了。你想，那我不是有不得已的苦衷吗?”逸民见她站起来真的要走了的模样，心里这就急了，连忙拉住了她，滔滔不绝地说了这许多话。丽云听他这样说，脸儿是娇红得妩媚，恨恨地白了他一眼，却嫣然笑道：“你又说谎了，刚才我在这儿找了许多时候，却没有见到你的心呢?”丽云说到这里，弯了腰肢，忍不住又咯咯地笑起来了。逸民见她娇憨得可人，心里是荡漾不止，抚着她手，很柔和地说道：“你一定骗我，我的心不是早已和你的心合在一块儿了吗？怎么你说没有瞧见呢!”丽云的明眸脉脉含情地瞟他一眼，忍不住低着头儿又哧哧地笑了。

“那么，你这几个朋友到你家里来有什么事情呢?”静悄悄的空气终于又被丽云清脆的话声震碎了。

“也没有什么大事，他们约我明天去参观运动会。你们校中也放假吗?”逸民见她一撩眼皮，掀起了酒窝微微地笑，这种意态会令人心醉的。

“国庆日自然放假的，这还用问吗？那么你答应他们去不去呢?”

“可不是？我这人真有些糊涂了，国庆日不放假，还待什么日子才放假呢？明天去不去我还说不定，因为我怕人太多了，会叫人挤得头疼脑涨的。”他的神情还有些犹豫不决的，不过他所以这样说，也许另外还含有些儿作用。

“哧！年纪轻轻，已怕人多头痛了，倒好像是个老头子的说话哩!”丽云扑哧地一笑，俏眼儿娇媚地瞅他一下，同时还把她小嘴儿噘了一噘。

"丽云，你又误会我的意思了。我倒并不是怕人多了脑涨头疼，实在留了时间想和你到什么地方去玩玩呀！"果然逸民还有这一层意思，听进丽云的耳中，自然感到无限的甜蜜，粉嫩的两颊不禁又泛起了一片红霞。

秋风虽然是有些儿凉意，但吹在内心蕴藏着火样热的爱情的人儿的脸上，反感到了无限的适意和轻松。逸民见她脸儿是垂下着，脖子是白嫩得可爱。从夜风中触送到鼻管，还闻到一阵如兰似麝浓郁的幽香。这香味是从丽云身上发散出来的。逸民望着她白嫩的颈项，他有些儿想入非非，他的心神也有些儿陶醉了。

逸民姓李，今年是二十二岁了。他曾毕业大学，最近闲着无事，和几个同学创办了几种刊物，倒也风行一时。父亲名鸿儒，为海上银钱业之领袖，所以生活是相当的富裕。丽云姓何，年华双十，现正肄业于沪江大学。父亲名洽生，和鸿儒乃是世交，且又属同乡，故而两家时相过从，感情颇好。逸民丽云自幼同学，青梅竹马，两小无猜，亲热已惯。现正都已长成，卿卿我我，亦更亲热异常。在两人的心灵中，早已以一对未婚夫妻自居了。今天晚上，丽云就约逸民在公园中做一会儿清谈，真是应着那句"月上柳梢头，人约黄昏后"的话了。

当时两人坐在池栏上，静静地沉默了一会儿。逸民觉得太寂寞了，于是把嘴儿慢慢地凑到她的耳边，悄声儿地又问道："云，你明天愿不愿意也去瞧瞧呢？否则，我倒可以陪你一同去的。"

丽云这才微抬粉脸儿，来个媚意的眼波，向他瞟了一下，笑道："也好，我倒也想去瞧瞧。但是，你那几个朋友来不来约你？如果他们和你一同去，那我杂在中间，就有些儿不好意思吧！"

"那也没有关系，你可不是十八世纪的小姐，难道还怕人家来取笑吗？况刚才原没一定答应他们同去，说如果去的，大家就在运动会里碰见好了。我想你假使欢喜去玩玩，明天我就来约你，你说怎么样？"逸民微侧了脸儿，望着她的娇靥，似乎静待她的答复。

"我想，明天下午我到你家里来约你吧！因为我也好多天没有拜望你的妈妈了。"丽云沉吟了一会儿，带了极婉和的口吻，向他很正经地回答。

"那么你何不上午来呢？因为妈妈也很记挂你，说何小姐怎的又好多天没来了？也许是彼此熟悉了吧，所以母亲就很喜欢你，常说你的好。"逸民听她这样说，便握了她手，也笑嘻嘻地说着。不料这两句话听进丽云的耳里，顿时乐得眉飞色舞，乌圆眸珠在长睫毛里滴溜溜地一转，掀起了笑窝儿，急急地问道："你这话可是真的吗？"逸民见她这惊喜的神情，一时倒不解何故，及至仔细一想，方才理会了。他一颗心灵是得意极了，情不自禁偎过身子，点头笑道："当然是真的，我骗你干吗？母亲不但爱你，而且还看中你做……"

丽云听到这里，一颗芳心是别别地乱跳。她娇红了两颊，急把纤手儿去扣住他的嘴，嫣然地笑道："请你别说下去吧，我已经知道了……"

"你知道了什么？那么你就给我代说下去……"逸民的心儿是不住地荡漾，他望着丽云羞红了的两颊，忍不住神秘地哧哧地笑了。丽云恨恨地白他一眼，把纤指划在颊上羞他，啐了一口，笑道："你这个人真是不怕难为情的吗……"说到这里，却把她娇躯倾斜到逸民怀里来。逸民得意极了，把手臂环住了她的肩胛，两人偎着默默地亲热了一会儿。

月光是那样的皎洁，好像一片水银倾泻下来，笼罩了整个的地面，反映起鱼鳞点点的光芒，好像是已溶化了的金块。沿池那几株婆娑的树木，已迷惘得如烟如雾，远远望去，胜如天上。忽然半空中起了一阵狂风，西面天际慢慢地驶来一朵浮云，把那光圆的明月遮蔽了一角，使宇宙间的景色，加上了一层黯淡。逸民见天仿佛要落雨的光景，便伸手摸着她的柔荑，说道："云，你冷吗？穿上了大衣吧！这天有些靠不住，我想还是回去了好吗？"

"不！你别胡说，那天是不会落雨的。我知道月亮姑娘她一定不肯示弱的，我定要瞧那可恶的浮云逃跑了，我才回家去。"丽云见那浮云把月儿遮蔽了一只角，心里便起了一些感触，噘着小嘴儿恨恨地说着。

逸民见她稚气得可爱，便撩起那件单大衣，亲自给她披上了，说道："我们且站起来踱一会儿步怎样？"

"好的……我真坐疼了两腿……"说了这两句话，两人并肩站起，沿着那青青的草地，一步一步地走着。逸民忽然想着了一件事，回眸过去，又悄悄地问道："上个月你不是告诉我，说你表姐从北平就回来了吗？怎的直到今日还不来呢？正是'只听楼梯声，不见人下来'的。"

丽云听他这样说，便抿嘴咴地一笑。逸民见她不但没有回答，而且还神秘地笑，这就感到那笑至少是含有些儿意思的，便装作很奇怪的神气，又问道："你笑什么？难道我这句话就引起你这样好笑了吗？"

"咴！那还不好笑吗？她出来不出来，干你甚事？倒叫你望穿秋水似的，这样心急啦！"丽云露齿咴地一笑，抿了抿嘴，故意逗给他一个妩媚的娇嗔。逸民听她这么说，心里可急了，红了两颊，忙笑道："问一声要什么紧？你的表姐我连人影子还不认识呢！难道你就疑心我有什么作用了吗？其实表姐从北平回来的话，也不是你自己和我说的吗？"

"就是你有作用也来不及了，因为人家前年就在北平结婚了。"丽云秋波睨他一眼，有意逗着他急起来。果然，逸民跳脚道："你这话愈不对劲了，我要如存了什么野心思，我可以罚誓给你听的。皇天在上，弟子李逸民在下……"丽云不等他说下去，早已咯咯地笑得花枝乱颤，说道："得了吧！你可不是杨延辉，唱什么《四郎探母》呢？"

"我倒希望做个杨延辉，不知道你愿不愿意做个铁镜公主呢？"逸民听她这样说，觉得这是一个好机会，便急急说了这两句话。不料丽云"嗯"了一声，却送给了他一个娇媚的白眼。

"丽云，我有一个问题问你。世界上什么东西最甜？什么东西最酸？"静悄悄地踱了一会儿步，逸民回眸过去又开口了。丽云听了，毫不思索地说道："那还用问吗？三岁的孩子也知道，最甜的糖，最酸的是醋。你说是不是？"

逸民点了点头，笑道："这个问题你只有答出一半。最酸的是醋，这话不错。但最甜的可不是糖，却是爱情啦！"丽云听了，两颊盖上了一层红晕，啐了他一口，却也笑起来。逸民又道："爱情的东西虽然是甜的，但有时候也会酸起来，这原因大半是为了喝醋的关系。心里有了酸素作用，所以说出话来，便觉得有些酸溜溜的气味了。"丽云听他这样说，那明明是在说着自己，一时两颊更加的娇艳了，撩起手来，恨恨地打他一下肩胛，啐他一口，低下头儿忍不住又笑了。

"奇怪！丽云，你打我做什么呀？"逸民见她这样娇羞不胜的情态，便把明眸凝望着她，故意不解似的问她。丽云并不回答，她把俏眼儿也含情脉脉地偷瞟了他一眼，不料四道目光，竟像电流一般触在一起来。两人都觉有些儿难为情，逸民笑了，丽云也笑了，真是说不尽的郎情若水，妾意如绵。

月儿是渐渐地斜西了，四周是静悄悄的，除了晚风吹动着树叶儿发出细碎婆娑的响声外，一切都像死过去了那样的沉寂。逸民瞧了瞧手表，便回头向丽云轻柔地道："我们回去吧！也许你的母亲等得心焦了。"

丽云频频地点了几下头。于是两人穿过一座板桥，向园门外踱出去了。公园的门口靠西人行道旁，停着一辆簇新的天青色奥斯汀小汽车。丽云拉开车厢，请逸民先跳了上去，然后自己跟着跳上，开了保险门，拨动机件，便向前直开去了。

"丽云，你真聪敏，这驾驶的技术，你不知怎么学会的?"

"这也是一个机会，那年暑天里，我闲在家里没有事，爸爸齐巧又到庐山避暑去，阿陆因此也没有事，所以我天天要他教。经过三个多月的时间，才把开车学会了。所以我要求爸爸买一辆奥斯汀，从此出入便把它代步，那倒真的便利了许多。"丽云口里说着话，她那两眼却只管望着前面马路出神。逸民点了点头，暗想：原来你是家里汽车夫教的，那就无怪是学会了。约莫十五分钟后，汽车已到哈同路中段。丽云驶进人行道旁停下，逸民已开了车门，回眸瞟了丽云一眼，点头含笑说道："多谢你送我回家，那么你也早些回去吧！"丽云已是伸过一只纤手来，和逸民握了握，笑道："那么明天再见。"

逸民忽然说道："明天你上午来，还是下午来? 我想就上午来吃中饭吧！"丽云凝眸含矑地想了一会儿，转了转乌圆的眸珠，说道："没有一定，也许来。不过你们不要太客气。"

逸民一面跨下汽车，一面笑道："准定不和你客气，那么你就上午来。"丽云哧哧地一笑，点了点头，明眸望着逸民已经步入那扇黑漆铁门的面前，他又回过身子来招了招手。丽云于是把纤手也在嘴上一按，又向他一摇，方才关上车门，又向前开着去了。

在街灯光芒下消逝了那辆小汽车，逸民这才伸手按了一下电铃。只听门役李福问了一声："谁呀?"逸民笑着说声"是我"。那是少爷的声音，还有个不知道吗？所以李福立刻开了小铁门，让逸民步进里面。里面是五幢五楼的洋房，四周栽着榆槐等树木，绿油油的叶子长得非常的茂盛。当中是一条甬道，汽车可以直达大厅。逸民趁着夜色，慢步地跨进大厅，只见里面悄悄无声，电灯亦有几盏熄着。遂匆匆走到楼上，齐巧遇见母亲房中的丫鬟红玉，端着一碗燕窝粥，从厨下上来，遂问道："老太太睡着吗？"红玉道："老太太刚醒来，腹中有些饿了，所以叫我炖了一碗燕窝粥吃。少爷，你才回来吗？饿了没有？厨下还有多着一碗呢！"逸民摇头道："我没有饿，你向老太太说一声，我不到上房去了。"红玉含笑点头，逸民便回到自己卧房里去了。

逸民换了睡衣睡鞋，走到窗前，推开窗门，凭栏远眺一会儿。只见夜阑人静，万籁俱寂。抬头望碧天如洗，万里无云，一轮皓月，皎洁无比。满院子里的景物，虽然隐约可见，却是模糊不清。逸民手托下颚，呆呆地出了一会子神。满脑子里不免又想起丽云妩媚的娇容，一双盈盈秋波，仿佛含有无限的柔情蜜意。她那吹弹可破的脸儿，又好像笼烟芍药，出水芙蓉。那个深深的酒窝，更是倾人得可爱。丽云不但模样儿好，性情儿好，而且才学更好。这种十全十美的女子，真可说是人间少，天上有。现在她居然能够深深地爱上了我，这我是多么的幸福啊！想到这里，满心是充了甜蜜的滋味，嘴角儿一掀，忍不住独个儿也哧哧地得意地笑了。情不自禁地脱口说道："月儿呀！你别向我骄傲。不久的将来，我和丽云一定也会有和你同样团圆的一天哩！"

二、赧然羞说病

这里是间精美的会客室，室中的布置简单美观，点缀着几件音乐器具，并那几盆血红的西洋花卉，更显出清静中带了风雅的气味。从这一点看来，可见室中的主人，一定是个风流潇洒的青年。

果然十点钟的时候，从室外走进一个西服男子，脸蛋儿本来生得很清秀，因为经过一度修饰之后，这就更觉英俊脱俗，显出美的姿态。他的身后随着一个十五六岁的丫鬟，手捧一瓶晚香玉，雪白的花朵，正是洁净得可爱。

她把花瓶放在小圆桌上，接着又有老妈子端上四盆糖果，也放在桌上。那少年吩咐他们扫地抹桌，收拾得清清洁洁，仿佛有什么贵客到来似的。原来这少年便是李逸民，所等待的贵客，也就是他心灵中的何丽云小姐啦！

天下的情事，往往出乎意料之外的。逸民抱着一万分的热情，等着丽云来吃中饭，谁知直到十二点敲过，还不见丽云姗姗地来。李太太见逸民皱了双眉那种忧煎的样子，便微微地一笑，说道："昨天你们到底有说定妥了没有啦？也许你没有喊得着实，所以何小姐不好意思来了。我晓得何小姐是怪会避嫌疑的。"

"那是清清楚楚的事情。她原答应我来吃饭的，难道我这人会如此糊涂吗？况且临别的时候，我也问过她，她点头说好，还叫我不要和她太客气呢！"逸民听母亲这样说，便急急地辩解着。同时凝眸沉思了一会儿，仿佛是在猜测着为什么她忽然不来了。

"既然说定妥的，我想何小姐不会失约的。你们下午不是还要去瞧运动会吗？也许过一会儿就来了。"李太太听了，便又安慰了他几句。逸民背着两手，却只管在室中踱方步。这种不安静的态度，显然他心中的焦急真似热锅上的蚂蚁了。

"少爷，你干急做什么？不好打个电话去吗？"红玉站在旁边见少爷这份儿愁眉苦脸的样子，便忍不住开口说了这两句话。逸民一听，这才提醒了，暗想：不错，我不好打个电话去吗？于是三脚两步地奔到电话间，立刻拨了电话号码。不多一会儿，就听有人问是谁。

"是我，你们是何公馆吗？小姐可曾出去？"

"你是谁？你什么地方打来的？"

"我是李逸民。对不起得很，请你喊何小姐听电话好吗？"

"你这人真笨，怎么连小姐的声音都听不出？你还要叫我去喊哪一个小姐呀？"说到这里，已是咯咯地笑起来了。

逸民这才知道那女子就是丽云，暗想：我这人真急糊涂了，怎么她的声音也会听不出了？不禁也扑哧地一笑，又叫声"好呀"，说道："云，你这就太不应该了啊！昨夜说得好好的，怎么今天就失约了？你快来呀！母亲等着你吃饭哩！昨夜你怨我架子太大，今天你也可不小呀！真的，我要不要喊阿五开车来接你？"

"好啦！好啦！你不要给我听这许多话好吗？我也有说不出的苦衷呢！昨夜回家，不知怎的竟牙齿痛了。一痛就痛了半夜，所以今天早晨醒来已经十一时了，那牙齿还是隐隐作痛。我想来吃饭无非是吃一些好小菜，但是牙齿一痛，什么都吃不下。反正吃不下好菜，那我不是还不来了好吗？下午我原不失约，准定奉陪。午饭却不来吃了，很对不起！你给我向伯母道声谢吧！"

逸民这才知道她是牙齿痛了，暗想：那就太不凑巧了。遂忙说道："就是午饭不来吃，你此刻也该来了，已经十二点半了呢！我想，你还是来吃饭，我相信有几只小菜，你至少是可以吃得下的，因为都很软性的。云，你到底来不来？可怜我整整心急了一上午哩！"

"我立刻就来，我立刻就来，你快不要生气了，我的好哥哥……"丽云听他口吻带有些着恼的样子，于是堆了满脸的笑容，很柔和地回答，最后还呼了一声"好哥哥"。听进逸民的耳里，心中这就立刻又欢喜起来，意欲也向她说几句甜蜜的话，不料丽云的电话却已搁断了。

逸民这才满脸含笑地一跳一跳走进会客室来。李太太见他脸有喜色，便忙问道："怎么了？何小姐在家里没有？"逸民笑道："她忽然牙齿痛了，说反正吃不下好菜，瞧着要流馋涎，那还不是不来好吗？"李太太和红玉都笑起来。一面又问道："那么她到底来不来呢？"逸民道："我说母亲等着你，她只好说立刻就来了。"

"少爷，何小姐来了。"约莫二十分钟后，只见张妈匆匆进来报告。随了这话声，接着一阵叽咯的皮鞋声，早已见何丽云打扮得花枝招展地走进室中来。她不待逸民和李太太开口，先向李太太弯着腰肢，行了一个四十五度的鞠躬礼，笑道："伯母，那我真太不应该了，累你老人家好等，我实要罚了。"逸民听她自己先说罚，这是多么可爱，遂笑道："当然要罚的，回头罚十杯酒。"

这时红玉把她大衣脱去，丽云回头瞟她一眼，乌圆眸珠转了转，笑道："我的牙齿还痛着哩！怎么能喝得下酒呢？伯母，你说是不是？"丽云说着话，又把身子回过去，笑盈盈地向李太太瞟了一眼。李太太的瘪嘴没有合拢过，伸手把丽云拉来，亲热地抚摸了一会儿，笑道："正是，酒是升火的，喝了牙齿不是要更痛了吗？何小姐，你身子真也柔弱，好好儿怎么会牙齿痛了？想是乏了吧！"

丽云点头笑道："到底伯母老人家好呢！你最不好，老喜欢作弄人的。"说着，白了逸民一眼，却逗给了他一个妩媚的娇嗔。逸民心里是荡漾着，两手插在西裤袋内，耸了两耸肩膀，笑道："你也最不好，老喜欢叫人家上当。今天要不是打电话来请你，我们不是又上你的大当了吗？母亲，你别信她胡说，人家牙齿痛了，脸儿是要红肿的。你瞧她脸儿不红也不肿，哪是真的牙齿痛吗？"

丽云听他这样说，便发急了道："你又要冤枉人了，我难道爽爽快快的人不要做，却偏要装些什么病痛来吗……"李太太笑道："何小姐，你别急，我相信你，你听他胡说！"

丽云这就十分得意，秋波脉脉地瞟了逸民一眼，却忍不住抿着嘴儿嫣笑起来。这时红玉已把小圆桌的糖果搬到沙发旁的茶几上去，在桌上放了三副银子的杯筷。接着，张妈又端上四只冷品盆，问逸民喝什么酒。逸民一面请丽云入座，一面又含笑问道："你真的不喝酒吗？"丽云笑道："不喝，那我还骗你吗？"逸民道："那么喝杯鲜橘汁怎样？"

丽云微红了两颊，摇了摇头，说道："入秋天气，太凉一些，我怕喝。其实我在家里已喝过牛奶的，肚子原饱着，在这儿不过是应个景儿罢了。你别太客气，倒反叫我局促不安了。"

李太太道："那么就不和何小姐客气了。牙齿痛对于刺激性的东西都不能吃，鲜橘水也含有刺激性的，还是不叫她喝好。我喜欢说老实话，今天何小姐算是陪客，我们倒反是客人了。"

李太太末了两句话说得大家又笑了。逸民于是吩咐张妈拿瓶葡萄汁，给李太太和自己杯中倒了半杯。因为母亲是不会喝酒的，自己虽能喝几杯，为了丽云的牙齿痛，所以鼓不起兴趣。这一餐饭是吃得很快，饭毕，丽云跟太太到上房里去梳洗。大家又在上房里闲谈了一会儿，方才向李太太告别，两人一同到运动会场里去了。

今天马路上是十分的热闹，两旁各商店全悬国旗，飘扬半空，被那阳光照映，更觉灿烂夺目。汽车经过其美路的时候，来去车马愈加拥挤。不多一会儿，车已到运动会场的门口，只见人山人海，交通警察忙着指挥来去的车辆，真是盛况空前。两人跳下车厢，便向场门里走去。可是票房门前，人已挤得密密层层，好容易购得两张票子，遂携手进场。只见座台上都是一个个的人头，空的座位已经是很少了。寻了好久，总算找到了两个位子，正欲并肩坐下，忽然逸民肩上有人一拍，急回头瞧时，只见有三个西服男子立在面前，这就"咦"了一声，忙伸手过去，和他们握了一阵手，笑道："你们才来吗？座位找到了没有？"

"我们来了好一会儿了。你昨天不是跟我说今天有些儿事吗？怎么又来了呢？"三个少年中的一个身材略矮的首先回答。他说到这里，忽然瞥见了旁边的丽云，这才有了一个恍然，"哦"了一声，笑起来道："原来你是约着一位……"

"不用说了，我来给你们介绍……"逸民不待他说完，便把身子退后一步，手儿一摆，笑着又接下去道，"这位是王家俊先生，这位是张天柱先生，这位是叶少芳先生……这位是何丽云小姐。"大家经逸民这一阵子介绍，便各弯了弯腰，彼此打了一个招呼。王家俊见丽云红晕了两颊，显出羞人答答的情态，实在是娇媚得可人，便又笑道："何小姐同我们这位小李是什么关系？……大概是表兄妹吧！"他说到什么关系，故意停了一停。丽云这就两颊更红得娇艳，就是逸民有些儿受窘了。及至听他说出来表兄妹来，逸民方才摇了摇头，装出很洒脱的态度，说道："不是，何小姐是我中学时同学，现在沪江大学化学系里肄业。"王家俊等三人听了，忙又连阵笑道："原来是个女学士，失敬失敬！"

"你们太客气了，我是个不会客套的人，所以对于你们的客气，反使我感到有些儿受窘了。王先生在哪儿办事？"丽云见他涎皮嬉脸的神气，于是索性摆出交际场中洒脱的态度，一撩眼皮，向家俊笑盈盈地问着。

"我们三人都在中兴银行会计科里办事。"王家俊说着又指了指张、叶两个人。丽云回眸在他们脸上逗了那么一瞥，掀着酒窝儿，笑道："原来三位都是银行家，久仰久仰！"三人听丽云虽然说不会客套，但嘴里说的偏偏也会客气得了不得，可见她是个很会交际的人，因此又连说"不敢"，大家笑了起来。

"正经的我们先来谈一谈座位问题。人有五个，这里只有两只位子，那可怎么办？"逸民见大家站着，那到底不是一回事，回眸向四周望了一望，搓着手儿表示很为难的神气。张天柱见逸民这个神情，便瞅他一眼，笑道："你不用着急，我们终不会来抢你们的座位，我们就要走了。"

张天柱说了这两句话，叶少芳和王家俊都神秘地望着逸民笑了，说道："老张这话不错，我们可也是个识趣朋友呢！我们立刻就走，就走……"三人说着向丽云一点头，便真的要走了。逸民听他们话中显然含有了骨子，这就急了，忙拉住了少芳的手，笑道："你们快不要误会了，我可没有赶着你们，因为这样站着有碍别人的视线，大家想法终要坐下来才是呀！"

"你别急，我们也和你开着玩笑。这里既没有座位，当然要往别处去找了，难道就这样站着吗？好啦，我们回头见吧！"逸民这才放了手，也和他们说声"回头见"，三个人便嘻嘻哈哈地笑着走去了，老远的家俊还回过头来向逸民扮了一个有趣的鬼脸。从这一点猜想，显然他们的嬉笑，一定是在说我和丽云了。遂回眸向丽云望了一眼，只见丽云玫瑰花朵似的两颊，掀起了酒窝儿，明眸也向逸民瞟着。

两人经此一望，这就哧的一声，会心地都笑了出来。逸民点头说声"坐吧，"于是两人并肩坐下了。丽云笑道："这三个朋友就是你昨夜说的吗？真有趣得很。"

"可不是？尤其王家俊最喜欢说笑话，刚才我几乎没法应付了。"逸民听她这样说，便也微微地一笑。正在这个时候，忽听"砰"的一响枪声，两人急向场子望去，原来撑杆跳竞赛已开始了。观众们都聚精会神地注视场中，四周的空气顿时又沉寂了许多。运动的节目是一幕一幕地上演着，热烈的掌声也时时刻刻地鼓动着。满运动场上的空气，是饱含了无限兴奋的情绪。

秋阳淡淡地已爬到对面屋角上了，大地是被一片苍茫的暮色笼罩着。运动节目是快将演完了，丽云坐久了，伸手不免打了一个呵欠。逸民望她一眼，低低地说道："你倦了吧！我们早些儿出场去好吗？回头散场了，恐怕就要挤得了不得。"

丽云频频地点了几下头，嫣然一笑，说道："好的，我也有这个意思，不料你却代我先说出来了。"

逸民听了这话，心里荡漾了一下，凑过嘴儿，在她耳边悄声地笑道："所以我说我的心和你的心已合在一块儿了，那难道还不是吗？否则，你心里的事情，我怎么就会知道了呢？"丽云听了这话，心里又羞涩又甜蜜，恨恨地故作娇嗔似的白了她一眼，忍不住又嫣然笑起来了。

两人挽着臂儿慢步地踱出了运动场的大门，只见也有许多人跟着走出来。丽云步到停车处，开了车厢，两人并肩坐上，拨动机件，便开向前去了。汽车由冷静的江湾开到了热闹的都市，已经是万家灯火。逸民说道："我们到什么地方晚餐去？……哦！你的牙齿还痛着吗？"

"牙齿倒不痛了，你预备上哪儿吃饭去呢？"丽云回眸过来笑盈盈地回答。"我随你的意思，你喜欢上哪儿，我就上哪儿。"逸民也是憨憨地笑着。

"那么就大新酒家去好不好？"丽云凝眸沉思了一会儿，又悄悄地说。逸民点了点头，于是汽车开到大新酒家门口停下，两人便携手走了进去。

乘电梯到五楼，步进入室，早有侍者前来招待。两人便在一张圆桌上坐下，泡了两壶龙井。丽云握了茶壶先给逸民斟了一杯，逸民起身笑道："怎么要你给我斟茶，那可对不起了。"

"你这是什么话，难道你给我斟茶倒是应该的了？我以为这种客气，未免带着些儿虚伪，所以我觉得以后大家还是老实一些好。"丽云含了怨恨的目光在他脸上逗了那么一瞥，这意态显然有些儿娇嗔。逸民这就连连地说道："丽云，你快不要动气，我以后终听从你的话，不再客气是了。"

丽云听他低声下气地赔不是，他的确是柔顺的像头驯服的羔羊似的。他的屈服，也就是自己的胜利，因此含情脉脉地瞟他一眼，又得意地笑了。这笑的神情是妩媚到了极点，逸民有些儿神魂飘荡，望着她倒是愣住了一会子。

"咻！你老望着我做什么？还不快点菜吗？"丽云见他这种如醉如痴的样子，心里真是又好气又好笑，忍不住又逗给他一个媚眼。逸民这才如梦初醒般地立刻翻开菜单，拿了钢笔，在白纸上籁籁地写了四菜一汤，递给丽云瞧道："你瞧这几样好不好？现在你喝酒吗？"

丽云见他写的是清炖童子鸡、红烧鱼头、炒虾仁、奶油菜心、百珍凤爪汤五只菜，遂点了一下头，望他一眼，说道："这样很好……酒最好淡一些儿的，稍许喝一些，还不妨事。"逸民道："这样吧，我们不喝酒，还是喝汽水，你瞧怎么样？"丽云含笑说

"好"。逸民把点好的菜纸交给伙计，一面说道："拿俩冰汽水……"丽云一听冰的，这就急道："你为什么要冰的？不要冰的不是一样吗？"逸民回眸望去，见丽云的两颊是娇红得厉害，一时倒有些不解。眸珠转了转，凝神一想，这才理会了，忙向侍者又说句不要冰的，一面望着丽云很神秘地一笑。丽云被他一笑，似乎自己的秘密已被发觉，那两颊这就愈加娇艳，连忙避过逸民的视线，别转脸儿去。不料，齐巧和后面一个西服少年瞧了一个正着，两人这就情不自禁地"咦"了一声。

三、谁为情颠倒

何太太有个弟弟叫丁万通，原是在汉口百货公司里做经理。他有一个儿子，名叫丁济诚，自从武汉大学毕业后，便到上海来向何洽生求职业。洽生是个海上的实业家，只要有才干，找个职业，那是最容易的事情。因为济诚是化学系毕业的，所以就在一家化学厂里给他做个化学技师，月薪二百，假使出品优良的话，济诚还可以得百分之十的酬劳。

济诚从汉口出来，确实是个朴实的少年，所以在化学室中悉心研究，不到一年，这家化学厂就赚了二十多万，济诚因此也得了两万多的酬劳。洽生自然十分欢喜，就是丽云也很瞧得起他。因为她也是读化学系，便时常讨教他，两人的感情原也不错。但上海这繁华的都市，到处是布满了脂粉的气息、肉感的引诱，一不小心，每个少年都有堕落的危险。孔子云：唯上智与下愚不移。济诚既非上智，又非下愚，只不过具一些儿小聪明，所以他也慢慢地随俗浮沉，拈花惹草的糊涂起来。不过，济诚的花天酒地大半还是为了多几个钱的缘故。所以金钱要用得正轨，固然是万能；用到邪路里去，却实在是个万恶。

天下的事情，若要人不知，除非己莫为，这句话是不错的。济诚近来在外面胡调了，在丽云终也有些耳闻的，所以对于这位表哥的人格，未免带有些儿轻视。同时，把她一颗芳心里的热情，也完全用到李逸民的身上去了。这在逸民的心中当然感到了万分的得意。不过，在济诚的心中，却是感到了万分的痛苦。

今天似乎格外的凑巧，无意之中竟在大新酒家和济诚遇见了。丽云因为已经瞧见了，这就不得不站起来，含笑招呼道："表哥，你一个人来的吗？巧得很，就在一块儿坐吧！"

济诚见表妹和一个少年在一块儿吃饭，心里自然有些酸溜溜的气味，但这种醋意，到底不好意思显形于色，遂忙也含笑叫道："巧是真巧，表妹，我今天原到你家里去拜望过，不料你已出去了。我真扫兴得很，独个儿去瞧了一场电影。正欲来这儿吃晚饭，谁知表妹也在呢！"

"你们两人还是初见吧！我给你们介绍，这位是丁济诚先生，他是我的表哥；这位是李逸民先生，他是我自小同学。"丽云见济诚虽然口里说着话，两眼却在偷窥逸民，所以很大方地把手一摆，给两人介绍了一回。

逸民早已很快地站起，伸手和济诚握了一阵，彼此说了一会儿客套，方才坐了下来。丽云又喊侍者泡上一壶龙井，并拿上一副杯筷。这时逸民和济诚便攀谈着道："李先生府上哪儿？现在什么学校读书？和我表妹一块儿吗？"

"不！我和何小姐小学、中学时同窗，后来我进交通大学，何小姐却进沪江去。去年自毕业后，就一向闲在家里。原籍宁波，现住哈同路三一八号。丁先生也还在求学吗？"

"我自武汉毕业后，就在先生化学厂里担任一些儿事务。"

"那就很不错，丁先生的府上老太爷也都在上海吗？"

"家父在汉口百货公司里做经理，所以在上海我就只有一个人。在平日倒是怪寂寞的，有空闲的话，不妨常来舍间玩玩，因为我这个人就挺喜欢交朋友的。"

"可不是？那就合着我的脾胃……"

丽云坐在旁边，听两人谈得十分投机，这就忍不住噗地笑道："你们倒是一见如故，真可谓相见恨晚的了。"逸民、济诚听她这样说，大家也都笑了。这时侍者把五只菜拿上，同时又把汽水倒在玻璃杯里。逸民忙道："丁先生可以喝些儿酒吧？"

济诚望了两人一眼，笑道："你们为了什么不喝些儿酒？"丽云道："我因为牙齿痛，逸民和表哥可以拿瓶啤酒和一瓶汽水，不是很好吗？"逸民点头笑道："你想得不错。"遂又吩咐侍者拿上一瓶啤酒来。先向济诚杯中倒满了，然后又在自己杯中斟了一杯。济诚口里说声"劳驾你"，心中就暗自细想：表妹直呼他的名字，可见两人的友谊至少已超出了普通以上。怪不得近来表妹就时常出外，跟我十分的冷淡，原来她是爱上一个小白脸了。

逸民心中自然也在想着：原来丽云还有这么一个年轻的表哥，所谓近水楼台，济诚难道会不爱上他的表妹吗？虽然丽云对我似乎已有一种特殊的好感，而一切举动上，至少也已踏上了情人的阶段，我和济诚是在角逐情场，不过究竟鹿死谁手，当然还是一个问题。不过，为了避免将来失恋时候痛苦起见，我觉得还是不要过分地和丽云亲热的好。逸民心中既然这样想着，一颗火热的心儿，自不免又冷了一些。

丽云拿了玻璃杯凑在殷红的小嘴里慢慢地喝着汽水，她凝眸含颦地也想了一会儿的心事。因为彼此都不说话，显然空气是沉寂得许多。丽云回眸瞟了两人一眼，见他们也在做沉思的样子，觉得两人的心中，至少有些儿不快。于是她极力要避免这尴尬的局面，遂故意装作特别高兴的样子，笑道："吃了晚饭后，你们预备到哪儿去玩玩？"

逸民和济诚听了这话，不约而同地回过头去向丽云望了一眼，然后又微微一笑，相对地自己望了一回，却是没有说话。丽云见两人都不回答，便故作娇嗔似的咦了一声，说道："怎么啦？难道你们都不高兴吗？也好，回头我就一个人跳舞去。"

两人听她生气了，便慌忙说道："谁不高兴？因为你问到哪儿去，我们自然要沉思一会儿。现在你既然愿意跳舞去，我们敢不奉陪吗？"丽云这就把绷住了的脸儿又显出一丝笑容来，瞅了两人一眼，却是笑了。

"那么表妹愿意到哪一个舞厅里去？"济诚又很献殷勤地问。

"就在隔壁大新舞厅好不好？"丽云想了一会儿，便说出这句话来。她说这一句话时，却把脸儿向逸民扬着，逸民自然含笑点了点头。不料，瞧在济诚的眼里，那一股子酸溜溜的气味就直冲进鼻管来，伸手握起玻璃杯子，就大口喝了两口。逸民以为他是爱喝酒的人，就把啤酒瓶拿起，又给他满斟一杯，笑道："丁先生会喝酒的，就不妨多喝上几杯。我们再拿瓶酒怎么样？"

济诚正欲答应，不料丽云却"嗯"了一声，不答应道："我不许你们再喝了。酒原只可以喝一些儿活活血脉才对，喝多了到底没有益处的。"济诚见逸民被表妹碰了一个钉子，心里当然很快乐，暗想：幸亏我没有早答应。遂向逸民望了一眼，很得意地微微一笑。逸民当然有些儿不好意思，但也只装作没有事儿般地笑道："酒的确是很不好，那么我们喝完了这些，就吃饭吧？"

丽云点了点头，掀着酒窝儿，却逗给了他一个妩媚的甜笑。三人吃毕饭，济诚和逸民就要抢着会账，丽云忙道："今天你们都不用客气，原是我做的东。谁客气，我就和谁不高兴。"两人听了这话，只好把拿出来的皮夹子又藏到袋里去。丽云见两人的表情，很令人感到有些儿滑稽，这就忍个不住又好笑起来。

三人出了大新酒家，向右走十余步路，就是大新舞厅。侍者掀着紫红的暖幔，给三人进内。耳中这就听到了一阵悠扬的乐声，同时眼前也便呈现着一片灯红酒绿的景象。济诚情不自禁地把两脚在地板上点了点，发出嗒嗒的声音。丽云斜乜了他一眼，嫣然笑道："表哥，你常跑舞场吧？所以一听见音乐声，那脚就痒起来了。"

"哪里哪里，表妹又取笑我了。我是向来不跑舞场的，不过对于音乐感到相当的兴趣罢了。"济诚慌忙把脚安静起来，红了两颊，急急地辩解着。这时，侍役前来招待三人入座，给三人大衣拿去。丽云又叫拿上三杯柠檬茶。济诚望了逸民一眼，微笑着搭讪道："李先生对于跳舞一门，平日里可喜欢吗？"

"也感不到什么兴趣，左不过逢场作戏罢了。"

丽云听逸民很正经地回答，便回眸啐了一声，噘着小嘴儿，睃了他一眼，笑道："你也不用假装正经吧！说起'跳舞'两字，现在真是普及得了不得。大学生若不会跳舞，那仿佛不称其为个大学生。中学生跑舞场也不知有多少，甚至有做学徒的，月底发了三块钱的月规钱，他还想到舞场里来搂着女人跳舞。你们是上海大学里的高才生，对于跳舞一科，当然也是及格的，难道还有个不会的吗？"两人听丽云这样说，互相望了一眼，这就忍不住扑哧的一声笑了起来。逸民说道："那你未免把大学生瞧得太腐败了，你自己也是一个大学生呢！"

"这是事实，你瞧我们现在可不是坐在舞场里吗？说起来当然很惭愧。唉！普及教育多么的困难，普及跳舞却是相当的容易呢！"丽云说到这里，深深地叹了一口气，表示无限的感慨。

"我听说现在学校当局不是严禁学生上跳舞场去吗？"济诚喝了一口柠檬茶，也悄悄地问着。

"不错，学校里会有这样一张通告：'凡本校学生不得与跳舞为职业的女子跳舞，犯规应记大过一次。'你想，从这一句话中着想，显然男女同学去跳舞，不要紧的呢！"

济诚听丽云这样说，便笑道："这理由倒也相当的对，我和你原属表兄妹，你和李先生又是同学，所以我们今夜上跳舞场来，实在是问心无愧。因为那是大学校长先生所特许的呀！"逸民听了，心头未免有些儿感触，但却也附和着笑起来。

"说起大学里的事情真叫人可叹。用功的学生固然也不在少数，但挂名的学生也不知有多少。看见校长和教务主任还有些畏惧，要如助教来上课，那就糟糕，有的谈天，有的甚至吸起香烟来，助教赔着笑脸说好话，他们才给些面子。不然我行我素，那你有什么办法？还有上英文课的时候，大家不是读课本，你说大华里的一张'纽蒙'真不错，'珍妮·麦唐纳'的'反斯'就真够人销魂，比'梅惠丝'还风骚呢！他说南京里的一张'司必令拍来弟'还要好，'狄娜窦萍'小鸟似的就讨人欢喜。终算几张的外国影片的名字和几个外国明星的名字给他们背得滚瓜烂熟，你想，这种学生还会弄得好吗？"逸民和济诚听她形容毕肖，这就忍不住哈哈地笑起来。逸民道："这也许是实在的情形，我想你大概很用功吧？"

丽云见他明眸向自己脉脉地凝望着，遂微微地一笑，说道："我虽然不是一个用功的学生，但是至少也不如他们那样的腐败。说起女学生来，有几个头发也不烫，真是朴素得了不得。但有几个在上课时候还要拿出粉盒儿来照照脸蛋儿，天天打扮得天仙化人，我真不明白她们是求学来的，还是喝酒来的？"丽云说到这里，不免又叹了一口气。逸民和济诚听了又笑了起来。

"同样是读书，为了各人的环境差别，所以便分出用功和不用功的两个典型来。有的是真正的读书，这大半是列在清寒子弟的居多。因为他明白每年要耕牛似的老父拿出一千多元的血汗钱来，这可不是容易的一件事。倘然是个有头脑的人，谁都要立志奋发一下子。

有的把读书当作他在外面胡调的烟幕，这当然是富家子弟。因为他或她的父亲，不是一个投机者，就是一个囤积者，赚来的钱都是不费吹灰之力。有了钱还用功什么？用功的结果，也无非期赚钱罢了。因为大家都抱了这一种存心，谁还肯绞着脑汁去读这劳什子的书呢？所以我说有钱的人就没有好的子孙，而大半还是为了赚来的钱龌龊的结果。虽然我本身的环境也是不错，但我就始终痛恨那般资产阶级黑心卑劣的行为，来剥夺贫民阶级的生活，实属令人痛恨切齿。"过了一会儿，逸民停止了笑，忽然滔滔不绝地说出这许多的话来。他的脸儿是紧紧地绷住着，双眉皱起，显然他内心是表示这一份儿的痛恨。丽云是频频地点着头，俏眼儿里含了无限欣喜的目光，柔和地望着他俊美的脸庞，那颊上的笑窝儿这就始终没有平复了，一颗芳心暗自细想：你到底是个不平凡的少年啊！当然在丽云是万分得意，不过济诚听来，就有些格格不入耳，连忙说道："好啦，好啦，我们既到舞场来游玩，就不该说这一种议论，还是正经地跳几支舞吧！"

丽云听表哥这样说，心头自然很觉不快，但为了要存心气气他，便笑盈盈地站起，拉了逸民的手儿，笑道："来，我跟你先去舞一次。"逸民被她拉着，自然不得不跟着站起，向济诚含笑点了点头。不料，瞥眼瞧着济诚的脸色是铁青得怕人，但也管不了这许多，身子已跟丽云同到舞池里去了。

这一次音乐一奏，齐巧是一只黑灯舞，整个舞厅都黑暗得了不得，而且音乐的时间也特别的长。济诚起初还注意两人的行动，后来两人跳远去了，要注意也无从注意。一时脑海里便起个感觉：他妈的，这不是给他们一个香面孔的好机会吗？想不到表妹竟如此心狠，不和自己表哥亲热，却去和那个外人亲热，那岂不是气死了我吗？好吧！有一日我不给你们颜色看，也不知道我丁爷的厉害了！

他愤愤地想到这里，两眼几乎要冒出火星来，竟欲拿起玻璃杯子来要向地上摔。但仔细一想，我这种举动，不是要给人家当作神经病看待吗？济诚到此，只好把满肚的怒火暂时又熄下来，这一股子气愤，也直向屁眼里钻出去了。

就在这一节音乐完毕后，灯光由暗淡变成醉人的绯红色了。只见丽云和逸民手挽手儿笑盈盈地上来，这亲热的情形，实在使济诚有些刺眼。但既不能把眼睛闭起来，他不是也只好呆呆地瞧着吗？

"丁先生，你表妹舞跳得很好，你们也快去舞一次吧！"逸民见济诚一脸不高兴的神气，生怕大家闹嘴，所以含笑向他先搭讪着。济诚因为人家在和自己说话，当然不能不回答人家，只好含笑望了丽云一眼。只见丽云果然没有在沙发上坐下来，掀着酒窝儿，秋波脉脉地向自己瞟，这意态显然是等着自己站起来。一时把满腔的怒火才消去一半，含笑也和丽云到舞池里去了。

两个人在舞池里舞了一会儿，济诚忽然离开了身子，向丽云的脸儿望了一会儿，微微地笑问道："表妹，你和李先生的感情很不错吧？"

丽云听他这样问，觉得在这话中至少是含有些儿酸素作用，就一撩眼皮，嫣然一笑，说道："也不过如此，一个普通的朋友，哪里谈得上'感情'两字？"说着，把娇躯又靠近了他的怀中，表示很亲热的样子。济诚见表妹如此模样，暗想：也许表妹也很爱我吧！我倒不要太多心了。于是也不再向她多问，很兴奋地跳舞了。

逸民见济诚舞毕上来的态度又变换了样子，心里又不免暗暗地好笑。这夜三人直到十一时敲过，方才回家。济诚睡在床上，想了一夜心事，觉得有逸民这一个人碍在中间，仿佛是我眼睛里有了一粒细沙一样。这一粒细沙，终要想法把它除掉了，那么我才可以高枕无忧。于是，他忍了一颗酸痛的心儿，静待着机会的降临。

四、各自斗智强

娇媚的斜阳，拖着它细长的光辉，缓缓地向着西方沉沦下去。灿烂的晚霞，织成了漫天的红色，反映着大地上的一切。沿街的树木，也都染成了一片绛黄的颜色。晚风鼓舞着树梢头上的绿叶，奏出来细碎的音韵，仿佛是在告诉一班忙碌整天的人们：现在已经是休息的时候了。

这几天为了几种刊物将近出版了，所以李逸民是特别的忙碌。没有和丽云见面，差不多已有十天光景了。这日，逸民站在自己房中的阳台前，望着满园子黄昏的景色，虽然是已苍老了，但望着半空中的片片落叶，却也添了不少的诗意。心里想着：这十天来的伏案工作，当真也有些苦闷了，明天我终得去望一次丽云，也许，她亦要嗔怪我了。正在想时，忽听红玉在后面含笑叫道："少爷，何小姐又电话来了。"

逸民一听，立刻回转身子，答应了一声，三脚两步地走到电话间，握起听筒，凑在耳边，很快乐地问道："你是云吗？有十多天没见了吧？我在这里先向你请安。"

丽云听他这样说，啐他一口，吃吃地笑道："谁要你请什么安啦！我问你，这十多天的日子有什么贵干？想来一定什么好地方去玩吧？所以就一次也不来了。是不是？"

"哎哟！你这话就冤枉死人了。我为了新生社里几种刊物，真忙得手足并用还来不及哩！哪里还有空闲工夫到别地方去玩吗？我知道你要嗔怪我了，意欲明天来望你一次，不料你此刻就有电话来了，那就好极啦！现在工作正告一段落，你要到什么地方去玩的话，我就无不奉陪的。"逸民听她这样说，心里急得了不得，慌忙很快地解释所以不来的原因。

"好啦！你不用这样着急，就算我错怪了你，那么你此刻就到我家里来吧！因为我的表姐从北平出来了呢！"丽云听他这样急急辩解地说着，虽然不见他的脸部究竟是怎么样的表情，但显然内心一定是十分的焦急，这就忍不住又嫣然地笑起来。

"哦！你表姐出来了吗？那我就立刻到来……再见……再见！"逸民一面放下听筒，一面身子已很快地步回房来，披上一件大衣，戴了一顶呢帽，匆匆地奔出。不料，在房门口却和红玉撞了一个满怀，几乎把红玉撞倒地下去。红玉"哎哟"了一声，身子便蹲了下去。逸民知道是踏痛了她的脚，心里很着慌，遂急把她扶了起来，问道："可是踏痛了你的脚？那就真巧……"

"没有踏痛。少爷可是到何家去吗？"红玉今年也有十七岁了，长得细皮白肉，一双灵活的眸珠也会具有一种妩媚的诱惑。她因为年龄渐长，人事渐省，何况羞涩原是女孩儿家特有的天性，今被少爷这么搂抱着，自然万分的不好意思，两颊涨得绯红，回头瞟了他一眼，连连摇头。

红玉这一回头，齐巧和逸民望个正着。逸民见她红晕满颊，这种娇羞的情态，会令人感到一种可爱，遂微笑道："我踏下去，就知道是你的脚儿。这一下子踏得可不轻，你怎么说没有痛？快，我扶你到沙发上去坐一会儿吧。"

红玉听少爷这样说，一颗善感的芳心不免引起了无限的感激，低着粉颊儿，脉脉地给逸民扶到沙发旁坐下。红玉微抬头儿，笑道：

"不妨事，坐一会儿就好了。既然何小姐请你去，你就快去吧！老太太那儿，我会给少爷代说的。"

逸民站在她的面前，见她口里虽然这么说，但脸上却是有些痛苦的神气，颦蹙了两条眉间，仿佛西子捧心似的。从这一点猜想，她在自己面前故意好胜的，遂急道："你快把鞋子脱了，两手揉擦揉擦，不然要起血块的。你还管我做什么！我迟一些儿走要什么紧！"

红玉听少爷这样的多情，芳心又不免荡漾了一下，但一个女孩儿家，在少爷的面前怎好意思把鞋子脱下来。不过，那两只脚尖果然麻痛得厉害，因此也顾不得这许多，立刻把鞋子脱去，俯身去把手儿紧紧地捏着。逸民见她并不揉擦，因为心中肉疼她的缘故，竟情不自禁地蹲下身子去，意欲亲自给她去揉擦。慌得红玉急忙脚儿缩进去，秋波瞅他一眼，笑道："少爷，你怎么啦？别理我，还是快去吧！"逸民猛可理会了，觉得自己这举动未免有些超出了多情的范围，心里当然也万分的不好意思，便一个转身，急急地奔出房门外去了。

逸民到了何公馆，在未踏进会客室里的时候，就听里面有嬉笑的声音。待一脚跨进室内，只见除了丽云和济诚外，尚有一男一女。男的年约二十五六，身穿西装，倒也生得一表人才。女的年约二十三四，是个瓜子脸儿，两条细长的柳眉下覆着那双灵活的眸珠，已经显出她是个挺热情的女子。胸前高高地耸着两个乳峰，是会显出少妇的丰姿，觉得和丽云相较，自有另一种妩媚可爱的地方。

"逸民，你来啦！我给你们介绍，这位是我姑妈的表姐妹陆梨影姐姐，这位是姐夫李亦勤先生，他们才从北平到来……这位是我同学李逸民先生，现在新生社里做总编辑，是个大名鼎鼎的文学家。"丽云一见逸民到来，便掀着酒窝儿，笑盈盈地给两人介绍着。

"久仰！久仰！"亦勤和逸民抢步上前，就在彼此这两声"久仰"中，大家握了一阵手。逸民回头又向梨影弯腰招呼道："我上个月就听何小姐说起密昔司李要从北平出来了，今天才到吗？"梨影一撩眼皮，含笑答道："电报拍出，原早可以到的。后来为了一些别的缘故，因此又迟动身了几天。"

"大衣快脱下吧！"丽云听逸民喊自己何小姐，那当然是为了怕难为情的缘故，遂瞅他一眼，又含笑向他说这一句话。

逸民于是脱了大衣。仆妇来接过，一面又倒上一杯香茗。逸民向济诚含笑招呼，亦勤早已递上一只烟卷。逸民说声多谢，两人便坐到沙发上去了。

"咦！真奇怪，逸民姓李，姐夫怎么也会姓李？算起来你们恐怕是自己人吧？"丽云拉了梨影的手，凝眸沉思了一会儿，忽然说出这两句话来。起初大家也不注意，及至听丽云一提，大家也都奇怪起来。但是亦勤是东北人，逸民是江南人，显然不会是一家人的。梨影这就笑道："也许五百年前共一家吧！"众人听了，忍不住都大笑起来。

"密司脱李这次到上海来是玩玩的吗？"逸民笑了一会儿，吸了一口香烟，又向亦勤低声儿问着。亦勤摇了摇头，说道："不是，因为职业上调动的关系……"逸民听了正欲再问在哪儿得意，丽云早笑着告诉道："姐夫是在北平大商银行做事，现在他到上海来做出纳科主任了。"

"原来密司脱李高升了，我得向你道喜。"逸民听了，连忙弯着身子向他拱了拱手。亦勤忙也欠了身子，不禁抿着嘴儿哧哧地笑了。

大家谈了一会儿，丽云便开了收音机，里面播送的齐巧是最流行的歌曲。她把眸珠一转，向梨影望了一眼，笑道："表姐，我最爱听的是歌曲，不料播送的正是歌曲，那不是巧事吗？"梨影瞅她一眼，笑道："这妮子今天多高兴，笑容没见你平静过呢！"

"表姐，你这话说得奇怪吗？咱们姊妹俩从小亲热已惯，后来分别了，我心里就难过了许多日子。现在居然能够和一个分别了五年的表姐又遇在一块儿了，那怎么叫我不高兴呢？表姐，你心中难道不欢喜吗？"梨影听她口齿伶俐，说得那么的理由充足，心里这就感到她刁得可爱。遂故意噘了噘嘴儿，哼了一声，秋波向她逗了一个神秘的微笑，说道："得了吧！别叫你说这种好听的话儿。你所以这样的高兴，恐怕是另有作用的吧？"

丽云听她话中含了骨子，那两颊就添了一圆圈的红晕，偎过身子，撒娇似的嗯了一声，白了她一眼，说道："表姐，你这话叫人太不明白了。我高兴是另有作用吗？那么究竟是什么的作用？你倒给我说出来听听。要说得不对，我可不依你。"

梨影见着她这样娇羞万状的模样，便把她手儿拉来，悄悄地说道："明人不必细说，你难道是要我很明显地说出来吗？"丽云的两颊更娇艳了，恨恨地打她一下，笑道："表姐这人还是脱不掉那老脾气，见了我偏又打趣了。"说着，又把俏眼儿向逸民偷瞟了一眼。只见他和亦勤兀是很起劲地说着话，似乎十分投机的神气。再瞧济诚，他把报纸遮住了脸儿，坐在沙发上很安静地瞧着报纸。梨影这时瞟他一眼，又低声儿笑道："表妹，那个李先生几岁了？人才儿可真不错，我有这么一个俊美的妹夫，那真叫人喜欢呢！"

梨影虽然说得很轻，但丽云已是急得跳脚了，把纤手很快地拦住了她的嘴，瞅她一眼，嗔道："姐姐！你就饶了我吧！被人家听见了，那不是太叫我难为情了吗？"梨影笑道："我说得那么轻，人家怎听得见？况且你们原是情投意合，这儿又没有外人，那也没有什么难为情的呀！"丽云听她还要说下去，这就急得了不得，遂伸手把收音机的机钮一扭，那声音就哗哗地大响起来。因为是冷不防之间，倒把亦勤和逸民大吃了一惊，急回头来问怎么了。梨影唏唏地笑道："表妹在发脾气，谁叫你和李先生只管谈个不了呢！"

亦勤听了，哈哈笑道："原来如此，那我就不谈好了。其实我倒是给云妹招待客人，现在云妹就自己来招待吧！"

丽云听了这话，一颗芳心是别别地乱跳，两颊热辣辣地发烧得厉害，慌忙说道："勤哥，你听她胡说哩！……表姐最不是个好东西，我只向你不依……"丽云说到这里，又羞涩起来，回身走到梨影身旁，缠着她不依。亦勤和梨影愈加笑起来了。逸民到此，亦不禁两颊微红，低头笑了。只有济诚一个人，听了他们这笑声，是只觉得怪刺耳的。就在这个时候，何太太也走进来了，一见丽云和梨影缠绕着，便笑道："云儿怎么这样孩子气？你表姐还只有今天才到呢！你就跟她吵闹了。"

"可不是？舅妈，妹妹一些儿也不和我客气的，她还骂我不是一个好东西哩！"

"谁叫你狗嘴长不出象牙……"

"哎哟！舅妈，你可听见了没有？"丽云见了母亲进来，便离开了梨影的身子，却把秋波恨恨地白了她一眼。梨影听她骂自己狗嘴，便又向何太太笑着告诉。何太太一面笑，一面嗔怪丽云不该如此顽皮。这时，逸民站起身子，又向何太太请安。何太太笑道："哎哟！李家少爷什么时候来的？我这人好糊涂，却没有瞧清楚哩！请坐！请坐！你妈妈好吗？"

逸民正欲回答，梨影早又笑道："李先生是表妹去打电话请来的，舅妈你怎么没有知道吗？"丽云瞅她一眼，低了头儿，却不说话。亦勤又哧地笑了。逸民当然很难为情，退过一旁去坐了。何太太又道："这样坐着不厌气吗？我想你们倒可以玩一会儿麻雀牌吧！"

何太太这一句话倒是把丽云提醒了，站起来笑道："真的，一个勤哥，一个表哥，一个逸民，一个表姐，不是刚好一桌吗？"梨影忙道："我给舅妈打吧！舅妈所以想出这个玩意儿来，她自己当然要凑一脚。表妹怎么可以把舅妈挤出了呢？"众人闻说，都忍俊不禁。原来何太太别的嗜好一点都没有，平生最爱的就是玩麻雀牌。她倒也并不是要赌博，实在老年人无以消遣，所以最好就天天给她摸一百三十六只的牌儿了。

"我让给姑妈玩好了，因为我也许还有些儿事情呢！"济诚听梨影推让着，于是放下报纸，也这样说着。梨影瞅他一眼说道："今天星期六，还有什么事情？你别大脚装小脚了，闹什么客气呢？我们两个人算什么样儿？亦勤来了，我不来；我来了，亦勤不来，我们是只可以挨一脚的呀！"

济诚听梨影这样说，一时又不好意思坚决地拒绝，只得皱了眉毛，装作委决不下的神气。丽云这就走近来瞟他一眼，笑道："有什么大事情啦？既然有事情，那你就不该来了。"梨影笑道："快答应吧。不然，表妹心里就不高兴了。"济诚望着丽云似嗔非嗔的娇容，哪里还有勇气再说一句"不"字呢？笑了一笑，那显然是默允的表示了。于是，丽云吩咐王妈、孙妈把红木的桌台套上，倒出牌来，分好筹码，说老太太、表少爷可以入局了。何太太遂请逸民、亦勤、济诚坐下。丽云笑道："你们打什么底子呢？"梨影笑道："都是自己人，看想谁的钱？小一些儿，就二四五角吧！"何太太向逸民望了一眼，笑道："李少爷的意思怎么样？"逸民微微一笑，说道："我随便的，就是二四五角也好。"亦勤、济诚大家都赞成，于是四个人摸牌、砌牌、打牌得玩起来了。

因为入局的时候已经很不早了，所以没有两圈打完，丫鬟杏儿来报告，说小船厅里摆好了席。何太太道："那么我们且歇一歇，饭后再接下去好了。"大家赞成，便都到小船厅里来吃饭。这一席的酒菜，真所谓山珍海味，十分的精美。说说笑笑，当然吃得十分的快乐。济诚因为梨影暗暗地只管取笑丽云和逸民，同时，丽云也显出得意的神情，心里自然非常恼怒。暗想：原来表妹是早已属意于他了。好吧！你这小子此刻别得意忘形，终有一日，我给你吃一些儿苦味的。济诚既然心里有此不自在，哪里还有心思吃喝呢？所以，他第一个先吃毕，向众人说声慢用，便悄悄地溜到园子里去了。

等济诚回到小会客室里，只见丽云、逸民、梨影等已经坐在桌旁等着。一见济诚来了，便都问道："你在什么地方？杏儿已到园子里去找你了。"济诚忙笑道："不知怎的我有些儿头脑痛，所以在园子里呼吸一些空气。"梨影忙道："此刻怎样了？"济诚道："此刻倒好多了。咦？勤哥和姑妈都换了生力军了吗？"说着，也在梨影的下家坐了。

"妈妈饭后也有些儿不受用，所以她要去躺一会儿。勤哥说八点钟要去见大商银行里的行长，大概是为了行中的事情吧？"丽云说着，又向梨影问了一句。梨影点了点头。于是，四人便静默下来。只有牌儿打在桌上，发出了嗒嗒的响声。

四圈打完，一结筹码，济诚和逸民两人输，梨影和丽云两人赢。逸民笑道："到底两位女将军的战术精妙呢！"丽云睒他一眼，笑道："你别胡说！我是向来不玩这些的。今天我会赢钱，那真是侥幸哩！"说着，又扳好了门子。丽云和梨影对坐，逸民和济诚对坐，丽云却是坐在逸民的上家。这四圈还只打到二圈头上，逸民的牌风忽然转好，坐庄竟连和了五副，因此把输的钱，便全都赢了回来。梨影向丽云笑道："李先生忽然牌风好了，这都是表妹上家坐得好。你瞧一会儿就连吃了两张，这是多么的鲜呢！"

"表姐又要派我的不是了。我终照规矩打牌，该打哪一张就打哪一张，难道我不想和吗？"丽云听她这样说，两颊微微一红，一面把手中那张"七万"发了出去。不料逸民把"七万"拿来，在里面又摊倒一张"九万"、一张"八万"来，同时也发出一张"六万"来。

三人忙向他吃倒的一瞧，只见一二三万一连，七八九万一连，现在再吃遍"七万"，那就成了一般高。梨影忙道："三摊落地，清一色四翻。他'六万'出门，二五万可要当心。表妹，你这样大放交情，那可不行啦！"

丽云红晕了娇靥，急道："这张'七万'是刚抓来的孤张，我又不知道他要吃的，怎么说我放交情？难道我自己可以不解钱的吗？"说到这里，却把秋波盈盈地向逸民一瞟。谁知逸民也在偷望丽云，四目相对，大家都微微地笑了。不料这情景却又瞧到济诚的眼里去了，暗想：莫非两人真的在舞弊吗？那就太便宜这王八小子了。遂说道："清三番落地，打倒可要包解的。二五万、四七万终要留心些才是。"说着时，丽云伸手正巧去抓了一张"二万"来，一时暗想：那可糟了，我到底打下去好，还是不打下去好？照理，应该把自己这副牌牺牲了。虽然我已等张了，但又没有一翻的。不过，我若给他克住了，他的牌风不是又要坏起来了吗？丽云这样想着，便存心放个交情，把"二万"摊在里面，"哟"了一声，说道："那齐巧给我抓来一张'二万'来，你们想，这可糟糕吗？"

济诚一见，先急急地道："打不得！打不得！情愿牺牲自己那副牌，你打出去可要包的呢！"梨影听济诚这样说，自然不好意思开口。丽云暗想：包就包一副好了。只要他牌风好，我多输些有什么要紧！反正他的钱也就是我的钱。主意打定，便绷住了面孔，冷笑道："这样认真吗？也好，我就包一副好了。我偏不肯拆别的张子。"说着，便毅然把那张"二万"发了出去。

逸民见了，便把手中四张牌移动了一下，却并不摊倒，故意笑了一笑，依旧伸手抓牌。其实逸民手中是二三四五万四张牌，那么他为什么不和呢？当然他是不情愿叫丽云独个儿解钱。他希望能够自摸，那么大家不是无话可说了吗？不料他这次抓来的却是一张

"八万"，他便"哟"了一声，故意向四张牌里和了和，然后方才又打出一张"八万"来。大家见他自己还打万子，一时好不奇怪。梨影笑道："莫非不是一色吧？李先生惯会吓人的。"说着，发出一张"九筒"。逸民并不说话，只是微笑。这时，济诚从河中也抓来一张"二万"，暗想：这"二万"表妹还只有刚才打过，那他一定不要的。遂一面发出，一面笑道："这张'二万'就放心发出来是了。"谁知济诚话声未完，逸民不慌不忙地却把门前四张牌摊倒。这一来，不但济诚目瞪口呆，就是丽云和梨影也奇怪起来。仔细一瞧，可不是二五万两头麻雀吗？丽云心里这一快乐，不禁眉飞色舞，掀着酒窝儿笑道："好呀！表哥叫人家不要打，自己怎么打下来了呢？现在你可要包一副了，这是你自己说的吧？"丽云这两句话是故意说的，他还逗给了济诚一个媚笑。

　　"慢着，慢着，这里有一个问题。李先生，表妹打了'二万'，你为什么不和？只不过抓了一圈子牌，我打'二万'，你偏和了。这是什么道理？"济诚被丽云一说，倒是呆住了一会儿，但他立刻抓到这个理由，向逸民发问。逸民到底是个聪明的人，他就微微一笑，说道："丁先生，你别误会，我告诉你吧！当我吃遍'七万'的时候，里面是二三四六八这五张牌，那么我当然打'六万'，等'八万'的麻雀。何小姐打'二万'，叫我怎么样和呢？谁知转来就抓了一张'五万'，所以我把'八万'打出，等二五万两头麻雀。不料丁先生齐巧打了一张'二万'，那我不是求之不得吗？"逸民一篇谎话，说得理由十足，济诚竟无话可答，只好自认晦气。梨影笑道："包解原是说着玩的，自己人何必这样认真？"济诚偏是个好胜的人，一定要独解，梨影也就罢了。因此这夜麻雀打毕，三赢独输，济诚一个人竟输了三百多元。但心里终疑惑逸民故意不和丽云的那张牌。从此以后，无形中把个逸民更恨入骨髓了。

五、夜半无人私语时

李逸民从丽云那儿回到家里，时候还只有九点半。心里想着刚才这一副万子清一色的牌来，真是十分的有趣，因此独个儿忍不住咻咻地笑了。当他还未跨进上房的时候，却见红玉匆匆地奔出来，险些儿又要撞个满怀。逸民连忙停步不前，笑道："慢些儿走，当心再让我踏痛了你的脚。"

红玉一见少爷，便抿嘴咻咻地一笑，也不招呼，也不答话。溜溜乌圆的眸珠，在他脸上逗了那么一瞥，一骨碌转身，便奔到厨下去了。逸民暗自叫声"这孩子有趣"，便移步到上房里去。

"逸民，你在何家吃夜饭吗？听说是何小姐来电话请的，不知有什么事情吗？"李太太倚在床上，还在吸烟卷，听了脚步声，连忙回眸来瞧，见是逸民，便微笑着问他。

"何小姐的表姐夫妇两个今天才从北平到来，所以叫我大家去热闹热闹。爸爸还没有回来吗？"逸民走到床边坐下，很亲热地拉着母亲的手，低头儿回答。李太太点头道："听说是意利斯洋行的大班请客，一定又在玩那扑克了。"说着，望着逸民的脸儿，又很慈祥地笑了笑，说道，"何小姐和你的感情怎么样？"逸民听母亲这样问，两颊微微地一红，笑道："母亲问她做什么？"

"假使很好的话，我可以给你讨来做媳妇啦！难道你不喜欢吗？"李太太瞅他一眼，忍不住抿嘴笑了。逸民憨憨地傻笑了一会儿，却是默不作声。李太太奇怪道："为什么不表示意思？"

"何小姐还没有毕业，恐怕她还不肯谈这个问题吧！我想……往后……且待她毕业了再说……"逸民虽然很喜悦，但到底很羞涩，所以话声有些儿支吾，说到后来，却是低下头去。李太太见他这种情态，忍不住笑了笑，说道："平日怪老练的，此刻怎么就羞人答答起来？终究脱不了孩子气。"逸民没说什么，望了母亲一眼，却又微微地笑了。忽然他又站起身子，向母亲道声晚安，便匆匆回到自己房中去了。

逸民到了房中，把大衣脱了，呢帽向桌上一丢，对镜不免出了一会儿神，暗想：母亲今夜忽然给我提起婚姻问题来，照理我可以答应她遣人去做媒，不过我事先没有和丽云商议过，她不是要笑我太猴急了吗？反正她的一颗芳心完全已倾向于我，迟早终是我的爱妻了，我又何必着急呢？想着，一面又坐到沙发上去，脱去了皮鞋，换了一双青绒的睡鞋。正在这个当儿，忽见红玉端了一碗不知什么东西姗姗地进来。她把碗儿放在桌上，又把桌上的呢帽给他挂到衣钩上去。

"红玉，这碗是什么东西呀？"逸民见那碗东西里还热腾腾地冒着气，因含笑问她。红玉回过身子来，一撩眼皮，笑道："是一碗桂圆汤，老太太叫我拿来的，趁热着少爷快吃吧！"

逸民见她做事很仔细，心里也很喜欢她。遂站起身子来，望她一眼，笑道："你的脚尖可还痛吗？"红玉听少爷这样问，仿佛还有余羞，摇了摇头，两颊笼罩了一层红晕，便回身要走出房去。逸民叫住了道："红玉，你回来，我有话问你哩！"

"少爷，你有什么话啦？"红玉听他把自己喊住了，这就不得不回过头来，凝眸含矉地问他。逸民这可呆住了，但他立刻有了一个主意，便拿起桌上的碗儿，笑道："我吃一些儿，你就给我把碗儿带了去。"红玉听了，只好又走进房中来，静静地等着少爷吃桂圆。不过，这样站着呆瞧少爷吃桂圆，那似乎有些不好意思。于是，她走到窗前去，给他把白纱的窗幔拉拢了。

就在这时，逸民忙把碗儿放下，轻步走到红玉的身后，猛地把她手儿拉住了，笑道："红玉，你这妮子奇怪，为什么你这样的怕我呀？"红玉冷不防被少爷拉住了，一时也不能挣脱，回眸斜乜了他一眼，笑道："少爷又不曾吃人的，我怕你干吗？"逸民笑道："这话就对了，所以你不该见了我就逃跑呀！"红玉扑哧地一笑，却是低下头儿来。逸民虽然没听到她的笑声，但见了她身子是不停地颤抖，从这一点猜想，显然她是笑得那份儿有劲的了。

逸民把她拉到沙发旁，一同坐下了。望着她粉颊儿，笑了一笑，说道："红玉，你在我家有几年了？"红玉停住乌圆眸珠，怔怔地说道："有七个年头了。少爷，你问它做什么啦？"逸民笑道："在这七年中，少爷可曾骂过你一句吗？"红玉摇了摇头，但心里却益发奇怪了，笑道："我不懂，少爷，你这是什么意思？"逸民道："没有什么意思。我问你，少爷在这七年中既然没有骂过你一句，那么你觉得少爷这个人好不好呢？"红玉想了一会儿，粉颊儿愈红晕了，抿嘴笑道："那不是少爷好，原是红玉人儿好，所以不曾惹人骂的……"她说了这两句话，却是弯了腰肢咯咯地笑了。

逸民听她这样说，觉得她不但生得可爱，而且也聪明得可爱。心里这就更加欢喜，抚着她纤手儿，笑道："照你说，少爷这个人是不好的了，是不是？"红玉微昂了粉脸，露齿嫣然地一笑，说道："我也没有说过少爷不好呀！"逸民心里荡漾了一下，笑道："既然没有不好，那么当然是好的了？"红玉并不作答，只是憨憨地娇笑。

"红玉，我瞧你这么地高起来，直到现在，也就是长得更美丽了。我猜想着，你倒不像是一个低三下四的样子，也许将来还有些福气吧！"逸民瞧她这样娇媚的神情，便笑嘻嘻地说了这两句话。红玉听少爷这样说，反而显出很不高兴的样子，把笑容收起了，噘了噘嘴儿，啐了一声，说道："少爷！你不要挖苦我好吗？左不过是个丫头的命吧，哪儿来什么福气呢？"

"一个人福气来了，那是料不到的。譬如明儿给你配了一个如意郎君，那不是你的福气吗？"红玉不等他说完，又啐了他一口，站起身子来，向外要逃。不料却被逸民拉住了，笑道："你逃到哪儿去？"红玉眸珠一转，回头笑道："我不逃，瞧那碗桂圆汤要冷了，我去拿给你喝呀！"逸民于是站起来，把她拉着同到桌旁，一手拿了桂圆汤。红玉噗地笑道："我说不逃，就不逃，你一只手可怎么样吃呢？"逸民遂放了她手，把羹匙舀了两个桂圆，凑到红玉的嘴边去，说道："我吃不了这许多，你给我吃两只。"

红玉见少爷近来对待自己特别的好，一颗小心灵儿，不免有些受宠若惊，望着逸民倒是呆呆地愣住了一会子。逸民笑道："为什么不吃？可是嫌脏吗？"红玉听了，立刻靠近一些身子来，低声儿笑道："我怕少爷嫌脏，怎么少爷倒反而怕我嫌脏呢？"逸民把羹匙已碰到她的唇边，望着她红晕的脸儿，笑道："我不嫌你脏，你只管吃吧！"红玉小心灵里是充满了无限的甜蜜，秋波脉脉含情地望着逸民，她那张小嘴儿就不得不微微地开了。但是，为了羞涩的缘故，所以她只把嘴儿衔下了一个桂圆。逸民噗地一笑，说道："这个可不是你剩给我喝？"说着，把羹匙很快地缩回，便凑到自己的口边去了。红玉瞧少爷这个神情，真是羞涩得连耳根子都红起来，但在羞涩的成分中，还渗和了无限的喜悦。她别转身子去，早又哧哧地笑了。

逸民见她这样娇羞万状的神情颇是可人，遂把碗儿又放在桌上，伸手去扳转她的肩胛，两人的脸儿就成个相对形。红玉偷瞟了他一眼，却始终没有勇气抬起头儿，只把她蟒首垂在他的胸前。夜是静悄悄的，四周的空气是万分的沉寂。红玉此刻只听到自己的一颗芳心，别别地跳跃，似乎清晰可闻。她在奇怪少爷的举动，他是否是爱上了自己？不过少爷怎么会爱上我一个低微的丫鬟？何况他原有一个心爱的何小姐在呢。红玉正在沉思之际，不料逸民的手儿却把红玉的粉颊儿抬了起来，柔声儿问道："红玉，我很喜欢你，不知你喜欢我吗？"红玉听他问出这样话来，她立刻好像喝了一杯酒，全身顿时怪热燥起来，暗想：少爷莫非心存恶意吗？但是少爷从来很诚实的，他怎么会起歹心肠呢？因此绷住了粉颊儿，却是呆住了一会儿。但忽然又鼓起了娇腮，嘬着小嘴儿，说道："我是一个苦命的人，怕够不到资格给少爷喜欢的吧！"逸民冷不防被她碰了一个钉子，一时把两颊也涨得绯红，轻轻叹了一口气，低声地说道："既这么说，也就罢了。"说着，放下了手儿，回身自到沙发上坐下了。红玉听少爷这样说，同时又见他这样失望的神气，芳心中不免也有了一个感觉——莫非少爷真心地爱我吗？也许我错理会他的意思了。这样想着，又懊悔不该冲撞了少爷，因此又出了一会子神。逸民见她木然的样子，倒又笑起来了，说道："为什么出神？你以为我有什么歹意吗？"

红玉听了这话，她再也忍不住姗姗地走了上去，俏眼儿斜乜了他一眼，微笑道："少爷，你说的话，我全不懂。最好你能够明白地对我说一句。"逸民笑道："反正你不要我喜欢，还说什么呢？不过我这意思也不好，未免是委屈了你一些。"

逸民这两句话听到红玉的耳中，愈加猜疑不定，情不自禁地走上一步，笑道："怎样会委屈我？你倒说给我听。"逸民把长沙发的一端，用手拍了拍，说道："你且坐下来，我就告诉你。"红玉因为不懂少爷葫芦里卖的什么药，所以便走上去，和逸民真的并肩坐下来。逸民于是凑过头去，附着她的耳朵，悄悄地说道："红玉，假使你喜欢我的话，将来我和何小姐结了婚后，就给你收房。只怕委屈了你，所以你不肯答应吧？"红玉再也想不到逸民有这个意思，她把秋波盈盈的明眸瞟他一眼，娇靥立刻又垂了下来。心中暗想：像我这种低微的人儿，将来就是配个人，也不会有高尚的对象。少爷若真有这个心，那么虽然是个小星的地位，到底较之嫁个村夫俗子好得多。不过，少爷虽然有这个心，又不知道老太太的意思怎么样呢？所以她不免又愕住了一会儿。

"红玉，我瞧你是愈长愈美丽了，假使老太太给你配了人，也不见得有什么好的人才。所以我很怜惜你，心里就有这一个主意。不过，你的心当然不是我的心，也许你不情愿做小星，那我自然也不能勉强你呀！你想我这话是不是？"逸民见她做考虑的神气，便又悄悄地问她。

红玉听少爷如此多情，一时也管不得许多，便微抬粉脸，明眸中含了无限的柔情蜜意，凝望着逸民，很羞涩地说道："承蒙少爷如此抬爱，婢子还有个不答应的吗？不过，在这里还有两个问题。第一，老太太是否喜欢？第二，新少奶奶肯不肯答应？"逸民听她这样说，点了点头，抚着她纤手儿，说道："你顾虑得不错。老太太她平日多么喜欢你，假使我有这个意思，她老人家是不会不喜欢的。至于何小姐，她也是个明达的人，当然也不会不赞成的。所以，这两个问题，你是不用顾虑到的。"

红玉听他这样说，心里一欢喜，把她的心花儿都乐开了。乌圆眸珠在长睫毛里滴滴地一转，哧地笑道："既然少爷可以做担保，那我是只有表示深深的感激，还有个不……"说到这里，她又难为情起来，因此别转脸儿再也说不下去。逸民心中当然也是同样地感到欢喜，见她如此娇媚的意态，也就情不自禁地挽住了她脖子，两人含情脉脉地凝望了一会儿。良久，终于把嘴唇紧紧地吻住了。

红玉自落娘胎到现在，这十七年来不要说没有给一个人抱过，这接吻的事情，更是无从谈起。今日被少爷这热烈地一吻，那全身顿时会起了异样的感觉，整个的身子会软绵下来。她的一颗芳心是像小鹿般地乱撞，她完全已失却了自主的能力。假使逸民这时有更进一步的要求，她也没有不答应的了。

"红玉，今夜我们这一吻，算是彼此的订婚礼，以后你就是我的人了。"经过了好久的吮吻，逸民方才放开了手，柔情蜜意地说着。红玉羞涩极了，同时也喜悦极了，绕过无限媚意的俏眼儿，睃了他一眼，却又低头笑起来。两人又静默了一会儿，红玉忽然想着老太太要疑心，为什么送一碗桂圆汤要这许多时候？遂站起身子，忙柔和地道："你睡吧！我走了。回头老太太要找人。"逸民也跟着站起来，拉了她手，笑道："慢着，你服侍我睡吧！"

红玉瞅他一眼，雪白的牙齿微咬着嘴唇皮子。良久，方笑道："你又搭少爷架子了。"逸民涎皮嬉脸地笑道："这不是少爷架子，乃是搭做丈夫的架子呀！"红玉听了，啐他一口，却抿着嘴儿又笑起来，一面便给他脱去了上装，放进玻璃橱里去。逸民早已解散领带，放在梳妆台上，把衬衫、西裤都脱了，掀开被儿，钻身进去。红玉走进床边来，望着他脸儿，说道："这两天夜里又冷了许多，你要不要添一条小被盖着？"

逸民摇了摇头，说道："那是早哩！你给我四角被儿塞塞紧吧！"红玉于是俯下身去，把手儿将被角向里塞了塞。当她的粉脸凑近逸民的嘴角旁时，逸民忽然把头抬起，对准她薄薄的嘴唇，"喷"的一声，早又亲了一个嘴去。红玉待要避开，早已来不及了，因恨恨地白了他一眼，不料逸民却咯咯地笑了。

"你这孩子真是个淘气精……"红玉见他这样高兴，便啐他一口，说了这句话，身子已匆匆地奔出房外去了。逸民笑道："你怎么叫我孩子了？红玉，明天我可不依你。"逸民说着，不听她回答，知道她去远了，便自言自语道："这孩子就真叫人喜欢……"谁知一语未了，忽然噗的一声，红玉又笑着进来，说道："你该叫人家孩子的？"

逸民想不到她还躲在门外，便笑道："你不是孩子，怎么躲在门外吓人呢？"红玉咘地一笑，方才把房门掩上。这回真的匆匆到上房去了。

"红玉，你在做什么？怎的这许多时候啦？"李太太见红玉一跳一跳地进来，脸上是含了得意的笑容，心里有些奇怪，便怔怔地问着。

红玉被太太这么一问，心里猛然理会自己不该这样喜形于色，遂极力镇静了态度。乌圆眸珠一转，这就有了主意，便笑道："少爷的西服纽扣脱落了两个，所以他叫我缝上了。"这谎话说得很好，李太太当然不疑有他，便点了点头，说道："时候真的不早，你也该去安置了。"红玉答应一声，方才自回到房中去了。

这夜，红玉躺在床上哪里合得上眼，翻来覆去的只是睡不着。想起刚才被少爷热吻的情形，一颗芳心，又好生羞涩，两颊立刻又会热辣辣起来。因为兴奋过了度，不免又起了一层忧虑：少爷虽然是这样的爱怜我，万一何小姐是个惯会喝醋的女子，那么她一定要不答应。假使何小姐不答应，少爷当然也没有办法。因为照民国法律，一个男子是不能娶两个女子的。普通的娶姨太太，还不都是私下的吗？红玉既然这样思忖，她也不知道为什么缘故，竟又伤心地哭了起来。泣了一会儿，自己又责怪道：欢欢喜喜的事情，少爷既然能够做担保，你又何苦自寻烦恼呢？因此她又破涕自个儿笑起来。心里有了牵挂，就是睡梦中也会欢喜着，又会伤心着，所以，红玉几次从梦中笑醒哭醒。谁说恋爱的滋味是甜蜜的？至少甜蜜中也带了些酸苦的。沉醉在爱河中的青年男女，当然也明白这两句是不虚的吧！

六、只羡鸳鸯不羡仙

两旁绿叶丛中一条甬道上，慢慢地驶进一辆天青色的小汽车。车子到大厅前的石级阶下停住，车厢开处，跳下一个豆蔻女郎，生得柳眉杏眼，樱口雪齿，亭亭玉立，大有仙子凌波之姿。当她步上石阶级去的时候，里面就有一个十七八岁的俊鬟姗姗走出。一见那女郎，便即笑盈盈地喊道："何小姐，你中饭为什么不到我家里来吃？刚差一步，少爷已走出去了。"

"今天是星期日呐！你少爷到什么地方去了呀？"原来这豆蔻女郎就是何丽云，她吃了午饭坐车来望逸民，不料逸民先出去了，一时当然十分地失望，两条柳眉不免微微地蹙起，向红玉急急地问着。

"少爷说瞧一个朋友去的，大概就可以回来的吧！何小姐快请里面坐一会儿再说。"红玉见她似乎有些不乐意的神气，遂又笑盈盈地宽慰着她的心。丽云一面步上大厅，一面又含笑问道："那么老太太可在家里吗？"

"老太太也给张公馆请去打牌了。反正少爷就回来，何小姐没有别的事，就坐一会儿也不要紧呀！"红玉说着话，一面已请丽云到小会客室里坐下。丽云一听李太太也不在家，觉得今天实在太不巧了——照理，逸民是不应该出去的，他难道不知道今天我要来望他吗？因为今天是星期日，我学校里不读书，他终也该知道的。想到这里，不免又有些儿怨恨。从怨恨之中，忽然有了一个感觉——莫非逸民在外面尚有其他的女朋友吗？

"何小姐，请喝杯茶。你大衣怎不脱一脱呀？"红玉见她凝眸含颦的仿佛在想什么心事，遂把那杯热腾腾的玫瑰茶放到桌几上去，一面又向她瞟了一眼，笑着向她搭讪。丽云抬起头来，瞥眼见红玉不但长得俏丽，而且更显出聪敏的样子，暗想：我倒可以向红玉探问探问，逸民到底还有什么其他的女朋友吗？这也许她可以知道一些。于是忙道了一声"劳驾"，同时站起把大衣脱下，放在沙发背上，一面又向红玉招手，笑道："你坐下，我和你谈谈，解个闷儿。"

红玉也是一个有心的人，今听何小姐这么说，那真是求之不得的事情，当然十二分的欢喜。频频地点了一下头，但是却不敢就座，望着丽云笑了一会儿。丽云知道她的意思，便把隔着茶几的那张沙发一点，笑道："你只管坐下，坐着我们就好说话呢！"红玉于是告了罪，也就挨身坐下。丽云先拿了茶杯，凑在殷红的嘴唇边，微微地喝了一口。然后望了望红玉的脸儿，笑道："你今年几岁了？"

"我今年十七岁。自从到这里，已有整整七个年头了。"红玉听她这样问，遂悄声儿回答。丽云点了点头，说道："光阴过得真快，一忽儿就有七年了。那么你爸妈还在吗？你原姓什么的？"

红玉听了，倒不免勾起一些伤心来。微红了眼皮儿，轻轻地叹了一口气，说道："我爸妈是七岁时就没有了。在叔叔那儿住了三年，因为叔叔的孩子太多，同时经济又很困难，所以在十岁那年，他就给我卖到李公馆。说与其在家里挨饿，倒不如给人家做丫头去好。我明白叔叔的苦，我觉得叔叔是怪可怜的。起初一两年，叔叔还常来偷偷地望我，后来就一直没有来。我托人去打听，方才知道叔叔是病死了……唉！穷人的命就真苦……"说到这里，眼角旁不免淌下一滴泪水来。但她忽然觉得有一句话没有回答，遂又接下去道，"我原姓何，名叫逸琴。因为我的名字重了少爷的名字，所以老太太就给我改了红玉了。"

丽云见她说着话，又把手背去拭眼泪，这种情态，倒也令人引起楚楚可怜之心，不免也轻轻叹了一声，似乎也很伤心她的身世，说道："原来你也姓何，那不是和我同姓吗？这倒怪有趣的。我想你现在虽然是个丫鬟，但老太太也待你很好，况且你又生得那个好模样儿，也许往后的日子就不错……"

丽云原是无心安慰她几句，不料红玉听得有意，暗想：她倒和少爷一样的口气，那么将来少爷要把我收房，她难道会不答应吗？这样一想，把那些伤心又给无限的甜蜜所蒙住了。因此也不禁为之嫣然失笑，谢道："但愿能应了何小姐的金口，这真使我万分地感激了。"丽云听她这样说，心里也觉得她的伶俐可爱，遂微微笑了笑。于是，她的话锋就转到逸民身上来，但表面上绝对显出毫无用意的模样，很随口地问道："你家少爷平日常到外面去吗？"

红玉听她问得有些儿奇怪，不免心里思忖了一会儿，微笑道："少爷近来在家里的日子很多，他也不常出外的。"丽云点点头，又悄声儿问道："那么平日来望他的朋友多不多？"红玉原是个聪敏的姑娘，从丽云这一句话中猜测，就感到她至少是含有些儿作用的，遂忙说道："除了中兴银行里几个朋友外，也没有什么其他的朋友。自从担任了新生社里的总编辑后，就更没有空了，终日地伏案撰稿。这两天方才比较空闲一些呢！"

丽云听红玉这样说，方知昨天逸民电话里说的不是虚话，心里把疑惑才消了大半，暗想：所谓中兴银行的朋友者，大概就是那天运动场里碰见的几个吧！那么逸民也许是没有别的女朋友，我倒不能错怪了他。不过，他今天又到什么地方去呢？但仔细一想，忍不住又暗自骂声：你这小妮子也太会多心了，他又不是我所专有的人儿，难道我能管束他的行动吗？就是他已成了我的丈夫，我也不能这样怀疑他呀！想到这里，自己几乎也要笑出声来。

　　红玉见她听了自己的话，也不回答，低了头儿却只管沉思。遂眸珠一转，又咻的一声，故意独个儿先笑了。丽云这才抬头望了她一眼，怔怔地问道："你笑什么？"红玉秋波盈盈地逗给她一个娇笑，说道："像我家少爷那样人儿就难得，有了钱不肯去胡调，这就是一个好青年。所以老太太是十分的欢喜。我常听她老人家自个儿在说少爷的好，他也不交结什么女朋友，对于何小姐似乎是例外的了。"

　　红玉这几句话听进丽云的耳里，芳心倒是怦然一动，两颊不免盖上了一层红晕，一时倒有些接不上话去了。只得微微笑了一笑，说道："这当然因为我爸和他爸是个老朋友关系了，所以我在这里也似乎比较熟悉一些。"红玉点了点头。两人到此，就沉寂了一会儿。室内是很静悄，窗外的几株梧桐树的叶儿，扑飞在玻璃窗子上，发出了细碎的声音。红玉忽然又说道："何小姐，我们的二小姐你也认识的吧？她的性情真好，度量也真大，我们老太太时常在赞美她的贤德呢！"丽云听了，忙问道："你家二小姐不是少爷的堂姐姐吗？我也见过了好多次，她怎么贤德啦？"

　　"去年二小姐和姑爷结了婚，两口子感情十分的好。姑爷家里原有一个丫头的，倒也生得很清秀，说起来终是姑爷不好，他在二小姐回母家去住两天的当儿，不知怎的就和那丫头发生了关系，后来给二小姐知道了，她却索性给那丫头圆了房。现在听说和和睦睦，好像娘儿一样的亲热。你想，这不是二小姐的大度吗？否则，换个气量狭窄的人儿，从此家庭不是要多事了吗？"红玉所以向丽云告诉这一件事，她原也含有深刻的意思。不过，丽云心里当然是不晓得的。她凝眸含颦地想了一会儿，说道："这个固然是你二小姐的贤德过人，但一半还是那个丫头自己做人不错。也许二小姐平日就很喜欢她，所以就答应了这一件事。要不然，你二小姐怕没有这样的好脾气吧！你二小姐的性情我都是知道的，她不但学问好，就是做事的才干也不错。我猜想着，那丫头一定是你二小姐的一个心腹吧！"红玉听丽云这样说，一时也不免暗暗敬服。正欲再说什么，忽然一阵皮鞋声，却见逸民走了进来。红玉慌忙站起，笑着叫道："少爷回来了，人家何小姐已等候你许久了。"

逸民瞥见两人坐在一块儿闲谈，心里先觉得奇怪，但也没有追究的必要，遂先向丽云弯腰笑道："对不起！对不起！叫你等候了好久了。"

丽云笑盈盈地站起，回眸瞟了他一眼，说道："你在瞧朋友吗？"逸民摇头道："没有，我到新生社里去一次。今天《新生月刊》和《青年自修》出版了，我拿了两份来瞧。"说着，在大衣袋内取出两本月刊来。丽云接过，翻着瞧阅起来。这时，红玉又端上一杯玫瑰茶，放到逸民面前，俏眼儿瞅他一眼，却不说话。逸民瞧她这意态，忍不住笑道："老太太呢？"

"少爷走后不到五分钟就给张公馆请去玩牌了。"逸民暗想：怪不得你在陪客了。但你们两人倒是应该先亲热起来，那么丽云将来自然也很乐意答应了。逸民正在想时，丽云把月刊合上，回头含笑问道："这两本你可是送给我瞧的吗？"逸民也笑道："不送给你瞧，难道还送给别人去瞧吗？"丽云哧地一笑，故意说道："这也难说，也许你还要送给什么知心人儿去瞧呢！"

"你不要挖苦我吧！我哪儿还又什么知心人儿呢？不过，你这话倒也说得是，我这两本原带了来送给心爱人儿瞧的呀！"丽云忽然又听他这样说，两颊立时浮上了两朵红云，啐了他一口，也忍不住为之报报然起来。不料，红玉听着，却是哧哧地笑着奔到室外去了。丽云这就理会室中还有一个红玉在着，心里也愈加羞涩，恨恨地白他一眼，嗔道："亏你说得出口，难道不怕难为情的吗？"

逸民耸着肩膀，傻笑了一会儿，说道：“那也没有关系。红玉她也原早已知道的了……”丽云不待他说完，更急得跳脚道：“你愈说愈糊涂了，她原早已知道了什么呀？”逸民听她此刻偏又一本正经起来，一时也涨红了两颊，却是回答不出来了。丽云瞧他急得这个模样，却反而嫣然地笑了。逸民被她一笑，胆子又大了一半，说道：“今天你打算到哪儿去瞧一场电影吗？”丽云也撩起手腕瞧了一下时刻，便噘着嘴儿，说道：“今天我原约你到国泰去瞧《百劫将军》的。现在已三点半了，还来得及吗？”逸民道：“我们瞧四点半的一场也一样。出来就在对过沙罗仁咖啡店吃晚饭，那不是很好吗？此刻我们再坐一会儿。”

丽云点头答应。逸民方才脱了大衣，和她一同坐下。忽然想起昨夜的那副万子一色牌来，便咯咯地笑道：“丽云，真有趣得很！你表兄这张‘二万’真打得好笑，硬生生叫他包解一副三翻，实在冤枉极了。”

“怎么冤枉呢？我不懂。你快说出一个理由来吧！”丽云听他这么说，定住了乌圆的眸珠，蹙了眉间，向他怔怔地发问。“我告诉你，当你发‘二万’的时候，真实我已经可以摊牌。不过我心里想，那张‘二万’，除了你会发出来，换了济诚，就是杀脱他的头，他也不肯丢的。所以，我要你包解一副清三翻，我心里实在有些不忍，决心不要摊下来，希望自己去摸来和。不料，济诚偏也抓了一张‘二万’，他见你刚刚发过，因此也大胆发出，但他如何晓得我偏要和他那一张‘二万’呢？”丽云听了，这才有个恍然大悟，不禁“哦”了一声，也哧哧地笑得花枝乱颤了。心里想：原来你也明白我这一张“二万”是故意放的，那么我这一片情分，终是也没有白用的了。这样一想，满心只觉得甜蜜无比。秋波脉脉含情地瞟他一眼，掀着酒窝儿，说道：“原来是这样一回事，所以表哥要向你责问了。

偏你是个谎话精，说得理由十足，因此，表哥就弄得哑口无言了……那倒真是冤枉的。不过这都是他太认真了，这种人就活该哩!"说着，又笑起来。两人喟喟笑了一会儿，红玉却端着一盆炒面来，说:"何小姐来了好一会儿，快吃些儿点心吧!"

丽云见表已四点十分了，便笑道:"我们也该走了。你真太客气，还做什么点心呢?"逸民道:"既然已做好了，那么你就吃些儿。"于是，两人就站起身子，到桌旁坐下，大家吃了一些。红玉拧上手巾，递给丽云，笑道:"一定烧得不好吃吧?"丽云忙道:"烧得不错，你瞧我不是吃了许多吗?"红玉听了，却是抿着嘴儿笑起来。

逸民拿了丽云的大衣，亲自给她披上，然后自己也穿上了，向红玉道:"我同何小姐去瞧一场电影，晚饭也许不回来吃了。"红玉点头答应，俏眼儿却逗给了他一个神秘的媚笑。逸民也报之以微笑，方才和丽云走到大厅前去乘车，开到国泰大戏院里去了。

在国泰戏院里瞧了《百劫将军》后，把逸民心中真感动得了不得，觉得片中那个少校百折不挠的精神，实属令人敬佩，在此风云变色之际，真可给醉生梦死者一个当头棒喝!两人瞧毕出来，时已万家灯火。于是，实行预定计划，到沙罗仁咖啡店晚餐。餐毕，还只有八点零五分，丽云要到丽娃栗妲村去游玩划船，逸民不忍拂她，遂依她一同到丽园去游玩了。

前面是条清流，两岸密密层层地遮盖着树叶儿，连成了仿佛一个凉棚似的。天空是碧青的，明月儿很皎洁，它柔和的光芒，从那树叶儿的小缝隙中透露下来，照映在微波动荡的水面上，好像是倒翻了水银那样的闪烁着。这是多么含有诗情画意的一块幽美的境地啊!这就无怪那些青年的男女，成对地要留恋在它的怀抱中了。

忽然一阵洒洒的划水声，冲破了静夜的空气。只见那浓荫之中，慢慢划出一只小船来。船中坐着一对男女，这就是逸民和丽云了。两人手握木浆，在水中微微地摇动着，那船身也就徐徐地向前进行。逸民先开口说道："在秽浊的都市中，居然有这么一块清静幽雅的境地，这确实是很难得的了。"丽云娇媚地瞟他一眼，脸儿被月光笼映着，更觉得娇艳动人。频频地点了一下头，低声儿笑道："可不是？你瞧那水中的人影，真幽静得可爱哩！"逸民笑了一笑，心里荡漾了一下，说道："我爱丽园的清流，它仿佛是丽云的秋波；我爱丽园的树蓬，它又好像丽云的美发；我爱丽园中的明月，它更像丽云的玉容……"

"得啦！得啦！我可没有像丽园那样优美得可爱吧！"丽云听他说了这么许多"我爱……"，一时又喜悦又羞涩，秋波瞅他一眼，口里虽然这么说，但颊上的酒窝却早已深深地掀起来了。

逸民从晚风中闻到丽云身上发出来的一阵一阵幽香，他的心神有些儿陶醉了，很得意地瞟她一眼，笑道："丽云的幽美，是胜过了丽园的万倍。丽云，你是天上的安琪儿，你是广寒宫中的嫦娥，你实在是太美丽了……"丽云不等他说完，早又轻轻地啐他一口，嫣然笑起来。

"丽云，在这样清静的良宵中，你应该唱一支歌给我听听。"两人默默地静寂了一会儿，逸民轻轻地拉过她纤手，柔声儿央求着。丽云在月下绕过无限媚意的俏眼儿，在他脸上逗了那么一瞥，微笑道："唱哪一支歌曲好呢？"逸民听她答应了，直乐得心花怒放，笑道："我们现在不是坐着船儿在玩水吗？我想唱前期《新生月刊》登载过的那支《遨游河上曲》，不是很好吗？"丽云两颊更娇红了，频频点头，笑道："是不是你作的词？很好！那么我唱歌，你给我合拍子。"逸民忙道："那是当然啦！还用说吗？来！预备……起，一……二……三……"丽云听他这样说，不禁露齿嫣然一笑，咳了一声，方才轻启樱唇，低低地唱到："人儿游在青山前，舟儿划到绿水边。月儿团圆，人也圆。人也圆，人儿的好合在何年？人生好比春花妍，脸若芙蓉鬓堆鸦，人面芙蓉两不分，细细闻来香喷喷。我俩爱情热复热，甜如春风满若月，趁此良宵乐同仙，泛爱河兮且流连——扁舟好比天上独，渡得人间——并头莲。"唱得婉转悦耳，仿佛出谷黄莺，令人声声动听。逸民一面把手儿轻轻地合拍子，一面把他的脑袋连连摇晃不停。丽云见他如醉如痴的神情，便撩起手来，轻轻地打他一下，笑道："你痴了？这算什么样儿？"逸民方才如梦初醒般地回眸望她一眼，笑道："唱得好极了，丽云，你再唱一遍好不好？"

"我不唱了，那是要害你的。"丽云噗地一笑，显出很神秘的样子。逸民奇怪道："这是什么话？你害我什么呢？"丽云抿嘴道："我若再唱一遍，你的头儿一定要摇晃得更厉害。我怕你头会摇到水中去，那不是我害你了吗？"丽云说到这里，再也忍不住了，她弯了腰肢早已咯咯地笑起来。

逸民方才明白她是在和自己开玩笑，一时更感到她淘气得可爱，情不自禁地把手臂去环住了她的肩胛，口里笑道："好呀！你取笑我吗？"丽云也就趁势倒在他的怀中了。两人相依相偎，默默地温存了一会儿。真是说不尽的郎情若水，妾意如绵。月光柔和地吮吻着两人的脸庞，只见两人的唇儿已凑合在一起了，演出了一幕银幕化的旖旎的风光。

这晚，两人分手回家，时已十一点多了。逸民一脚跨进自己的房中，却见红玉伏在桌上打盹。一时心里很奇怪，便轻轻地走到她身旁，正欲和她开个玩笑，谁知红玉先跳起身子，咯咯地笑起来了。因为是冷不防之间，倒反把逸民吓了一跳，因笑骂道："你这妮子疯了，倒把我唬了一跳。干吗不去睡？等在我房中做什么？"

红玉听他这样说，心里似乎很不快乐，噘了嘴儿，说道："我好意给你等门，不料却挨了你的骂。好吧！下次我就不等你是了。"说着，无限哀怨的目光在逸民脸上逗了那么一瞥，似欲盈盈泪下的神气，别转身子，便走出房去了。

"别忙！我又不曾骂你，你生气做什么？你给我等门，这是你的好心，我当然感激着你呀！"逸民见她很可怜地低头退出，心里就觉得不忍，立刻抢步上前，把她又拉了回来，很柔和地赔着不是。红玉听少爷说好话了，倒反而更觉酸楚，泪水儿落了下来。逸民抬起她粉脸，见她哭了，一时更加不安，遂把她拥着笑道："你痴了，好好儿伤心什么？"红玉道："我也知道吓着了你。我又不怨你，我怨自己笨……"谈到"笨"字，她几乎要哭出声来。逸民把手拍着她肩胛，笑道："是我说话太重一些儿的错处。我也很明白，你就别伤心，饶我这遭……"说到这里，两手捧起她的粉颊，却要去吻她的小嘴。红玉不依，拿手去按住他的嘴，逸民就在她的手上吻了一下，红玉这才挂着眼泪笑起来。逸民道："我问你，你从前为什么不给我等门啦？"红玉秋波白他一眼，嗔道："那你还用问吗？你从前可会给我说过这些话来？现在，你的人儿……一半也是我的了，我不该给你关心着吗？"

红玉这两句话，直把逸民感动得了不得，暗想：原来我答应把她收房，她就把我当作丈夫一样的爱护了。想不到红玉这孩子年纪虽轻，用情却是很痴。于是，更加爱她，情不自禁地低下头去，又要吻她的小嘴。这次红玉没有拒绝，却给他柔情蜜意地温存了一会儿。从此以后，逸民要不出外去，出去了她终给他等门。而且，冷热饮食，处处地方也给逸民关心。逸民对于红玉，自然是更喜欢她了。

时光如矢，早又过去了两星期。这天星期日下午，逸民坐在房中瞧报，见红玉一跳一跳地进来，神情颇为快乐。他便愁眉苦脸地向她招了招手，叹了一口气，说道："红玉，唉！很不幸，昨天我听母亲说，她因为你的年龄也不小了，所以她便要把你配人了呢！"红玉骤然得此消息，花容失色，不禁"哎哟"一声叫了起来。

七、偶然易马偏中计

　　红玉虽然是个没有受过教育的女子，但天赋她聪敏的慧质，除了描红刺绣是她的惯手外，就是普通字儿她也认识了许多。因为她是个多愁善感的个性，对于自己的身世，也在暗暗地伤心。同时，对于自己往后的终身问题，也在暗暗地担忧着。因为一个给人家做丫头的女子，要配给一个高尚的人儿，人家自然是不要的。不过，要自己给那种车夫和看门的做妻子去，实在也有些不情愿。自从逸民赤裸裸地把心腹的话告诉了她，红玉一颗小心灵儿真是快慰得了不得。从此，她把一切忧愁全都抛到九霄云外去了。她每天只觉得十分的高兴，不但做事情更加地有精神，就是饭量也在无形中地增添，兼之她正在发育的年龄，所以近来红玉就长得愈白愈嫩的可爱了。

　　今天下午，红玉趁老太太睡午觉的时候，笑盈盈地来和逸民闲谈，不料逸民却给她这样一个惊心的消息，那怎么叫她不芳心欲碎呢？当时，红玉听了逸民的话，她便"哎哟"一声，急得哭出声音来，猛然投入逸民的怀抱，脸儿靠在他的肩头上，呜呜咽咽地说道："少爷，你这话可当真的吗？唉！想我红玉虽然是个下贱的女子，但也明白一女不事二夫的话儿。虽然我和少爷还是个纯洁的身子，不过少爷既然有话在先，过头三尺有神明，岂能够不做准的吗？现在我活着是少爷的人，死了也是少爷的鬼，你若不向老太太去说明，我除了一死以外，是再也没有第二个办法的了。"说到这里，一时更伤心得抽抽噎噎地哭个不停。

逸民见她这个模样，同时又听她说出这几句话来，这倒也出乎意料之外，心里不免懊悔得了不得，立刻扶起她的脸儿笑道："红玉，你伤心得这个样儿做什么？我原和你说着玩的，可没有这么一回事呀！"

红玉忽然又听他这样说，便立刻收束了泪痕，抬起粉脸儿，怔怔地问他说道："你……快说！快说！到底是怎么一回事呀？"逸民笑道："你放心，没有这一回事的，我和你开玩笑的呀！"

"什么？这种事儿也能开玩笑的吗？你是不是试试我的心吗？好！好！我也不要做什么人了，反正我死了，你终要给我一个称呼的……"红玉听他说是和自己开玩笑的，一时不禁柳眉倒竖，杏眼圆睁，鼓着红红的两颊，气愤愤地说出这几句话。忽然，她站起身子，急急地奔出房外去了。

红玉这一种失常的举动，瞧在逸民的眼里，自然是吃惊不小，立刻把她拉住了，望着她绯红的两颊，笑道："你奔到哪儿去？"红玉犹愤愤地说道："你管我到哪儿去？我去死……死了干净……"

"为什么要死？好好儿的你可是发神经病了吗？"逸民拉住她手儿不放，正着脸色对她发问。红玉冷笑了一声，噘着嘴儿，说道："对啦！我发神经病了，所以我才会说出这样毫没心肝的话儿来。"逸民听她这样说，仔细想来，终是自己的不好，为什么要和她开这样玩笑！遂叹了一声，说道："你快不要动怒了，我原说错了。其实，我是无心地和你开玩笑，要是我存心挖苦你的话，我绝没有好结果的，那终好了。"

红玉听他这样说，方才把满腔的愤怒消了一半，但又觉得万分的悲酸，因此，那眼泪又大颗儿地滚了下来。逸民见她痴心如此，心中也勾起了悲伤，眼皮儿一红，把她的娇躯纳入怀里，拍着她的肩胛说道："红玉，你放心，我绝不负你……"红玉听他这样说，愈加伤心，伏在他的肩儿上索性呜呜咽咽地哭起来了。逸民被她一哭，自不免也落了几滴眼泪。

两人默默地淌了一回泪，逸民伸手又去抬她的粉脸。只见她仿佛是泪人儿的模样，实在令人感到了楚楚可怜。遂把手指去抹她颊上泪水，说道："我这人真不知竟会糊涂得如此模样。随便什么话儿都可以说，怎么却去和你开这个玩笑呢？那真该死！该死！"红玉听他这样说，虽然是不哭了，但却是默不作答。逸民瞧她这意态，显然还是生着气，遂笑道："红玉，你心里可是仍旧恨着我吧，是不是？"

"我恨你干吗？我只伤心自己的命苦……"红玉无限哀怨的目光，在逸民脸上逗了那么一瞥，眼角旁又涌上一颗泪水来。逸民忙道："你命一些儿也不苦呀！我不是早对你说，你将来还有好日子过吗？"红玉不答，却是深深地叹了一口气。逸民在袋内取出帕儿，又给她亲自拭去了泪水，说道："我知道你这半个月来对待我的深情，我是那么深深地感激着你，我绝不会忘记你的恩情。红玉，你假使不恨我的话，那么你应该对我笑一笑呀！"

红玉听少爷这样向自己表白着，那难道还和他老赌气吗？因此，只好扬着脸儿，露齿嫣然地笑了。但既笑了出来，倒又害起难为情了，秋波含情脉脉地向他瞟了一眼，立刻又别转脸儿去。这样娇羞万状的意态，逸民自然更感到她的可爱，遂把她拉到沙发上坐下，抚着她的手儿，笑道："无缘无故的累你这样伤心，那我是感到深深的不安。"

"你也不用说这些话。我问你，假使老太太真的给我配了人，你有胆量向母亲去说明吗？"红玉听他这样说，便又回过脸儿来，凝眸含颦地问着他。逸民笑道："你瞧我这样胆小吗？那我可不是偷食的耗子呀？"逸民这一句话，才把红玉引得"扑哧"一声笑起来。

红玉这一笑当然是格外的妩媚，逸民心里未免荡漾了一下，正欲偎过脸儿去吻她的嘴，忽然听得电话声响了起来。红玉早已一骨碌站起来，先奔到电话间去了。约莫半分钟后，红玉在电话间里喊道："少爷，何小姐有电话来了。"

逸民听丽云打电话来，遂三脚二步地奔到电话间，握起听筒，含笑问道："你是丽云吗？"只听丽云笑道："逸民，你快来吧！我们到江湾骑马去。"逸民平日对于骑马是素来最喜欢，当然连声说："好！我立刻就来。"于是，放下听筒，和旁边站着的红玉笑道，"何小姐叫我一块儿骑马去，你回头向老太太说一声。"红玉虽然点了点头，但眉间是微微地蹙着，叮咛着道："小心一些儿，骑马是很危险的。"逸民说道："我理会的，你放心是了。"说着，也不戴帽子，就披上一件大衣，匆匆地到何公馆去了。

逸民到了何公馆，见会客室里坐着两男一女，男的一个是丁济诚，还有一个却不认识。一个女的就是陆梨影小姐。逸民先和济诚招呼，然后向梨影含笑问道："密昔司李，何小姐呢？"逸民话声未完，忽然那个不相识的男子站起，把头上那顶呢帽脱下，向逸民哧哧笑道："你不认识我吗？你快瞧瞧清楚，我到底是谁呀？"逸民仔细一认，原来是丽云穿了一身西服。这就"哟"了一声，引得梨影也不禁笑得花枝乱颤了。

逸民也笑道："我进来的时候心里就有些奇怪，坐在屋子里干吗还要戴帽子，原来你是存心和我开玩笑的。"丽云俏眼儿瞟他一眼，"噗"地笑道："从这一点猜测，你就一些儿不细心。"逸民笑道："我又不是福尔摩斯，当然没有这样的细心呀！到江湾骑马几个人一块儿去？密昔司李和密司脱丁去不去？"梨影道："我是不惯骑马的，回头跌下来就没有小性命了。"济诚笑道："表姐，其实骑马是很容易的，一些儿也不困难。"逸民回头笑道："不错！骑马实在很有益于身子的。丁先生既这么说，一定也同去的了。"济诚点头笑了一笑，站起身子来，说道："那么我们就走吧！"于是，逸民、丽云、济诚便向梨影告别出来。梨影送他们到大厅外，看他们跳上汽车，又嘱他们早些回来，方才回身到上房里和何太太做伴去。

汽车到了江湾一个小村里，那边有一个专租马儿给人骑的马棚子。当汽车停下的当儿，那草屋里就走出一个马夫来，向济诚笑道："丁先生又骑马来了吗？今天我又添了几匹好马哩！"

丽云见那马夫生得一脸横肉，十分的怕人，遂回头望了济诚一眼，问道："他怎么认识你的?"济诚道："我已来玩了好多次了。"说着，又向那马夫吩咐道，"阿根，你牵三匹马出来，一匹马性情要和善些的。"

阿根听了答应一声，便回身牵出三匹马来，两匹是黄的，一匹是白的，说道："这匹白马最刁恶，还是丁少爷自己骑吧！"济诚笑道："好的，反正我倒不怕刁恶的。那么哪一匹最和善的呢？我的表妹可不常骑的呢！"阿根指着全身赭黄的道："这匹就驯服。"逸民走到另一匹黄马身旁，低头见那马足却是全白色的，身材也颇雄伟，遂笑道："那么我就骑这一匹。"于是，三人脱了大衣，交给阿根拿去。大家跨上马背，把马缰一松，那三骑马匹便向前飞奔而去了。三人跑了一阵，方才又把马缰勒住，慢慢地按辔而行。

时正暮秋，两旁树林密密，枯黄的叶儿，随风飘舞，飞向天际，仿佛小鸟儿正在找寻它们的归宿。田野间，黄色的花儿杂在几块菜田之中，黄的黄，绿的绿，十分美丽。济诚在前，逸民中间，丽云落后。她向逸民喊道："逸民，你慢些儿走呀！"逸民听了，于是勒住丝缰，回头向丽云望了一眼，笑道："你很乏力了吧?"

说着话，两人已是并马而行。丽云一手掠着鬓旁被风吹乱的云发，一手拉着丝缰，笑道："倒也并不十分乏力。骑马倒真的很感兴趣。我听说你在大学里读书的时候，不是常骑马吗？"

"可不是？我每天要骑一个钟点。早晨空气又好，对于身体实在有益。丽云，你穿了西服，倒真的像个美少年。假使此刻有美丽的姑娘瞧见了你，恐怕就要和你谈爱情了。"逸民把明眸凝望着她白里透红的两颊，忍不住向她取笑着。丽云白了他一眼，却咻咻地笑起来。

"前面过去便是市中心，表妹和密司脱李且别只管说话，我们快再跑一阵吧！"济诚在前面听两人笑语盈盈，好不快乐，心中虽然有些酸溜溜，但他有了一种安慰，所以便回过头来，故意满脸堆笑地说着。两人听了，当然有些不好意思，不禁微红了两颊。大家把马腹一夹，又疾驰地飞奔前去了。

这一回跑的时间很久，丽云力弱，不免香汗盈盈，娇喘吁吁，喊着两人道："逸民和表哥！你们快停一停，我可力乏了呢！"两人听丽云这样说，便停马不前，逸民回头笑道："那么我们且下来休息一会儿吧！"

"别休息了，我们到了市中心，那边就有地方可以休息了。"济诚听逸民这样说，便急急地阻止着。但丽云和逸民却早已跳下马来，把马拴着街树，两人便在旁边草地上坐下了。济诚因此也只好跳下马背，走近来笑道："表妹到底不中用，只不过跑了三五里路，你就乏了吗？"丽云鼓着小嘴儿，很不服气地笑道："你别夸口，且休息五分钟，我就和你比赛，看谁跑得快！"济诚一面把马也拴在树旁，一面坐下，笑道："好吧！谁输了，回头晚饭就谁做东，好不好？"逸民笑道："那我倒也赞成的。"三人迎着微风，谈笑了一会儿，却也十分快乐。

65

"好了！我们从这儿就一直跑到市中心去，大家不可以停一停的。"丽云忽然从地上跳起，她先解下缰绳，跨上马背，嗒嗒的一阵马蹄声，便绝尘而去了。济诚突然瞥见丽云骑的那匹马儿，四足全白，一时心中大惊，急忙大声地喊道："表妹！你骑错了，那匹马儿是密司脱李的呀！"

"你别小觑了我，这匹马儿难道我就不会骑了吗？"丽云听了，回过头来，向两人咯咯地一笑，却只管奔驰向前去了。那时，济诚心中焦急，几乎要哭了出来，也只好和逸民各自跳上马背，拼命地追了上去。济诚口中还连连喊道："表妹！你跑慢一些儿呀！当心跌下来，快停住了吧！"丽云哪里肯停，还连连加鞭。这时候忽然树丛中奔出两个暴徒，对准丽云"砰砰"开了两枪。丽云受伤，大叫一声"哎哟"，身子早已从马背掉下，那马便溜缰落荒而逃。暴徒见目的已达，遂也遁去无踪。那时，济诚、逸民在后面目睹此情，心中惊骇莫名，立刻赶到面前，跳下马背，把马拴向树上，急急奔到丽云身旁，见丽云早已是痛得昏去。逸民抱她在怀，细查她受伤地方，幸而只在左腿，鲜血汩汩淌出，手臂也已跌破，满身全是血渍。逸民睹此惨状，也不禁淌泪不已，连声喊道："丽云！丽云！"呼了良久，不听答应。逸民抬头向济诚望了一眼，只见济诚亦是泪流满颊，连喊"糟了"。逸民道："事到如此，密司脱丁还是快骑马回去，把那辆汽车去开了来吧！因为你也会开车的，我可开不来呢！"济诚此刻方寸已乱，遂立刻答应，飞身上马，疾驰跑了回去。

阿根见济诚独个儿回来，便含笑上前，把马儿拉住，让他跳下，急急地问道："事情怎么样？可办成功了没有？"济诚一听，脸如死灰，顿足恨道："糟透！糟透！偏偏表妹和他换错了马，现在我表妹却受重伤了。你想，这……怎么办？"阿根听了这话，也是大吃一惊，忙说道："那么他们现在人呢？……唉！这全是你自己不好，我给你办事，可没有办错吧？那马儿怎么可以换错呢？我们只晓得见马足白的开枪，对于人当然不去辨别了。况且你表妹也是身穿西服，那还能知道吗？所以这五百元的酬劳，丁少爷，你不能少半个的啦！"

"放心！绝不会少你半个。我此刻心乱如麻，你还和我算那笔账呢，真是混蛋！你快跟我去吧！"济诚说着，把车厢拉开，阿根于是跟着跳上，便直开往市中心去了。

待汽车开到丽云受伤地点，只见丽云已经悠悠醒来，和逸民两人都在默默地淌泪。逸民见了济诚把汽车开到，心中大喜，遂把丽云抱上车厢。济诚向阿根道："你把两匹马儿牵回去，还有一匹落荒逃了，找不着，我明天会来赔偿你的。"阿根点头答应，济诚遂开车先到阿根家里取了三人大衣，然后把丽云急急送到福民医院里去。经过医生诊视以后，方知腿部尚有一颗子弹嵌在里面，需用手术钳出不可。但今天流血过多，恐身子受不住，等明天先接了血，然后开刀，大概没有生命危险。逸民和济诚听了，这才放下一块大石。两人面面相觑了一会儿，逸民说道："现在我们怎好意思回去见何太太？可怜何太太得知了这个消息，真不知道要如何的痛惜呢！"济诚叹了一口气，说道："可不是？这次骑马的事情还是我发起的呢！唉！那真太不幸了。不过这事情也太奇怪了，表妹平日既无结怨小人，谁下此毒手，要去暗杀她呢？"逸民道："可不是？这事情就很见得有些儿奇怪。现在事已如此，不去报告又有什么办法呢？"

济诚搓了搓手，皱了双眉，连声叹息了一会儿，也只好打电话去向何太太报告。那时，何太太、梨影、亦勤、洽生正在上房里闲谈，骤然得此消息，真仿佛是晴天中一个霹雳。何太太先是哭了起来，梨影忙道："这都是诚弟不好，星期日大家在家里玩玩也就罢了，偏喜欢闹些新鲜的事来，如今果然出了乱子！唉！那可怎么办呢？"梨影说到这里，亦是盈盈泪下。

亦勤和洽生忙道："哭有什么用？现在我们快到福民医院去吧！"于是立刻吩咐阿陆备车。梨影扶着何太太跳上车厢，大家到福民医院去了。

车到医院，大家三脚两步地走到特等病房十五号。只见逸民、济诚两人愁眉苦脸地呆坐房中，丽云脸色惨白地躺在床上。她见了爸爸妈妈等都来了，心头也不知打哪儿来的一股悲酸，还未开口，那眼泪早已滚滚地掉下来。

"唉！云儿，你可怜啊！怎么会有人向你开枪啦？这开枪人的脸儿，你可认识吗？好好的不去瞧影戏玩玩，偏要骑马，如今不是你自己受苦吗？"何太太坐到床边，拉了丽云的手，眼泪便像雨一般落下来。丽云被母亲一哭，她也忍不住呜咽起来。倒是梨影含泪劝道："舅母，你快不要引妹妹伤心了。密司脱李，那么医生说到底要不要紧呢？"

逸民听梨影回过头来向自己问话，遂告诉道："医生说腿部尚嵌有一颗子弹，明天要用手术钳出，大致没有生命危险的。"

"那么这到底是怎么一回事呢？你们在什么地方骑马呀？"洽生似乎有些生气，但是他不好意思向逸民发作，回头又向济诚狠狠地问。济诚两颊是红得厉害，一颗心儿跳跃得快速，支支吾吾地把经过事情告诉了一遍。洽生和亦勤听了，都好生疑惑，遂问丽云平日可曾结怨过人。丽云含泪想了一会儿，却再也想不出和谁结怨过，因说道："我从来没有和人结过仇恨的……"

这时，洽生心中便有了一个感觉，以为丽云平日一定太浪漫，这件事情，恐怕是男女间争风吃醋而起的吧。这样一想，他便冷笑一声，说道："都是自己作孽。假使明天有人把报纸一登，那我的颜面不知要丢到如何地步呢！"

丽云从来也没有被父亲说过一句重话，今天听父亲这样说，显然话中还有其他的意思，一时委屈已极，忍不住掩面而泣。何太太这就急了，猛地向洽生啐了一口，狠狠地骂道："女儿已经受伤得这么厉害，你却一些儿没有怜惜之意，反说出这样的话来，你是不是希望她死呢？我是只有这一个孩子呢！万一有了三长两短，我也不要做人了。让我娘儿俩都去死，你一个人活命，再讨烂污货去……"何太太越说越伤心，越说越气愤，站起来仿佛要和洽生拼命似的样子。

丽云见爸妈为了自己口角吵闹，一时更加心痛，更呜咽不止。梨影忙向何太太劝道："你和舅爸吵闹，妹妹要更难受的。"说着，又向洽生埋怨似的瞅了一眼，说道，"舅爸这人……妹妹已伤得如此厉害，你还派她什么不是呢？"洽生听了，也不敢再说话。那时，济诚心如刀割，深悔不该恶计害人，如今反而害了心爱的表妹，这不是天数吗？逸民心里亦是感到万分的抱歉和不安，低着头儿默不作声。梨影又把丽云劝了一会儿，方才停止了哭泣。她叹了一口气，向何太太淌泪道："终是女儿不孝，累你俩老人家又吵嘴。能够医治得好，固然大幸；万一不测，母亲也不用伤心，只当没养我这个女儿罢了……"丽云这两句话又引得众人淌泪不已。大家泣了一会儿，看护来干涉道："你们不能引病人伤心。最好大家都回家去，否则，只有一个人留着做伴。"梨影道："那么我就伴着妹妹，你们都回去吧！"何太太没法，也只好和洽生等大家出了医院。逸民和洽生等分手，独个儿踏上回家的道路。当秋风扑面的时候，心里真有一阵说不出的凄凉。

八、才庆痊可便别离

"唉！民儿，我不是埋怨你，你这人就糊涂。上海地方，什么都可以去玩，偏要骑这个马去。如今何小姐闯出这个乱子来，虽然不是你去约她，但是我们心中到底也担着抱歉呢！"逸民回到家里，李太太得知了这个消息，便向他轻轻地埋怨着。逸民觉得母亲这话说得很不错，自不免深深地叹了一口气，低了头儿，默不作声。红玉见少爷这个神情，便给他倒上一杯茶，悄悄问道："那么何小姐的伤到底厉害不厉害呢？将来子弹钳出，又不知道会不会变作残疾呢？"

红玉这一句话倒把逸民提醒了，暗想：假使成了跛足，哎哟，这可如何是好呢？想到这里，心中不自在极了，忍不住又要淌下泪来。但是，在母亲的面前到底不太好意思了，遂回答了一句"大概不要紧的吧"，便站起身子，匆匆回到房中去了。

"红玉，你去望望他。这孩子听了我几句话，心里又不自在了。"李太太见逸民垂头丧气地走出，做父母的心，终是爱儿女的多，所以心中又放不下，叫红玉去望他。红玉答应一声，便悄悄地到逸民房中来。只见逸民坐在沙发上，却长吁短叹地垂着眼泪。因柔声儿说道："太太的话也是实在的，你难道就生气了吗？"逸民微抬起了脸儿，见红玉含了满面的娇笑，站在面前。遂把她拉着一同坐下，叹了一声，说道："我又不是为了母亲埋怨几句而伤心的，我想着何小姐万一变成了残疾，这不是太叫人难受了吗？"

红玉听他这样说，方才明白他是为了何小姐的伤而担忧着，遂柔情蜜意地拿出手帕亲自给她拭泪，安慰他说道："少爷，你放心，吉人自有天相，何小姐的伤一定不妨事的。"

　　逸民见她这样温柔的神情，便握住她手儿，频频地点了几下头，说道："但愿应了你的话，这真是要谢天谢地了。"红玉"噗"地一笑，却把俏眼儿逗给他一个娇嗔，说道："我不是原叫你小心吗？假使你肯听我的话，劝何小姐大家去玩别的事情，那么还会发生这种不幸吗？"

　　"这是意想不到的事情。骑马原是不会闯祸，可是有人开枪，这是节外生枝呀！谁又料得到呢？"逸民听红玉这样说，心里虽然很感到她的细心可爱，但忍不住又深深地叹了一口气。红玉凝眸含颦地沉思了一会儿，很奇怪地道："这件事情仔细想来，就觉得有些儿蹊跷。开枪的人固然是和何小姐有仇怨的，不过他如何晓得你们今天会到江湾骑马去呢？所以，我觉得这件事情内容十分的复杂……少爷，你不是说同去还有何小姐一个表哥吗？这表哥平日和何小姐的感情不知好不好？他和少爷的感情怎么样？"逸民听红玉这样问，心里也很稀奇，说道："你问他做什么？他平日当然也爱何小姐的，不过何小姐对他没有感情罢了。至于我和他，还只有半个月的认识，哪里谈得上'感情'两字呢？"

　　红玉听少爷这样说，乌圆眸珠一转，连声说道："好险！好险！照这情形猜想，恐怕还是她表哥做好的圈套吧！他本意是害少爷的，因为你夺了他的爱呀！一定是开枪的人弄错了，所以误打了何小姐了。少爷，你以后千万小心，我猜她表哥一定不怀好意的。"

　　逸民听红玉这样说，不免有些将信将疑，呆呆地沉思了一会儿。忽然"哦"了一声，把红玉的手儿连连地摇撼了一阵，说道："对了，对了，红玉，你真是心细如发。他妈的，济诚这小子竟狠心如此，真是杀不可赦。无怪丽云骑错了我的马儿，他便急得那个样子。我想开枪的人，一定以马为目标的。唉！这样说来，我真是大幸。但何小姐可怜，她就受了冤枉的痛苦了。济诚这杂种心毒如蛇，明天我一定要告诉丽云……"逸民说到这里，愤恨地咬紧牙齿，咯咯作响，仿佛要站起来，立刻和济诚拼命去似的。红玉忙把手儿按住他的肩胛，秋波望着他涨红了的脸儿，柔和地劝道："少爷，你且息怒，我也不过猜想而已。事情既无真凭实据，你切勿声张，何小姐心里想着，还以为你的量窄哩！所以，这事情还是不告诉何小姐的好。只要你心里明白，以后一切小心，也就是了。会下得了这样毒手的人，他将来终没有好结果的。少爷，你睁大了眼睛望着吧！"

逸民听红玉这样说，一时亦深以为然，点头说道："你这话不错。黑心人儿，当然也是黑心结果。不过，他既然毒如蛇蝎，我倒不能不防着他些。"红玉道："这句话最对，情愿不要和他一块儿去玩。少爷，你知道吗？"

逸民见她微侧了粉脸儿，向自己这样地叮嘱，一时就更感到了她的可爱，情不自禁地把她搂在怀里，在她薄薄的嘴唇上吻了一下。红玉哧哧地一笑，连忙站起身子，恨恨地打了他一下，便匆匆地奔到上房里去了。

第二天早晨十点钟敲过，逸民便到医院里去望丽云。梨影见他进来，便向他摇摇手，同时，她的身子便走出房外，向他悄声儿说道："今天早晨九点钟模样刚动过手术，子弹已经钳出，但人儿被闷药闷倒了，要十二个时辰才可以恢复知觉。医生关照千万不能惊动她，所以，密司脱李还是别进去吧！"

逸民蹙起眉峰，点了点头，又低低地问道："医师可曾说过，会不会妨碍走路吗？"梨影道："大概不要紧的。只不过修养时间听说要在四个月以上。"逸民道："只要能够恢复原有的健康，就是日子多一些，那也没有办法了。只不过身子要受一些儿痛苦了。唉！这真是不幸极了。昨天我听了伯伯的话，我真觉得好羞惭哩！"

梨影听他这样说，便忙说道："这又不是你去约妹妹的，那你何必不安呢？我说最不好的是济诚，丽妹她哪儿想得到去骑马，还不是济诚发起的吗？"逸民听了这话，想起红玉说的，觉得愈想愈贴切。那明明是为了丽云不爱她，所以他起了妒杀之心，意欲把我结果了，他可以得丽云的人。这种卑劣的手段，实在不是一个有心肝的人干的呢！逸民心里想着，表面上又连连叹息了一会儿。因为丽云既然熟睡着，他便也匆匆地作别走了。流光如水般地过去，一转眼间，丽云睡在医院里已有半个多月的日子了。这天下午，梨影因为丽云想几只小菜吃，所以她回公馆里去一次，吩咐厨房里去烧好。病房中这就只剩了丽云一个人，她拿了一面小镜子，自己照了一照，觉得两颊是清瘦了许多，想着这次被狙击的事情，心里又奇怪又伤悲，不免暗暗地又淌了一回泪。

"丽云，我有两天没来瞧你了，你今天可又好得多了吧？"正在悄悄的当儿，忽然门房开处，笑盈盈地走进一个西服少年来。他手里还捧了一束鲜美的花朵，轻轻地已走到了床边。丽云见是逸民，便忙抬上手去，揉擦了一下眼皮，乌圆的眸珠一转，点了点头，说道："好多了，谢谢你又来望我。"

逸民瞅她一眼，把那束鲜花插在桌上的那只胆瓶里，回头又笑道："你怎么说这些话，那不是反显陌生了吗？"丽云不答，却微微叹了一声。逸民在她床边坐下来，明眸脉脉地凝望着她脸儿。只见她脸上犹沾着丝丝泪痕，遂柔和地道："既然好多了，那么就该欢喜才是，为什么偏又伤心了？"

丽云无限哀怨的目光在他脸上逗了那么一瞥，说道："我昨天就想了你一天……"逸民听了这个话，方才明白刚才她说的是生气话——原来她是怨恨我有两天没来望她了。遂微微地一笑，伏在床沿边，抚摸了她一会儿纤手，低低地说道："前天从你那儿走出，在路上淋了一些雨，也许是受了凉，所以第二天身体就发热了，直到今天才好了一些。我原怕你心里记挂，所以急急地今天就赶了来。我实在没有办法，并非故意不来望你的呀！"

丽云听了他这个话，一颗芳心倒又怜惜起来，暗想：我原错怪了他，可怜他也生着病哩！这就情不自禁地把手儿去摸他的脸颊，很柔和地说道："既然你也有着病，今天就不该来望我。你不会打个电话来吗？唉！你两颊真也瘦削些了。大夫瞧过没有？我真对不住……你……"说到"你"字的时候，她的眼圈儿便会红了起来。

"我原想打电话给你。后来我又想，你是受伤的人，得了我病的消息，不是心中要着急吗？反正我又不是大病，一两天也就会好的，所以我就不来电话了。"丽云听他说得这样委婉多情，觉得自己的疑心实在太不应该。因此，心中一酸，泪水便夺眶而出了。

"丽云，你痴了，好好儿又伤心做什么？终是我不好，累你心里不如意……快别哭了……给我瞧着不是也很辛酸吗？"逸民见她如海棠着雨般的脸庞儿，备觉楚楚可怜，遂凑过脸儿去，又低声儿说着。不料，丽云的纤手却把逸民的嘴儿扪住了，说道："民，你别误会！你的一片爱我的心，实在太使我感动了啊！"逸民这才明白她所以淌泪的原因了，心里自然是充满了无限的甜蜜，不禁为之破涕笑道："云，你爱我的深情，实在也太使我感动了啊！"丽云到此，掀着酒窝儿，自然也娇媚地笑起来了。

"民，假使我的腿儿成了跛子，不知你会不会转变爱我的方针呢？"两人相依相偎地亲热了一会儿，丽云秋波脉脉地瞟他一眼，又悄悄地问出这两句话来。逸民忙说道："云，你放心！只要你我两人都活在世上的话，我终不转变我爱你的方针。除非我死了……"丽

74

云不等他说完，立刻又扪住了他的嘴，"嗯"了一声，撒娇似的说道："我明白你的……你又何苦一定要说'死'呢?"

"说'死'又哪里真的会死? 我只要你能够相信我，我什么都愿意。假使你疑心我有两条心的话，那我会把心剜出来给你瞧的。"逸民见她又把手儿来扪住自己的嘴，只觉有股子细香扑鼻，这就"啧"的一声，吻了她一下手心，一面又说了几句话。丽云忙把手儿缩回了，两颊盖了一层红晕，却逗给了他一个妩媚的白眼，嫣然笑道："你不用把心挖出来给我瞧了，前儿你不是说我俩的心已合在一块儿了吗?"

"对啦! 你的一颗心已全交给了我，我的一颗心也已全交给了你，任魔鬼掀风作浪地来破坏，我俩的心终不会分开了，你说是不是?"逸民听她这样说，心儿是不住地荡漾，把两手一合，忍不住得意地笑起来。

丽云一颗芳心也是又喜又羞，两颊立时又添上了一层红晕，频频地点了点头，娇羞地道："你这话不错，我明白我突然地被狙击，定是魔鬼要拆散我们第一步的计划。不过，这魔鬼到底是谁? 我却再也想不出来。"

逸民听丽云这样说，几次要把济诚陷害自己的话，已说到喉咙口里，但终又咽了下去，只点头笑道："只要我俩不听旁人的逸言，不受外界的诱惑，我相信我俩的心儿始终是一贯的。"丽云笑了，逸民也笑起来。

"密司脱李什么时候来的呀?"两人正在柔情蜜意地相对凝望着，忽然，一阵女子的话声惊醒了两人。逸民立刻站直了身子，回眸望去，只见梨影手拎一只菜篮子，很神秘地逗给逸民一个微笑。

"我道是谁，原来是表姐。我才来不多一会儿，你在什么地方的呀?"逸民绯红了两颊，搓了搓手，这意态显然是十分的局促。丽云扬着眉儿，故意很快乐的神气，笑道："表姐，你给我菜烧来了吗？"

梨影笑盈盈地走过来，把菜篮子放到桌上，一样一样地拿下来给丽云瞧，有清炖童子鸡、红烧蹄髈、鲫鱼等菜。遂笑道："我今夜的菜可特别好，你也吃了晚饭走吧！"逸民听她这样说，微微地笑着，却是没有回答。梨影仍旧一样一样地拿了放到桌上去，回眸向逸民瞟了一眼，抿着嘴儿笑道："表妹和你说话，你没听到吗？"

"因为我前儿也有些病，油腻的菜还忌着，所以这些菜我都吃不来的。"逸民对梨影这样说，便微微地笑了一笑。丽云这才也记起了，点了点头，说道："我倒忘记了，那么你该早些儿回去休息了。才病好的人，怎么能够出来呢？"梨影望了逸民一眼，说道："密司脱李也有病吗？怪不得有两天没来了。昨天表妹就想你一整天。"说着，却又很神秘地一笑。逸民听了，方知丽云刚才所说的倒是实话。回眸瞟了丽云一眼，不料她也正偷瞟着自己，四目相对，忍不住又微微笑了。梨影见两人这样有趣的意态，也抿着嘴儿哧哧地笑，说道："密司脱李，你是有病才好的人，照理我原该劝你早些回去。不过，我瞧了表妹今天那种喜悦的神情，和昨日愁眉苦脸的比较起来，我实在又不忍催你回去……"丽云不等她说完，两颊又浮了一层娇红，啐她一口，笑嗔道："表姐又信着嘴儿胡说了。昨天我何尝愁眉苦脸啦？"

梨影回头望她一眼，笑道："又是我说谎了？那真天晓得。反正天终明白我的。"梨影这两句话，说得两人都又忍俊不禁。丽云今天的小心灵中是充满了甜蜜的滋味，她玫瑰花儿般的颊上那个酒窝儿这就始终不曾平复过。

逸民因为丽云这样高兴，心里也是欢喜，所以不敢说回去的话。倒是丽云望了他清瘦的脸颊，催他回去道："你早些儿回去休息吧！明天假使身子懒懒的，就别来望我。这两天社里也不要去，把身子

76

休养好了是正经，知道吗？"

这种体贴多情的话儿，显然带有了贤妻的口吻。逸民的心中除了喜悦之外，自然是更觉得十二分的感激，频频地点着头儿，连声说了两句"我晓得"。梨影瞧此情景，忍不住又好笑道："密司脱李，你看我表妹是多么地关心你，你千万别辜负她一片痴情才是……"丽云听到这里，便把手儿恨恨地打了一下她腰部，啐了她一口，却把俏眼儿又在逸民脸上逗了一瞥，嫣然笑起来。逸民心里不住地荡漾，但到底又觉十分不好意思，因此说了一句"那么我走了"，他便向两人弯了弯腰，很快地走出了病房。丽云知道他所以走得这样快，一定还是为了羞涩和兴奋的缘故，遂情不自禁地又叮嘱道："你得走好。才病愈的人两脚终有些软绵绵的，你就坐车子去吧！"

梨影听表妹这样多情地叮嘱他，觉得两人相爱之情，实在是密切到了极点。因为逸民没有回答，遂匆匆追到这房门口。见逸民尚在长廊下走着，于是含笑叫道："密司脱李，表妹叫你坐车回家，你听到没有？"逸民这才回眸过来向梨影含笑点点头，同时挥了挥手，便在转弯处消失了。

"妹妹，这束鲜花也是他送来的吧？像逸民那种少年，确实是很好。我想叫逸民天天来服侍妹妹的话，妹妹的伤一定也会好得快一些呢！"梨影回身进房，忽然瞥见桌上那瓶鲜花，于是她又向丽云笑盈盈地问。丽云心里是十分的得意，听表姐这样问，自然含笑点了点头。可是她没有听清楚梨影说的后面两句，及至听到了，她又觉得十分羞涩，啐了她一口，笑道："表姐老喜欢取笑我，那么你来伴着我，难道我还嫌你不成？"

"表姐虽然是好，但到底及不来逸民的好呀！刚才你自己不是也点着头吗？"梨影对她这样说，把秋波又斜乜了她一眼，抿了嘴儿咪哧地笑。丽云一颗芳心真是又恨又爱，白了她一眼，却别转脸儿去，便装着要睡了。梨影恐她多劳了精神，所以也不再理她，自管坐到沙发上去，拿了一本《妇女杂志》，静悄悄地瞧了一会儿书。

逸民回到家里，时已黄昏将近。因为身子还未甚复原，走出去后，未免感到累乏一些，所以也不到上房去，就匆匆回到自己房中。正欲脱衣休息一会儿，忽见红玉急急奔来，一见少爷已在，便满脸堆笑地说道："少爷已回来了，老太太不放心，叫我来瞧瞧……你可是要躺一会儿了？"红玉见他在脱西服上装，遂忙又走上来，给他代脱下了，放到衣钩上去。一面又来扶他到床边，让他钻进被窝里，一面带了爱惜的口吻，轻柔地道："早晨还有些热呢！下午再也熬不住要出去了，有什么天大的事呢？唉！这回又够累了吧？"

逸民见她俯着身子给自己盖被儿，明眸中还含了无限的情意，这意态是带了些怨恨和疼爱的成分，向自己脉脉地凝望着。因为自己已定了那么两个娇妻美妾，心里实在是兴奋到了极点。虽然身子是乏了些，但他也并不感到如何痛苦，向红玉微微地一笑，说道："你给我一些儿甜的，我就不累了。"红玉听了，娇靥立时罩了像一朵玫瑰花儿，睃了他一眼，嗔道："你这人就和你好不得的。疼了你一些，就要涎脸了。"逸民噗地笑道："我因为病后嘴儿淡淡的，你拿块糖我吃，不料你偏又误会了。"红玉听他说自己误会，一时更加羞涩，白他一眼，抿嘴笑道："要糖吃你不是可以明白地说吗？偏说什么甜的酸的……"说着，便在梳妆台上玻璃罐子里取了几粒奶油太妃糖，放在他的枕旁。逸民笑道："酸的我不爱吃，你恐怕最爱吃吧？"红玉不懂，眨了两眨眼皮，说道："我几时爱吃酸的？你又胡说了。你瞧六月里别人家都吃白糖青梅，我就不爱吃，怎的你倒反说我最爱吃呢？"逸民笑道："你梅子不爱吃，可是你却爱喝醋。醋不是较之青梅更酸吗？"红玉这才知道她是向自己取笑着，遂啐了他一口，扬起手儿，向他做个要打的姿势。但不知怎的，她立刻又放下了手，笑着奔出房外去了。

这几天西北风吹得很紧，显然已到了寒冬的季节。逸民披着厚呢的大衣，匆匆地又到医院里去望丽云。只见梨影正在整理一切用具，丽云坐在床上，正在穿旗袍。逸民虽然知道近几天丽云也下床来开开步子，但却不曾听她说过今天出院，遂奇怪地道："丽云，怎么？今天出院了吗？"

丽云一见逸民进来，慌忙把还未扣上的衣襟掩住了胸部，微红了粉脸，向他瞟了一眼，说道："我祖母病得很厉害。昨天杭州有电报来，祖父叫我们都回去。因为祖母是想念着我们，我想近来也好些了，到杭州去休养，也许比上海更好。何况祖母只有我一个孙女，她要我回去，我终不能使她失望的。可怜她病得很厉害，看来是颇危险了。"丽云说着，似乎要淌下泪来。

原来洽生本是武林人，他在西湖旁边筑有三座洋房，名叫武林别墅。因为洽生的父母还都在世，他们不爱都市繁华，所以一向住在故乡家里。那边大小仆妇也有许多，生活自然也非常的清闲。

当时逸民得此消息，心里倒是一愣，望着丽云的粉脸儿，半晌说不出一句话儿来。丽云心中已经明白他所以出神的缘故了，便向他微微地一笑，说道："我又不是不到上海来了，你忧愁什么？最多住两个月，明年我不是仍要继续我的求学吗？"逸民这才笑着说道："我倒不忧愁你到杭州去要分离了，因为你祖父打电报来，显然你祖母病是很危险呀！"

"可不是？我想着祖母慈祥的性情，我心里就伤心……"丽云说着，大有凄然欲泪的神气。正在这时，阿陆走进来道："预备舒齐了没有？老爷太太已到火车站去了，我们此刻就直接上车站去是了。"梨影道："你把这些什物先拿去吧！"说着，又来扶丽云下床，给她套上一双毡呢的鞋子，一面又帮着给她扣纽襻。那时，医院里也抬来一张病椅，给丽云坐着，抬到医院门口。梨影、逸民也跟着出来，大家跳上汽车，便开到火车站去。

汽车到车站停下，逸民先跳下车厢，伸手扶丽云下来。见丽云走路尚有拐斜之意，可见伤处并未全好。三人慢慢走近车站，杏儿早迎出来，叫道："小姐，太太在这儿呢！"于是，大家向西边望去，果见洽生和何太太都在那边椅上坐着。彼此见面，何太太偎着丽云，叫她坐下，娘儿们又亲热了一会儿。一面向逸民笑道："李少爷怎么知道的？"逸民道："我齐巧到医院去望丽云呢！"洽生也和逸民谈了一会儿。火车已进月台，于是大家跳上头等车厢。丽云和逸民又喁喁地谈了一会儿，直等火车将开，方才握了握手，和梨影跳上车厢。就在这时，一声汽笛长鸣，车身徐徐驶动。丽云从窗口探出半个清秀的脸儿，向逸民微微一笑，彼此招了招手。在此一刹那间，火车便"轧隆轧隆"地从青青的草原中模糊了。梨影、逸民这才步出车站，梨影回眸向逸民笑道："我送你回家。"逸民微笑了一笑，两人跳上汽车。阿陆拨动机件，车子便向前驶行，只剩下车轮驶过后飞扬起的灰沙，在淡淡的斜阳光芒笼罩下，纷纷地飘舞着。

九、飞雪游湖，情比火热

　　丽云到杭州去已经有一星期光景了，这天逸民从新生社回家，匆匆先到上房来，在小院子里遇到了红玉。红玉笑道："外面冷吗？"逸民道："风吹过来像刀削，还不冷吗？已经十二月的天气了，怕这两天就要落雪了呢！大冷的天，你走出来做什么？"红玉道："老爷肚子有些饿了，叫我向厨房里去烧些点心……少爷，何小姐的祖母死了！"逸民听了，吃了一惊，忙回过头去问道："你怎么知道？"红玉只说了一句"老爷告诉的"，便匆匆地奔到厨房里去了。

　　逸民于是三脚两步地跨进上房，只见母亲坐在暖炉的旁边，吸着烟卷；父亲坐在沙发上，却在瞧报，遂叫声"爸爸"。鸿儒抬头见了逸民，便放下报纸，说道："你在什么地方？"逸民道："我在新生社里。"鸿儒道："这几天社里忙不忙？"逸民觉得父亲这句话问得有些儿作用的，遂摇摇头，说道："还不忙什么。父亲有什么事情吗？"

　　"丽云的爸今天有信到我的行里来，说他母亲已在大前天过世了。照理，我原该亲自去吊丧，无奈年底在即，各银行钱庄都是忙得了不得，我实在抽不开身。所以你若有空的话，倒可以代我去一趟。"鸿儒听他这样问，便凝望着他脸儿说。其实，逸民早已料到几分的，趁此机会又可以和丽云去见面，这是求之不得的事情，哪儿还有个不喜欢吗？但表面上终不好意思喜形于色的，很随便地说道：

81

"父亲假使没有空，我就不妨代去一次。"

"那么准定你代去一次吧！明天早车动身好了。假使有什么地方要你帮忙的话，你就多住两天也不要紧。"鸿儒说着，在茶几上的烟罐子里抽出一支雪茄烟，衔在嘴里，因没有火柴，便向四周望了望。逸民忙找到了一盒，亲自给他燃着了火。李太太道："那么你该去理一只挈匣，衬衫等衣服多带一些。"逸民点头道："我理会得，回头晚上理也不迟。"谈了一会儿，红玉炒上一盆糖年糕，于是大家坐下吃了一些。

晚上，逸民在房中整理挈匣。红玉匆匆走来道："理好了没有？太太叫我帮着你理。"逸民笑道："反正一两天就回来，也理不了什么东西。"红玉秋波盈盈地瞅他一眼，扑哧地笑道："得了吧！瞧见了亲亲热热的何小姐，十天八天也会住下去哩！我看着你会只住一两天就回来了？"

逸民见她妩媚得可爱，便把她手儿拉了来，说道："可是我也舍不得留在上海的你呀！"红玉"屁"了一声，嚓了嚓嘴儿，笑道："这种话儿我可不要听，我是怎么样的身份，会去和何小姐相提并论吗？"

"你这话不对！身份是身份，人样儿是人样儿，我就喜欢你这人，可不管你是什么身份的。"逸民说着，拥抱她的娇躯，要去吻她的脸孔。红玉忙一转身脱逃了，恨恨地白他一眼，笑嗔道："你老胡闹着，我可不依你！挈匣到底整理好了没有？若整理舒齐了，我就回上房去了。"逸民望着她薄怒含嗔的娇容，反而笑道："我明天是乘早车要走的人了，你还和我生气？"红玉听他这样说，把绷住了的粉颊忍不住又展露一丝笑容来，说道："谁叫你老向我涎皮嬉脸的？"逸民道："我原心里爱你，所以才这样。要如不爱你的话，我连正眼也不看一看呢！现在你讨厌我，那么你就回上房去吧！"逸民故意生气似的走到沙发旁去坐下了，呆呆地发怔。

红玉见他这个神情，心里倒又懊悔起来，便悄悄地走上来，和他并肩坐下，手儿搭着他的肩胛，微侧着脸儿，笑盈盈地说道："我原和你说着玩的，你又当认真了！才吃了晚饭，何苦来生气？明儿胸口痛了，又叫人担忧。"

红玉这两句柔情蜜意的话儿，听进逸民的耳里，自然是甜蜜无比。但他还要搭些架子，故意把身子回了过去，说道："别理我！回头倒又叫你说我涎脸。"红玉听了这话，又见他这样神情，心里虽然自觉不好，但想着既然已向你赔罪，你也不该再给我难堪了。一时十分辛酸，眼皮儿一红，泪珠儿便从眼角旁涌了上来。把搭在逸民肩胛上的纤手，慢慢地掉下了，悄悄地又站起身子，低了头儿，一步一步地走出房门口去。

在逸民的意思，以为红玉一定还会向自己赔笑的，谁知她却轻轻地走了。一时忙又站起身子，赶了两步，把她肩胛扳住了，笑道："怎么啦？真的走了吗？"红玉不理，把身子忸怩着，还是要向门外走。逸民索性伸手把她抱起来，搂到沙发上一同又坐下了。回头望她脸庞，谁知已变成泪人儿模样了，这就噗地笑道："你可以和我说着玩，难道我就不可以和你说着玩吗？你怪我不该认真，那么你自己怎么也认真了呢？"

红玉并不回答，低了粉脸儿，只是淌泪。逸民见她这样伤心模样，一时也深悔不该过分使她难受。遂取手帕儿给她拭泪，笑道："贾宝玉说女人是水做的，这话真不错。你瞧好好儿的，就掉下这许多泪水儿来了。你要再哭的话，我的人儿要被你泪水氽到黄浦江去了。"红玉听他这样说，方才回眸过来恨恨地啐他一口，却是挂着眼泪笑起来。

"我氽到黄浦江里去，你就高兴了。"逸民见她破涕为笑，故意又逗着她。红玉却鼓着腮儿不作答，依然装作赌气的样子。逸民伸手去抬她粉脸儿，笑道："好妹妹！你就别给我看嘴脸了。你假使还恨着我，就打我两记也罢了，何苦还把嘴儿噘得高高的呢？"

红玉听了这话，再也忍不住又嫣然失笑。把手指划在颊上羞他，同时又逗给他一个娇嗔，说道："这就是娘们说的话了，亏你说得出口，真不怕难为情的！"逸民傻笑道："在心爱人儿面前就什么话都说得出，那也没有什么难为情的呀！只要你不生气，我跪着你也情愿哩……"红玉不等他说完，两颊涨得绯红，撩起手儿，向他扬了一扬，做个要打的姿势。但她却又缩回了，白他一眼，笑道："我有福气叫你跪吗？何小姐才有这个资格哩！"

"我也知道你舍不得打我。"逸民见她把手儿缩回去，忍不住又笑起来。红玉听了却真的在他肩上轻轻打了一下，鼓着小嘴说道："偏打你，你便怎么样？"

"你打我一记，我便吻你一个香……"逸民话还未完，就冷不防凑过嘴去，"啧"的一声，在红玉粉脸上吻了一下。红玉"嗯"了一声，逸民却咯咯地笑起来。红玉站起身子要走，逸民却偏又拉住了，说道："明天我到杭州去，至少要三四天没见你，今夜我们就多谈一会儿。"

"这可是你自己说了，一两天加到三四天，回头五六天、七八天，也许不想回来了……"红玉听他这样说，便瞟了他一眼，弯了腰肢笑得花枝乱颤了。逸民见她心儿好细，便也笑道："我知道你爱吃酸的，不然，你何必一定要说这话呢？"红玉把耳根子也臊红了，脚儿一顿，急道："我原说你话儿没有一定的，可不是管……你，就是杭州住一辈子，也不关我什么事……"逸民听她说得这样急法，同时又瞧了她这种娇羞万状的意态，心里就更感到她的可爱，忍不住又抿着嘴儿笑。红玉趁他不备，就挣脱了他的手儿，便匆匆地奔出房外去了。

次日，逸民提了挈匣，到上房里去告别。鸿儒和李太太嘱他路上小心，逸民答应出来。跨出了小院子的时候，红玉又悄悄地跟出，低声儿道："这几天冷得厉害，晚上别着了凉。"逸民回头望她一眼，因为她这样多情，便伸手握住她的纤手，点头道："我理会得。外面风大，你进去吧！"说着，便又向前走了。红玉直瞧不见了他的影子，方才回身慢慢地走进上房里去。

逸民走出大厅，见阿三汽车早已等候，于是跳上车厢，便开到车站里去。到了车站，逸民买了头等车票，匆匆到了杭州，时已下午两点了。心中暗想，杭州是有整整三年没到了。记得那年是学校里放春假，同学们举行远足旅行，所以大家到杭州西子湖畔来游春。现在可惜是隆冬天气，那六桥三竺，亦是肃杀得凄凉哩！心里想着，身子已走出了车站。当有马车前来兜生意，逸民跳上，便吩咐拉到武林别墅去。

武林别墅是在第一公园的西首，四周围着红色的矮墙。逸民跳下车子，付了车资，走到门前，见大门是开着，犹扎着素彩，大厅上有叮叮咚咚吹敲的声音，显然是在做佛事。逸民跨步进内，第一个遇见的是杏儿。她见了逸民显出很奇怪的神气，忙迎上来叫道："李少爷，你怎么来了？"

逸民听他这样问，暗想，到底是个小孩子，忍不住笑道："你家小姐可好多了吗？"杏儿小眸珠一转，点了点头，一面接过他手中的挈匣，一面笑道："小姐好多了。现在步行的时候，并不歪斜了。"逸民听了这个消息，心里乐得什么似的，暗暗念声"阿弥陀佛"。就在这个时候，忽见济诚从厅里也探出头来。两人一见，便各抢上一步，握了一阵手。逸民笑问他几时到的，济诚道："我来了三天了。"说着，引逸民进内，走到何老太太的灵前，深深鞠了三个躬。这时，

85

何太太和丽云在孝幔里面便呜呜咽咽哭起来。

洽生在里面室中和族中人商量出殡的事情，忽听哭声，知有客来吊孝，便急急赶出，见了逸民，彼此招呼。逸民说道："家父本当亲自前来吊奠，奈近日忽患小恙，故而叫我代为向老伯慰问，还请节哀顺变是幸。"说着，又送上祭仪代席二百元。洽生听了，连声道谢，遂叫济诚拿到账房间去。这里仆人又来喊洽生，说四老爷请老爷过去。洽生因对逸民道："我不招待你了，反正你和我像自己人一样。"逸民忙道："老伯有事只管请便吧！"洽生于是又匆匆走了。这时，逸民耳中只听丽云的哭声哀哀不绝，和着和尚念经之声相混，备觉辛酸，令人泪落。

约莫三分钟后，方才停止了哭声。就见杏儿笑盈盈走来，悄悄地道："李少爷，小姐请你到里面坐吧！"逸民听了，遂跟她步进内室，只见丽云眼皮红肿的正在拭泪。两人见面，不免握了一阵手。逸民说道："你近来又好多了吧？胃口怎么样？"

丽云叹了一口气，说道："为了祖母的死，我心里又难过得了不得。这两天还吃得下饭吗？"逸民微蹙了双眉，低声儿地道："不过，你也得想明白些儿。生老病死，乃是一定的道理！徒然过分地伤心，于死者固然无益，于自己身子却有些儿害处的。况且，你还应该劝劝母亲呢！"

丽云听他这样说，遂频频地点了一下头，明眸柔和地望着他脸儿，表示很感激的意思。这时，里面又走出一个白发童颜的老者，嘴里衔了雪茄烟，一见逸民便直了眼睛向他呆望。丽云遂忙道："这是我的祖父……祖父，你认识他吗？他是鸿儒伯伯的儿子呢！"丽云偎着祖父的身子，跳了两跳脚，显出很天真的神气。

逸民早已走上一步，很恭敬地鞠了一个躬，叫了声"爷爷"。丽云的祖父克明"哦"了一声，说道："原来是鸿儒的少爷吗？这就

86

无怪我们要嚷老了。你爸妈都好？现在想也读着书吧？"

"祖父，他已经大学毕业了，现在新生社里担任总编辑呢！"丽云听祖父这样问，便笑盈盈地代为回答了。克明笑道："很好！将来就有希望。"逸民忙谦虚着道："只不过无聊中找些事情做做罢了，哪里谈得上'希望'两字呢？"大家谈了一会儿，仆妇便端上点心，克明道："还有表少爷呢？叫他一块儿来吃吧！"仆妇道："表少爷在外面吃了。这是给爷爷和小姐吃的。"

丽云因叫逸民坐下大家吃，逸民又问："何日出殡？"丽云道："明日出殡。墓地在丁家山，那原早已筑好的。你反正没有什么事情，就在这儿住几天回去也不要紧。"逸民当然答应。这晚，逸民便和济诚宿在一个卧室内。

次日，何老太太出殡，一切排场，十分的热闹。送丧的亲友，足足有一千多个，一时轰动了整个的杭州城。看大出丧的人儿也不知有多少，把两旁的街道都挤满了。这一天热闹的光阴，终于悄悄地又溜走了。回来的时候，丽云已经很乏力，所以她自管到卧房去休息了。忽然，想着逸民不要他今天回上海去了，于是便对杏儿说道："你和李少爷去说，小姐今天很乏力，不能招待他了，叫他不要今天就回上海去。明天小姐还有很多话跟他说哩！"杏儿答应出去，不多一会儿，进来笑道："李少爷说知道了。叫小姐静静地修养吧！"丽云听了，心里真有说不出的安慰，掀起酒窝儿微微地一笑，于是拥着被儿很安静地睡去了。

逸民在武林别墅里虽然已住了三天了，但因为人多的缘故，和丽云就没有机会好好儿地谈过一次话。若再住下去，那算什么意思？所以决定下午要回上海去了。丽云道："你明天早车回上海去吧！这时我们到外面去踱上一会子可好？"

逸民听丽云这样说，便沉吟了一会儿，说道："我是没有不好的。不过，我怕你着了冷。外面风可大呢！"丽云瞅他一眼，笑道："不妨事，我高兴去走走。"于是两人披上大衣，悄悄地出了武林别墅。只见天空是阴沉沉的，风儿吹着地上的灰沙，都纷纷地扬起来。

"云，我瞧天恐怕要下雪的光景，还是回家去吧！风吹着你脸儿，你觉得冷吗？"逸民抬头望了望天色，向丽云轻轻地说。丽云挺起了胸膛，显出很勇敢的神气，笑道："这些儿风怕什么？北边的弟兄们可天天在冰雪地里过日子呢！民，我要到西子湖去划船，你有兴趣吗？"逸民道："你可是要喝西北风去吗？"丽云扑哧地一笑，但又"嗯"了一声，撒娇道："我不要，你难道这样怕冷吗？"

逸民听她反说自己怕冷，便笑道："再冷些我也不怕，我是怕冻了你，那可不是玩的。好妹妹，我说你还是回去吧！游湖的日子多哩！明春你学校里放了春假，我准定伴你玩几天。那时候苏堤春晓、柳浪闻莺才有意思呢！如今苏堤已冻，柳条根本光秃秃的，哪里还来黄莺，这又有什么兴趣呢？"

"我不要！我不要！你不依我，我心里就不高兴！"丽云见逸民拉了自己的手儿要回去，她便索性像孩子似的赖着不肯走，还鼓着两腮，生气的模样。逸民没法，只好依从了她。丽云方才哧哧地笑起来。逸民见她天真得可爱，便回眸瞟她一眼，笑道："云，你现在越发像孩子了。"丽云红晕了娇靥，微微地一笑，说道："我们原是个孩子，你难道想做大人了吗？"问到这里，忽然又羞涩起来，俏眼儿给他一个娇嗔，便垂下了脸儿。逸民笑了，丽云也笑起来。

隆冬的天气来游西湖，这恐怕还是逸民丽云第一对。沿着湖滨走了一截路，好容易叫了一只船，喊她摇到湖心中去。只见湖水倒是澄清的，两旁树干上的叶儿全都脱落，湖面上都笼满了。远望暗沉沉的彤云里的南北二高峰，静寂寂地矗立着，四周景象，荒凉十分，寒风扑面，殊觉凄悲。

"云，你瞧，天空不是飘着雪花了吗？我们快上岸去吧！"逸民忽然发觉空中有一朵一朵雪花在飘飞了，于是回眸过来向丽云急急地说。不料丽云却笑道："落雪就难得，我们干吗上岸去？在湖心瞧着堤上的雪景不是很好玩的吗？再说，落雪了，气候倒不冷了。你瞧，风不是也小些了吗？"丽云说着，便把手掌摊出，盛了几朵雪花，笑道，"多美丽！你瞧！"逸民见她这样说，一时也觉风是小了许多，暗想，西子湖上的雪景，倒也真是难得瞧的。于是不再劝她回去，任那一叶扁舟，慢慢地随风驶行过去。

　　雪是愈落愈大，两人的身上、头上都笼罩了朵朵雪花。逸民生恐她受了寒，把绢帕打成了一顶帽子，给丽云套在发上。丽云瞟他一眼，笑道："雪天玩西湖，我说比风和日暖的春天里实在要有趣得多哩！你说有趣吗？"

　　"可不是？我也和你同样地感到有趣的。云，你瞧这堤上的景致，只一会儿工夫，就都变成白银世界了，可见那雪是下得大哩！"逸民因为要她心里欢喜，自然不得不附和着说。丽云回眸四望，见眼前纷纷飞舞的全是雪花，远处草屋顶上、树枝上，果然都已一片雪白的了。

　　"云，你瞧前面那不是断桥吗？我记得白娘娘和许仙断桥相会，大概就是在这里了。"逸民忽然又指着那座断桥，向丽云含笑说着。丽云点了点头，说道："可不是就在这里吗？说起《白蛇传》来，我小的时候就曾听祖母讲得出了神。不要瞧白娘娘是个蛇精，实在是很多情的呢！"

　　两人说着话，船身被流水推着，早已穿过了断桥。逸民笑道："后来听说白娘娘终于被法海关锁在雷峰塔上了。"丽云一撩眼皮，恨恨地说道："可不是？法海这和尚最可恶，许仙和白娘娘是很恩爱的，他硬生生地偏给他们拆开了，你想可恶不可恶？"逸民听她这样说，忍不住"扑哧"一声笑了，说道："不过，如今雷峰塔顶倒了好几回，想来白娘娘是仍旧可以和许仙去团圆的，你说是不是？"丽云闻说，也不禁弯了腰肢咯咯地笑了。逸民见她笑得厉害，自己想想，也觉滑稽，于是也微微地笑了。

雪只管在他们身上堆起来，逸民虽然不住地给她拍着雪，但还是无济于事的，因笑道："现在我们可以回去了，时候也不早了。"丽云于是点了点头，逸民遂吩咐船娘摇回原处。两人跳上湖滨，付了船资，挽手回家。却见杏儿正在找两人，她一见小姐和李少爷仿佛雪人儿一样，便嘻嘻哈哈笑道："这么大的雪，小姐和李少爷在哪儿玩呀？太太叫你们吃点心去呢！"丽云生恐母亲知道要埋怨，遂向她摇摇手，叫她别声张，两人很神秘地笑了一笑，便慢慢地到上房里去了。

第二天早晨，逸民匆匆吃过早点，便向洽生夫妇辞行。洽生已给他买了车票，丽云要送他上车站，逸民道："你别客气了，我心里倒反觉不安。"洽生道："那么，济诚送你上车站去吧！"在这几天里瞧了丽云和逸民亲热的情形，济诚已经是气破了肚子，所以洽生的话，他理也不理。逸民慌忙说道："大家都不用送了。密司脱丁厂里都可以结束，倒可以再玩几天呢！"济诚道："不错！我也许要开年出来了。"逸民含笑点头。这时，杏儿来说，马车已停在门口，逸民于是向众人一鞠躬，匆匆走出。丽云心中虽有千言万语要说，但碍着众人在旁，也只好眼瞧着逸民跳上马车，在白茫茫的雪地中消失了。

十、投书离间，心若死灰

　　雨雪纷飞中带走了酷冷的残冬，风和日暖，草长莺飞，大地又回春了。洽生夫妇出了年关，就回到上海公馆来。丽云腿上却尚未完全复原，所以兀是在杭州家园休养，同时和祖父做伴。这日，逸民想着丽云在故乡已住了两个多月，上海各大学里倒又要开始上课了，一时心里颇代为焦急，便匆匆到何公馆来探问消息。不料，恰巧济诚亦在那边，因此倒反而不好意思开口相问了。梨影却明白逸民的来意，便先笑着告诉道："丽妹在这星期内可以到上海来了，她的腿伤已完全复原，伸缩如常的了。"

　　这消息骤然听到逸民的耳中，是多么的快乐，情不自禁地笑道："那真是谢天谢地了。"梨影听他这样说，忍不住"扑哧"的一声笑出来。谁知济诚却冷笑着道："天地也许不会管这些闲事吧！"

　　逸民被他这么一嘲笑，自然十二分的不好意思，两颊顿时涨得绯红，同时，还感到热辣辣起来。但只好装作没有听见似的，自管和梨影谈笑了一会儿，方才匆匆地别去了。济诚是吃了晚饭走的，他从何太太口中得知丽云星期五要到上海来。这夜，济诚睡在床上，想了一夜心事，觉得应该用何种方法来破坏丽云和逸民的爱情比较妥当。但是想来想去，却终想不出有什么巧妙的方法可以实行，忍不住长叹一声，也只好沉沉地睡去了。

　　星期五的下午，济诚吃过午饭，便立刻匆匆地到何公馆来。在公共汽车中却遇见了逸民，两人招呼了。逸民抢着代他买票子，济诚遂问他到什么地方去。逸民道："我到新生社去，密司脱丁，何小姐大概明后天可以回上海了吧？"济诚听了，暗想：原来你不知道何小姐今天到上海，一时便也不肯告诉他，故意含笑点了点头。不多一会儿，车到站头，逸民遂匆匆地和他分手别去。济诚冷笑了一声，暗自说了一句："你今天也有不知道关于丽云事情的一日吗？"心里只觉得十分的痛快。

济诚到了何公馆，正欲敲门进内，忽然铁门开处，驶出一辆奥斯汀的小汽车，里面坐着一个年轻少女，定睛一瞧，正是丽云，遂急忙含笑叫道："表妹，你早晨到上海的吗？此刻又到什么地方去呀？"丽云见了济诚，便也含笑点了点头，说道："不错！我才早晨到的。表哥，你且进里面去坐一会儿，我去买一些儿东西就回来的。"说着，只听"呜呜"一声，汽车便转向东马路上直开了。

站在公馆门口的济诚呆若木鸡似的，直望不见了汽车的影子，才愤愤地握紧了右拳，向左手掌上狠狠地一击，冷笑着想到：妈的妮子！你真被逸民迷住了。何必瞒我呢？干脆地说，是瞧李小子去的也就是了。想到这里，只觉有股子酸气和怒火直冲心头，恨恨地叫了一声"好吧……"，就在这一声"好吧"以后，他眼珠一转，忽然又想到逸民是到新生社里去了，表妹这时到他家去，当然是扑个空……我何不如此这般的来干一下子，假使计划失败，那也无损于我；倘然计划成功，不是也可以叫我心头吐一口怨气吗？济诚打定主意，满心欢喜，便急急坐了一辆汽车，也赶到李公馆去了。

丽云今天是十一时半到上海的，回到家里，和母亲、梨影闲谈一会儿，便吃午饭。饭后，丽云悄悄问梨影道："逸民常来吗？"梨影抿嘴笑道："一星期来一次。这星期二刚来过，我告诉他表妹就要回上海了，并说腿伤亦已全好，他便喜上眉梢，竟说出谢天谢地的话来。你想，可不是有趣吗？"

丽云听了，一颗芳心儿自然乐得十分，不禁掀着酒窝儿咪咪地笑。梨影却逗给她一个神秘的媚眼，笑道："那么今天该打电话去喊他了。"丽云点了点头，但忽然又摇头笑道："不！我想今天去望他，顺便望望李伯母，因为我和她老人家也有半年没见了呢！"梨影噗地一笑，说道："这也应该，婆婆那儿当然要去请个安的……"丽云不等她说完，娇红了两颊，便啐了她一口，撩起手儿扬了扬，做个要打的姿势。梨影咯咯地一笑，早已逃跑到梳妆台前去了。

"表姐终没有好话的，狗嘴里可就长不出象牙……"丽云恨恨地逗给了她一个娇嗔，但说到这里，自己也不禁微笑起来了。

"口里说说罢了，也许心里是一百二十个的当我好话了，对不对？"梨影抿着嘴儿又哧哧地笑。丽云急了，赶到她的身边来不依。梨影握住了她的纤手，只好连连告饶，正经地说道："表妹，别恼我了，还是早些儿到李公馆去的好。"丽云听了，暗想：这话倒是。于是一笑罢了，披上一件薄呢的夹大衣，向梨影含笑一点头，就匆匆出大厅来。梨影送着跟出，眼瞧她跳上汽车，便笑盈盈地说道："见了亲爱的，别乐而忘返吧！"丽云噘着嘴儿，"呸"了一声，车身已慢慢地驶到大门口去了。

话说丽云到了李公馆，第一个遇见的就是红玉。红玉见了她，非常的亲热，一面笑盈盈地问好，一面便伴她到上房里去。李太太见了丽云，更是欢喜，拉了她的纤手，问长问短地问了一会儿。丽云也含笑回答。李太太见丽云完全恢复健康，还连连念了两声佛。一面又向红玉问道："你少爷呢？"

"少爷饭吃好就走出去的，他说到新生社去有事情哩！"丽云方知逸民已出去了，一时甚为扫兴。不过，她想着也许他就回来的，我就不妨多坐一会儿去吧！于是，便和李太太聊天起来。李太太却十分的高兴，遂也絮絮叨叨地谈个不停。因为和心意相合的人儿说话，那话就会愈说愈多，因此不知不觉竟已四点多了。红玉烧上一盘点心，丽云也就略微吃了一些。见逸民还没有回来，想来今天晚饭也在外面吃的了。反正明天终可以见面，于是便向李太太告别。李太太留她不住，也只好罢了，口里还埋怨着逸民今天偏到外面去了，一面又笑着叫她常来走走。

丽云笑着答应，红玉在后面送出来悄悄地说道："少爷回来，我立刻叫他到你公馆来吧！"丽云见她灵巧得可爱，便点了点头，于是跳上汽车，开出李公馆去。汽车刚开出铁门，忽见一个十五六岁的孩子，手里拿了一封信，向铁门内探头探脑地张望。丽云瞧此情形，心里好生奇怪，便开了车厢，伸出头来问道："你做什么的？"那孩子见了丽云来相问，故意把信藏到背后去，支吾了一会儿，微红了脸儿，好像很害怕的神气，说道："我是给这儿少爷送信来的……"

丽云见他这个神情，一颗芳心，益发猜疑，便和颜悦色地说道："是谁叫你送信来的？你把信只管交给我，我可以带给这儿少爷的。"那孩子犹疑不决地想了一会儿，说道："我隔壁的三姐姐叮嘱我，说这封信一定要少爷走出来的时候，亲手交给他的，别人都交不得。"

丽云一听这话，仿佛兜头泼了一盆冷水，顿时浑身打了一个寒噤。但她犹竭力镇静了态度，在皮匣内取出一张五元钞票交给他，笑道："这钱给你买糖吃，多谢你劳驾送了来。我道是谁的信，原来是三姐姐的吗？你放心交给我是了。我和你隔壁三姐姐是好朋友，这儿少爷是我哥哥，今天他出去了，你要等他，恐怕是等不及了，交给我一样的。"那孩子见了五元钱，心里一欢喜，方才把信交给丽云，同时接了钞票，说声"谢谢"，便匆匆地走了。

孩子把信交给丽云，丽云心里自然十分快乐，以为孩子见了钱，到底上了我的圈套，但她哪里想得到自己是已中了孩子的圈套哩！诸位！你道这是怎么一回事？原来济诚坐汽车赶到李公馆，他可不是到李公馆来，却在李公馆对面一个小小咖啡店里坐下，从玻璃窗子里可以瞧到马路上的情形。他先买了一张信笺，和一只粉红色的信封，簌簌地写了一封情书，然后套入信封，上书"面呈李逸民先生展"八个字。正欲设法如何投递，忽有一个卖报孩子进来向济诚兜卖。济诚灵机一动，便把他叫来，伸手摸出五元钱，对他说道："你这些报纸全卖给我，大概要多少钱？"那孩子倒是一怔，还以为他和自己开玩笑，因此并不作答。济诚见他似有不信之意，遂正色道："不和你开玩笑，五元钱够不够？"那孩子见他把钞票向自己一扬，心儿倒是一动，笑道："太多了，太多了，两元钱也差不多。"济诚道："我现在出五元钱的代价，把你的报纸买了下来。不过，你这一下午的人儿可要听我使唤的。"那孩子转着眸珠，说道："你叫我到哪儿去？"济诚遂附耳和他低低说了一阵，要如此如此，事成之后，还赏他一元钱。那孩子一听，连说这容易得很，遂把报纸放在桌上，将信拿着，到李公馆门口去等着了。从一点半等起，一直等到四点半，还不见有人出来。这不但那孩子有些焦急，就是咖啡店里坐着的丁济诚，也是急得热锅上的蚂蚁一样。就在这个当儿，济诚就见对面李公馆的大门开了，驶出一辆小汽车来。同时，那卖报孩子就和丽云这样一幕情景，他也是亲眼目睹的，见事已成功，心里这一欢喜，不禁眉飞色舞。只不过苦了逸民和丽云，一个受了不白之冤，一个从此要过泪天中的生活了。

且说丽云骗到了这一封信，就开车先到南京路大东茶室，进内坐下，泡了一杯茶，悄悄地把信拆开，只见字儿非常细小，宛然女子笔迹。遂细细地瞧道：

亲爱的逸民哥哥吻鉴：

屡次接读你的来信，觉得每一行字里，都写满了哥哥的深情蜜意。我瞧完了后，不但爱不忍释，而且几乎喜欢得不能成寐呢！你是个风流倜傥的少年，妹妹只不过是个庸俗脂粉罢了。承蒙你这样的赞美，真使我好难为情啊！

昨天晚上，因为家里有些儿事，所以到公园是稍迟了一些，累你好等，真抱歉得很！我们见了面，便臂挽臂儿地在柳树下并肩坐着，但你的手却还紧紧握着我的手不放哩！我听从你的话，又送给你一朵花。这花的名儿是叫"鱼儿牡丹"，花朵很巧小，颜色很鲜美。我所以要送你这一束鲜花，是妹妹暗祝哥哥和我将来联成如花美眷，过着如鱼得水的甜蜜生活；而且还含有富贵到老的意思。当时，哥哥听了我的话，便乐得把我颊儿紧紧地偎住了，一面又从袋内取出玉镯一只，亲自给我戴在臂儿上。你说今后的光阴我两人的心儿，应该要像玉那般的坚白，像镯那般的团圆。亲爱的民！你说得真好啊！

　　我的爱人！你实在可以不用向我立盟誓了，因为我是早已明白你的心了。你说要挖出心来交给我，我亦何尝不是要挖出心来交给你呢！我愿海可枯石可烂，而我和你的一颗心却到死都不可变的。我的妈妈是个年老多病的人，性情是非常的慈和，爱妹妹仿佛是她掌上明珠一样。所以妹的意思要怎样便怎样，妈妈是绝对不会不答应我的。

　　现在既然哥哥爱我到这样地步，哥哥如要先行同居，或者先举行结婚，妹妹无不依从，因为妹妹今后的身子，是已属于哥哥所有的了。亲爱的！星期日有暇，妹妹在下午二时大光明戏院等着你，切勿有误！恭祝你的安好！

　　　　　　　　哥心上人杨爱娜手启　　即日

丁济诚到底是个大学毕业生，一时里空中楼阁，居然给他写出了这么一封实情实理的信来。给丽云瞧在眼里，那还会有个假的吗？当时心中这一气愤，两颊立刻由血红变成铁青，暗想：原来逸民因我受伤，他便另爱他人，在我住乡下的时候，他竟和这个杨爱娜女子发生了如此浓厚的爱情。从这满信纸上哥哥妹妹的口吻上看来，显然两人已实行过苟且的事情。想不到逸民这么样一个少年，也会这样的腐败。回首以前种种爱情，不是完全等于浮云了吗？想到这里，满心的愤怒到底抵不住无限的伤心，因此忍不住把那满眶子里的眼泪，全滚了下来。

"逸民！逸民！我真错认识了你……唉！损我瞎了眼珠，此生中再不谈'恋爱'两字了。"丽云心灰已极，暗暗地自语了这两句话，便垂头丧气地坐车回家。梨影见她兴冲冲地去，泪眼盈眶地回来，倒是吃了一惊，遂拉了她手，急急问道："表妹！怎么啦？逸民没有碰见吗？"丽云不答。梨影又道："那么，逸民给你委屈吗？"丽云仍是不作答。问到后来，竟倒在床上呜呜咽咽地哭了起来。梨影瞧了，倒是愕住了一会儿。丽云哭了良久，方才从床上猛可坐起，恨恨地道："表姐，唉！知人知面不知心，这句话我才相信真不错啊！"

梨影忙在她身旁坐下了，柔情蜜意地说道："到底是怎么一回事呢？你也该给我说个明白呢，让我心里闷着，不是难受吗？"丽云在袋内摸出这一封信来，交到她的手里，说道："你瞧吧！瞧了就明白哩！"

梨影于是抽出信笺展开来急急瞧了一遍。待瞧完了这一封信，她的两手有些儿发抖，只觉有股子气愤冲上头顶来，"哼"了一声，柳眉倒竖了，嗔道："原来密司脱李是这么一个无赖少年，那真可恶极了。"丽云听了，更加伤心得抽抽噎噎地哭起来。梨影被她一哭，便也难受，遂劝慰她道："妹妹，你也不用伤心了。他既然是个爱不专一的少年，那也不值得妹妹恋他的。你若因此而伤心得病了，这不是太没有意思了吗？"丽云哭道："我恨……我恨自己的鉴别力不好，为什么这样去爱他这个负心少年……唉！我觉得心痛，我觉得心灰……"说到这里，更是哭个不停。

梨影也是个富于情感的人，见她哭得伤心，自不免也淌泪不已，暗自想道：照平日逸民的举止瞧来，并没有一些儿浮滑的样子，可见人心不可捉摸，实属令人可叹之至。因伸手来推了推丽云的身子，拿帕儿给她拭去了泪，说道："别伤心吧！逸民既然另有所爱，照理每星期一次也不必来了，所以这事情也有些奇怪。我想明天打电话去把他喊来，详细问他一问……哎哟！你瞧我这人可糊涂吗？你这一封信从何得来？今天到底碰见了逸民没有？这些事我还全不知道呢！"

丽云于是收束泪痕，把逸民不在家并在公馆门口碰见一个孩子送信来的事儿，细细告诉了一遍。同时，又冷笑一声，说道："表姐，这个事情我完全明白了。逸民本来是很爱我的，后来我受了伤，他生恐我腿儿折了，不会再好，所以他就变了心，另爱别人去了。我想他和这个杨爱娜的认识，绝不是十天八天的时间，一定在我受伤那时起，一直到现在，不是也有半年了吗？唉！他不爱我原不要紧，我也不稀罕他一定来爱我。但是，他不该向我立誓，假情假意地欺骗我呢！"丽云说着，心里又暗暗伤悲，不免又哭了一回。梨影虽然愤怒，但为了不要太使丽云伤心，自己不能过分痛骂逸民，也只好向她劝解了一回。

这天，逸民没有来电话，丽云躺在床上见时已十一点半了，心中这就愈加恳切地相信逸民是变了心了。因为红玉在我临走时曾对我说，少爷回来，便叫他到我家里来，那么逸民难道到此刻还不曾回家吗？即使现在回家，来不及来我家，那么也该打个电话来。如今，人儿固然不来，电话也没有，那他对于我根本没有意思呀！想到这里，忍不住又泪湿枕一矣。

天下的事情太巧了，这太巧的结果，固然是逸民的不幸，当然亦是丽云的不幸。逸民到新生社里去原是开成立一周年纪念大会，晚上同人聚会，偶然高兴，大家喝了酒后，便到舞场里去坐坐，所以这夜回家，时已十二点半了。红玉是曾经等他到十一点半，后来再也等不及，只好自去睡了。因此，逸民对于丽云已从杭州回来的事情，却一些儿也没有知道。

直到第二天，红玉笑盈盈地告诉了他，逸民才知道丽云昨天已经来望过自己，一时懊恼十分，暗想：这就太不凑巧了。遂埋怨她道："红玉，你昨夜为什么不给我等门哩？否则，我昨夜就可以打个电话去。如今，在何小姐心里想着，不是叫她心里生气吗？"

红玉听少爷这样埋怨，便噘着小嘴儿，啐他一口，嗔道："你这人真是没有良心的。我昨夜等到你十一点半，因为眼睛实在要闭拢来，所以只好去睡了。当初我原想伏在桌子上打个盹儿的，后来我生怕再吓着你，倒又挨你的骂，因此我也不再做笨人了。谁叫你昨夜回来得这样晚？在哪儿玩，你得实说，不要说谎，是不是舞场里玩？"红玉问到末了两句，秋波瞟着他，只是憨憨地娇笑。

逸民听她把去年那夜的事情再来怄自己，暗想这妮子说话好厉害。因了她的说话厉害，这就更感到她的可爱，便笑着道："你管得我那么紧做什么？"

"我不该管你吗？老太太叫我管的……"红玉听他这样说，两颊娇红得可爱，却恨恨地白了他一眼。逸民听她说老太太叫她管的，便赶过去捉她，笑道："这妮子可不得了，你竟做起老太太来了。"红玉一面逃，一面早已咯咯地笑起来。逸民捉她不着，也只好披上大衣，说"我此刻瞧何小姐去，回来再和你算账"。不料，红玉听了，却向他扮了一个兔子脸，"呸"了一声，便笑着到上房去了。

逸民到了何公馆，杏儿先给他白眼看，逸民问："你小姐回来了吗？"杏儿却又理也不理，自管匆匆奔到里面去了。逸民心里好生奇怪，遂在会客室里坐下，仆妇上来倒了茶，于是又向仆妇探问。仆妇笑道："你坐会儿，我去报告一声。小姐怕还睡着哩！"说着，便匆匆进去了。逸民心想：杏儿这孩子不知受了谁的委屈，却在我身上出气，真是有趣哩！逸民想着，一面又喝着茶。等了一刻多钟，还不见丽云出来，心里不免有些焦急，遂站起身子，踱了一圈。就在这时，杏儿匆匆拿了一封信来，白他一眼，交给逸民，气愤愤地说道："你拿了去吧！我们小姐已配人家了。从今以后，你就别来了。"这两句话仿佛是晴天中起了一个霹雳，顿时把逸民的一颗心儿震得粉碎了。

十一、醉酒店从戎留书别

逸民当时受了这样一个重大的刺激，他的两眼有些昏黑，几乎要跌倒地去。但他竭力镇静了态度，把神志定了一定，伸手接过那封信儿，连忙抽出信笺，急急地念道：

逸民先生大鉴：

人事沧桑，变幻莫测。天下的事情，理想与事实往往相反。我与你青梅竹马，两小无猜。及长，更是情投意合，心心相印。你固然把我认作心灵上的爱人，就是我亦把你认为生命中唯一的知音。在当初我俩的心里是竭力希望能够成功一对美满的姻缘，预备来创造一个快乐的家庭。但是太不幸了，我曾被人击伤了。虽然生命是没有危险，不过腿部终竟成跛足了。这当然是一件使人感到痛恨的事。我知道先生是个极爱美观的人，若与一个跛足的姑娘结婚，岂不是太失了你的颜面了吗？所以，我觉得今后是再没有资格来爱你了。唉！我恨！我痛！我福薄！我命苦！幸而跛足的姑娘，到底还有人来相爱的，所以母亲目前已给我配了人。我想，你反正有着一个美丽活泼的姑娘做爱人了，对于我这个跛足的姑娘，也不足在你心头的热恋吧！好了，我和你的友谊就在这儿告一个段落。我含了满眶子悲痛的

101

热泪，希望你和你的新夫人同踏上了光明的大道，把我俩生命过程中的往事，只当是目前春的季节里的一个梦吧！

祝你快乐！

被人遗忘了的云上　即日

丽云心中以为杨爱娜的那封信是事实，所以她不愿再和逸民碰面，愤愤地写了这封信给逸民。在她的意思，逸民是遗忘了她，逸民是另爱了别人。不过，她所以一定要告诉自己已有夫家了的话，就是你不爱我，我照样也有人来爱我的意思。这一点就是丽云好胜的地方，因了她的好胜，就此起了极大的误会。因为逸民是并没有杨爱娜的一回事，丽云信中既没有说明白，在逸民当然不晓得丽云是为了杨爱娜这封信而所以写现在的一封信。他以为丽云是爱上了别人，信中所说的全是反话。所以，逸民瞧完了这封信的时候，他心中并不感到一些儿伤心，他只觉无限的愤怒，把脸儿涨得血红，在红色中又泛起了铁青。他的两眼是发出了绿的光芒，几乎要冒出火星来，咬紧牙齿，恨恨地叫声"好个三心两意的姑娘"，把那信纸捏成一团，掷到地上，便头也不回地发狂一般地奔出去了。

杏儿见他把信笺掷掉，一时也更气愤，连忙蹲身拾起，追出来骂道："你听着吧！从此以后不许再到我们家里来。"骂着，也急急奔到小姐房中，把信笺交给丽云，并把逸民的神情告诉了小姐。丽云见他把信笺也不带去，显然负心无疑，因此愈加伤心，伏在枕儿上呜呜咽咽地又哭一回。

逸民发狂似的奔出了何公馆，他的心头是只觉得有些儿空洞洞的，神志也有些儿模糊了。他在人行道上急急地奔了一阵，不免和路人撞了一下。路人是个身体很魁梧的，幸而没有撞倒，只倒退了两步，大声地喝道："你这人有些儿神经病吗？这是人行道呀，可不是跑马厅！你这样乱撞人家做什么？"

逸民经此一喝，才把他模糊的神志又清醒过来，连忙向那人弯着腰儿说了两声"对不住"，方才转身跳上一辆人力车，叫他拉到酒店里去。逸民觉得在这样一重刺激之下，实在非喝一些儿酒不可。所以，他到酒店里就喊了两斤酒，点了几只菜，独个儿自斟自喝起来。

他一面喝着酒，一面心里是暗暗地想：世界上的女人，到底是没有一个靠得住的。像丽云这样意志坚强的女子，现在也居然变心，另爱他人，那么还更何论其他的呢！我知道她的变心，还是在杭州住了两个多月住坏了，也许她在杭州结识别个少年吧！自从她受伤后，我几次三番地安慰她，向她表白着——只要我们两人活在世上的话，我总不会转变爱的方针，除非我死了。难道我这样赤裸裸的话，还不能得到她的信仰吗？显然，她这信中的话，全是遮蔽她要另嫁他人的烟幕。她要摆脱她负心的罪恶，所以她还反咬我一口，说我有了美丽活泼的姑娘。这真是可恶！这真是混蛋！丽云！丽云！我们自小一块儿长大的啊！你既有今日，何必当初？唉！你太作弄我了！逸民愈想愈气，愈气愈恨。起初还是一杯一杯地喝着酒，到后来他竟把酒壶的嘴对准了自己的口，咕嘟咕嘟地直喝了下去。

照逸民平日的酒量，是只能喝三杯，三杯酒下肚子去，那脸儿就会通红起来的。现在他竟把酒当作茶喝，一口气地喝了两斤，真可说过量之外还要过量。逸民顿时头晕目眩，"哇"的一声，这就把早晨吃的牛奶饼干也都呕了出来。同时，他的身子也从椅上跌倒地板上了。这一下子，倒把店中的侍者吓了一大跳，连忙奔上来七手八脚地把他从地上扶起。只见他双眼紧闭，脸如白纸。众人以为他患了瘟症，要把他送到医院里去。还是账房先生走过来说道："这不是瘟症。他大概受了什么刺激，有意到这里来买醉的。你们给他扶到里面房间去躺会儿，慢慢地会醒转来的。唉！年纪轻轻，何苦要这个样子！瞧他身上衣服，也不是什么失意人的样儿。现在这个年头儿，男女社交公开，闹着自由恋爱，一会儿好，一会儿吵，恐怕这人还不是为了这一些原因吗？"账房先生是个五十多岁的老头子，戴了一顶西瓜皮的帽子，同时还戴了一副黑眼镜，手里捧着水烟筒，瞧着侍者把逸民扶进里面去，他摇了摇头，忍不住深深地叹了一口气。

从上午十时半睡起，直到下午四时敲过，逸民才悠悠醉醒。睁眼一见却是个酒店里的单个房间。原来是人家吃圆抬面请客用的，不料自己却睡在两三把椅子并在一起的上面。意欲坐起来，只觉四肢无力，勉强撑住了手，把两脚跳下地去。正在这时候，那账房走进来，见逸民已经醒转，便笑着说道："不会喝酒，何苦喝得这个样儿？"说着，回头又喊侍者拧手巾来。

逸民听他这样说，又见自己衣服上全是染着呕出的污物，一时好生羞惭，只得微微地一笑，说道："很对不起！还叫你们扶我在这里睡。"说时，侍者递上手巾，而且又望着他憨憨地傻笑。逸民愈加不好意思，因为口渴，遂点头说道："劳驾你，给我拿杯茶来喝吧！"

侍者于是斟了一杯，给他喝了。逸民觉得还是头重脚轻的，暗想：我快到家里去睡吧！便叫他们把账单结出，计洋八元五角。逸民付了十元钱，说余多做了小账。侍者道了谢，逸民又叫他代喊一辆汽车，方才歪歪斜斜地走下楼去，坐车回家了。

逸民到了家里，经过厨房的门口，齐巧红玉匆匆地出来。一见少爷脸色苍白，心里倒是吃了一惊，急问："怎么了？"逸民见了红玉，心中又想起了丽云，这就扶着红玉肩胛，说道："你给我扶到房中去吧！"红玉遂把他扶到卧房。因为少爷走路歪歪斜斜，便给他床边坐下，伸手摸了他一下额角，柔声地又问道："你怎么啦？何小姐

104

碰见了没有？你莫非有些儿病了吗？"

逸民抬头见红玉颦蹙了柳眉，柔情蜜意的神情，不免呆瞧了她一会儿，暗想：到底还是我的红玉可爱，她是真挚的，她是痴心的。想着，又淌下泪来，叹了一声，说道："红玉，我没有病，我心头只觉得空洞洞的，难受得厉害……"红玉见少爷淌泪，心里也很难受，遂忙道："那么你是不是饿了呢？我可以烧一些儿点心给你吃。"

逸民摇了两摇头，说道："不！我不饿！红玉，我想睡了！"红玉从来也没有见过少爷这样的神情，心中暗想：这一定是少爷病了。遂给他脱了大衣和西服裤子，低低地说道："那么我就服侍你睡吧！"说着，又给他脱去了皮鞋，把他身子轻轻推到床上，又给他盖上了被儿。只见逸民闭了眼睛，却是沉沉地熟睡了。

红玉见少爷的病态似乎很厉害，心里倒也着慌了。于是匆匆奔到上房里，只见老爷也在房中。红玉遂悄声儿地说道："老爷！太太！少爷刚才回来，我瞧他的神色很不好。现在他睡在床上，似乎有些儿生病的模样。"

鸿儒和李太太一听这个话，心中都大吃了一惊，两老夫妇便急急走到逸民的房中。李太太坐到床边，手儿摸着他的颊儿，低低喊了一声"民儿"，但却不听他的答应。眉毛这就皱了起来，回头望了鸿儒一眼，很忧愁地道："你来试试他的热度。这孩子怎么会病了？"鸿儒忙走近床边也摸了一摸他额角，沉吟了一会儿，说道："热度倒还不高，但瞧他神色仿佛有些昏迷的状态。我想去请周春元西医来给他瞧一瞧，你以为怎样？"李太太忙点头道："那是再好没有了。你快坐车去吧！唉！好好儿怎么会病了？但愿上帝保佑他好起来吧！"李太太爱儿心切，她望着窗外的天空，很是虔心地祷告。鸿儒于是回身退出，便坐汽车去请周春元了。

约莫半个钟点后，鸿儒把周春元请来了。李太太于是离了床边，请他给逸民诊过脉息。周春元忍不住笑起来，说道："密司脱李，你这位少爷喝醉了酒呀！可不是什么病症。你放心，我给他吃些醒酒药水就好了。"鸿儒夫妇和红玉听了这话，方才放下一块大石。但心里奇怪得了不得——他在什么地方喝了酒呢？红玉道："少爷一定是在何小姐家里喝了酒吧！"这里，周春元给逸民喝了一杯药水，便即作别。鸿儒送他出来，待他跳上汽车，方才回到里面，说道："那么，就给他安安静静地睡一会儿。"李太太遂向红玉道："你在房中侍候着少爷，要茶要水格外小心些。"红玉点头答应，鸿儒夫妇便回到上房里去了。

这已经是晚上九点钟了，逸民还是昏沉地睡着。李太太因为疼爱儿子，所以叫红玉今夜移榻到逸民房中来睡。红玉当然是十分的欢喜。此刻，她坐在沙发上却是呆呆想了一会儿心事，觉得少爷今天的态度，既不是病，但也并非纯粹的酒醉，假使是何小姐那儿喝醉了的话，他不是可以在何小姐家里睡会儿吗？他醒来了，我倒要详细地问问。

红玉正在暗暗地思忖，忽然床上的逸民呜呜咽咽哭起来。红玉吃了一惊，慌忙走到床边，俯身拍着他的腰儿，低低地喊道："少爷，你醒醒，你梦魇了！"

谁知红玉一语未了，逸民猛可从床上坐起，两手紧紧地抱住了红玉的身子，两眼定住了似的呆望她脸儿，怔怔地出神。逸民这种失常的态度，使红玉一颗芳心有些儿害怕，但她竭力镇静着，向他婉和地问道："你……要什么？你……要茶喝吗？"

"我要……你可怜我！你是我生命的安慰者……你不能嫁人，你始终是我的，你就是两腿都折断了，我还是爱着你！唉！丽云，你太狠心了！我为你喝醉了酒，跌倒在酒楼……现在我为你又病了，你假使不可怜我，我的生命将为你而幻灭了……唉！丽云！我没有错待你啊……"逸民怔怔地说到这里，眼泪像雨点一般地落下来。

红玉听了少爷起初这两句话，还是弄得莫名其妙。及至听到喊出丽云名字来，方知何小姐是要嫁人了，少爷得这消息，曾经大喝过酒。此刻这病态，显然也是为了何小姐而起。不过，这消息很奇怪，何小姐昨天还到这儿来找少爷，假使她要嫁别人的话，何必又同少爷这样亲热呢？红玉经过了一阵子思忖，逸民望着她又哭道："丽云，你为什么不回答我啊？我和你的心儿是早已合在一块儿了，这是你自己说的，怎么一忽儿又负心了呢？"

红玉听少爷口口声声把自己当作丽云，意欲向他说明我不是何小姐。但仔细一想，少爷他神经受了极度的刺激，现在他是成了心病的现象，我若向他否认，他一定大失所望，神经不但要更错乱，而且又怕不中用了。我何不将错就错地当作何小姐，柔和地安慰他几句，也许他神志会恢复过来吧！红玉想定主意，便很亲热地偎着他，柔声儿地说道："我没有负心你呀！我也没有嫁人呀！亲爱的逸民，我们的心原是合在一块儿的。你放心吧！我始终爱你的呀！"

"真的吗？丽云，那么你为什么要给我这一封信呢？难道你是和我闹着玩笑吗？唉！丽云，你太恶作剧了！这种紧要的事情，也能够闹着玩笑吗？亲爱的！假使你再不向我来表白，我真要心痛死了。"逸民听红玉这样说，方才憨憨地笑了。他把红玉身子抱得紧紧的，脸儿偎着红玉颊边。红玉见他这笑的样子是太可怕了，她一颗芳心是别别地乱跳，偎在逸民的怀里，柔顺得像头羔羊似的，轻轻地说道："民，你原谅我的错处吧！我是爱你的，你放心吧！既你有着病，那么你就躺下来养一会儿神吧！"

"丽云，我当然原谅你。这是我自己不好，因为你原是和我开玩笑的，我怎么就认真了呢？云！你伴我一块儿躺下吧！我离不了你，你走了，我心儿就会痛起来。你能答应我吗？"逸民抱着红玉的身子，仿佛是得了无上的安慰。

红玉听他要自己一同躺下，一颗处女脆弱的心灵，这就愈加跳跃得厉害，全身一阵热燥，两颊便会热辣辣地发烧。意欲不答应，生恐他神经更模糊；但是答应了，一个女孩儿家羞人答答的又怎么好意思呢？不过仔细一想，我的身子既已许给了少爷，那么我的人也是少爷所有的了，就是少爷有非礼的要求，我为了医救少爷的病，那也管不得"羞涩"两个字了。红玉既然这么想着，于是她脱了鞋子，就把身子钻进被里，和逸民一块躺下，羞涩万状地说道："我答应你了，安心地睡吧！"逸民的心里是安慰极了，他搂着红玉的身子，果然鼻声微微地熟睡去了。

红玉动也不敢动地躺在他的怀里，她见少爷真的熟睡了，显然少爷是真的患了病，并非有着色欲的念头，一时倒反而暗暗地担忧：心病是非心药不医的。何小姐若真的嫁人了，可怜少爷不是一辈子要成疯子了吗？想到这里，忍不住暗暗地又淌了一回泪。静悄悄的也不知经过了多少时候，红玉也终于模模糊糊地睡着了。

一线曙光从黑漫漫的长夜破晓，逸民一觉醒来，揉擦了一下眼皮，突然发现自己怀中躺着一个人儿，却是红玉！心中这一惊奇，倒是愣住了一会子。因为红玉正熟睡着，也不去惊动她。凝眸含颦地想了一会儿，似乎昨夜丽云曾到我这里来过了，而且向我表白，她的嫁人，和我闹着玩笑的。后来我叫她一同躺下，她也答应了……想到这里，又觉得不对，因为此刻躺在身旁的明明是红玉！那么，昨夜向我表白的莫非也是红玉吗？对了，一定是红玉！她因为见我糊涂得可怜，所以，她是只好冒充丽云了。唉！想不到丽云还不如一个红玉呢！逸民是太感动了，他情不自禁地低下头去，在红玉的额角上吻了一下。不料，经他一吻，倒把红玉吻惊醒了。她微睁星眸，一见逸民脸上沾有泪痕，还以为他的心病又发，急急地

108

道："你快不要伤心，丽云仍是爱着你的。你快头脑清一清吧！"逸民听她这样说，便说道："你不用哄我了，我现在人儿完全好了。红玉，你真是我心爱的妹妹。多谢你把我的神志恢复过清楚来。唉！我觉得除了妹妹是我心爱的人儿外，再也没有一个是我的知音了。"逸民说到这里，低下头去，又在她的头上默默吻了一回。

红玉听他说话果然是很清醒了，一颗芳心真是又喜又羞，红晕了娇靥，微笑道："少爷既然想明白了，我也就劝你两句，世界上的美貌女子，难道只有何小姐一个人吗？况且如少爷之才貌卓绝，更不难找一个美而贤的夫人。何小姐既然是如此没情没意、爱不专一的女子，也不值得少爷去爱她呀！若为一女子，而作践自己的身子，这固然对不住父母，而且也对不住国家。少爷，红玉是个知识浅陋的女子，别的也不晓得什么，只听《三国志》鼓儿词上赵云有一句话是：'大丈夫只怕功名不立，何患无妻？'现在我把这两句话送给少爷。少爷是个有才干有学问的少年，际此国家正需要人才的当儿，何不努力奋斗一下前程？既可为国出力，又可创造光明伟大的事业，这是多么有勇敢有志气的青年啊！少爷，不知道你以为我这个话可对吗？"红玉微仰了粉脸，絮絮地说出了这一篇话，脸上含了妩媚的娇笑。

逸民再想不到这几句话会出在一个没有受过教育女子的口中，他奇怪得呆了起来，觉得自己未免有些儿惭愧。遂点头笑道："我明白了，我知道了。我做梦也想不到自己这样一个人，还会叫你来说这几句话。红玉，世界上什么叫作贫贱，什么叫作富贵，我有着你这么一个贤德的女子，我还要什么夫人呢？红玉，我一定听从你的话，努力一下我的前途。至少替国家尽一些儿责任，那么我才可以安慰你那颗小小的心灵。"

红玉听逸民这话，似乎欲把自己作为正式的妻子，心中这一乐，她的心花儿几乎朵朵地乐开了，这就娇媚地笑道："少爷，你这话对啦！我希望你将来能够做个中华民国的伟人……"

逸民情不自禁地把她小嘴儿吻住了，红玉并不躲避，柔顺得像只驯服的绵羊，默默地让他吮吻了一回。良久，红玉这才掀被起来，不胜娇羞地瞟他一眼，嫣然笑道："那么你起来吧！昨天老爷太太只当你有病，还请西医给你瞧过哩！"

逸民听了，方才知道，遂披衣起床，洗脸漱口，到上房去请安。鸿儒和李太太见逸民已能起床，心里就放下一块大石，还埋怨他不该多喝酒，倒叫人吓了一跳。逸民唯唯答应，说下次小心是了。这天下午，李太太因为烧了一些银耳茶，叫红玉拿碗给逸民吃。红玉答应，便端着到逸民房中来，心里想着：少爷自从听了我的劝说，这三天来，他果然谈笑如常。想起那夜他和我偎在一起接吻的情形，真令人好生羞涩啊。

红玉一路想，身子已走进少爷的房中。不料，他却没有在房。于是，把那碗银耳茶先放下桌上，到窗口去望了望，看他有没有在园子里散步，却也不见他的人影子。当她回身过来的时候，忽然瞥见写字台上放着两封信。红玉急奔了过去，拿起一瞧，倒还认识信封上这几个字，一封写着"面呈爸爸妈妈"，一封写着"红玉收拆"。红玉瞧了，芳心别别乱跳，慌忙把给自己的一封拆开，抽出信笺，只见有几行字道：

红玉我的妹妹：

多谢你的劝告，使我完全明白了，真是非常的感激。现在我已听从你的话，决意到汉口××军部下去干些儿工作。假使你心里果然有着我这个人的话，那么请你静静地等待着，将来我若能够有成功的一天，终不会忘记你的情意！希望你尽心服侍着我的母亲，同时也希望珍视你自己娇弱的身子。不多说了，我们再见！祝你活泼可爱！

爱你的逸民留字　即日

红玉瞧完了这封信，方知少爷是投入军部效劳去了。也不知为了什么缘故，心头只觉有无限的悲酸，那两行热泪早已滴湿了衣襟。心中暗想：那是我不应该。我不是劝他要努力前程吗？现在他竟真的为国出力去了。虽然明白这是一件欢喜的事，但英雄气短，儿女情长，红玉捧着那封信，倒抽抽噎噎地哭了一会儿。

红玉哭了一会儿，把信封信笺好好藏入袋中，一面收束泪痕，一面把那封给老爷太太的信，匆匆拿到上房里来，向鸿儒夫妇俩说道："老爷，太太，少爷不在房中，却留了一封信呢！"

"什么？留了信做什么？快拿来我瞧！"鸿儒听了红玉的话，大吃一惊，立刻把她手中信儿接来拆开，把信笺抽出，急急念道：

爸爸、妈妈：

　　繁华都市的上海，空气实在太秽浊了，这不是一个青年发展的地方。假使意志薄弱的话，而且还是个堕落青年的所在。我觉得把宝贵的光阴，就这样一年一年安闲地度过去，这不但是太没有意思，而且也太可惜了。所以，我现在毅然献身国家，努力奋发，图民族生存，求自由平等，同时，来创造我伟大的事业。我明白做父母的人是没有一个不疼爱他的儿子，希望他的儿子能够永远随在他们的身边，但这疼爱的目的是错了。你们应该了解我这次的出走，是勇敢的，是光荣的。那么，请爸妈替我欢喜，替我高兴。

111

也许，他年儿子回来的时候，可以给予你俩老人家相当的安慰。行色匆匆，不及面辞，还希爸妈原宥是幸，敬祝福体康强！

男逸民百拜　即日

鸿儒瞧毕这信，心里又难受又喜悦，脸上显着微微的苦笑，说道："这孩子竟投军从戎去了。"李太太早已急得淌下泪来，连连说道："你瞧了这信，怎么一些儿没有回话啦？民儿他……他……到什么地方去当兵了？他信中究竟说些什么呢？"鸿儒口里虽这样说，眼皮儿也渐渐红了。要想把信中的句子重新读一遍给李太太听，可是喉间仿佛有东西哽住着，再也说不出一句话儿来。

李太太见丈夫这个神气，心里愈加焦急，便呜呜咽咽哭起来。鸿儒和红玉被李太太一哭，两人心中也觉十二分酸楚，因此泪水也像雨一般地落下来。正在这时，忽听张妈来告诉道："何小姐来了。"红玉一听何小姐还会到我家里来，一时倒呆呆地怔住了。

十二、过断桥流水送夕阳

李逸民在离开上海之前，他共写了三封信，一封给父母，一封给红玉，一封却是寄给何丽云。当杏儿拿了信封匆匆交到丽云的手中时候，丽云见具名是个"民"字，她便想不瞧就撕毁了。后来仔细一想：逸民既然有信来，他信中到底说些什么，我终要瞧他一瞧，看他用什么措辞来自圆其说。于是，便坐到那张单人写字台旁，轻轻把信封拆开，抽出信笺，低低念道：

丽云女士青及：

这也许是梦想不到的惨变吧！我在这里感到很奇怪，同时也觉得百思不得其解。论光阴，只不过两个月的隔开，何以你会转变得这样快？可知人生的变幻，太不可捉摸了。说什么情深如海，谊薄如云，山盟海誓也只不过像天空的浮云过眼一样的缥缈罢了。

回忆起女士的品貌是优美的，女士的才学是卓绝的，女士的人格是高尚的，女士的思想是伟大的。不过，在今日的结果看来，一切种种也只博得"负心"两字而已！视天茫茫，那我尚有何说？

爱情原基在两心相映，勉强的结合，也不是我所赞同。当然，在今日女士的另嫁他人，这是你的自由，我绝不怨

113

你恨你。但是，你太捉弄我了，害得我太苦了。所谓既有今日，何必当初？虽然，良禽择木而栖，以仆碌碌庸才，固非女士终身之伴。既然已弃之，而复以仆另有所欢诬之？此等衔血喷人，觉女士手段之辣，直犹利刃杀人于无形耳！

情场失意，原为年轻人之无可奈何。假使女士易地而处，将更何以为情乎？虽然得女士信后，我也曾为你大醉，为你卧病，但我到底还是一个有理智的青年，若为失恋而堕入幻灭的途径，此不但被世人所笑骂，且自己亦对不住良心。所以，我心头之悲愤，虽曾一度如波涛之汹涌，然而此刻究竟复又平静下来。在我离别这万恶上海之前一小时，最后费你一些宝贵的光阴，来读我那一封你所不愿读的信，殊觉深为抱歉和感谢！祝你今后步入另一新的阶级，度你甜蜜优游的生活！

被你玩弄的人逸民临别寄语　即日

丽云读完了那一封信，顿时目瞪口呆，不禁为之愕然，连连叫了两声"奇怪"，暗自想道：明明是你遗忘了我，怎么反说我负心呢？这话打哪儿说起？正在这时，梨影在她肩上一拍，含笑问道："是谁来的信呀？"

"姐姐，你快瞧这一封信，奇怪不奇怪？"丽云回眸见是梨影，便忙站起身子，把信拿给梨影瞧。梨影听她这样说，一时且不说话，先把那封信急急念了一遍。既把信念完，梨影心中也是奇怪得了不得，凝眸含颦地想了一会儿，说道："这事情其中必有蹊跷。当初我原劝妹妹不要太鲁莽，应该先向他问一个清楚，到底是否是事实。我心里想着，如逸民那一种青年，也绝不会这样见一个爱一个的。

114

如今他走了，那可怎么办？"

丽云听表姐这样埋怨着自己，虽然心里也有些懊悔，但究竟尚有疑问，遂说道："姐姐，也不能这样埋怨我。那么杨爱娜这一封信可是事实呀！所以，我觉得很奇怪，这是我亲眼目睹的事，难道会假的吗？"

"不过，逸民假使真有这一回事，他又何必写这一封信给你？他说曾为你大醉，曾为你卧病，现在他毅然出走，这总不能编谎的。我想，你还是快到李公馆去一次，便知道真相了。"梨影听丽云兀是将信将疑，自己心中当然也不能确定，所以便叫她到李公馆去一次。

丽云也觉得这话很不错，遂披上了一件薄呢大衣，匆匆地到李公馆里来了。丽云到了李公馆，在未踏进上房的门儿，就听里面有李太太呜呜咽咽的哭声。听了这哭声，先是吃了一惊。刚踏进房中，就是红玉满颊是泪地迎出，向丽云生气似的说道："何小姐！唉！我家少爷为你……我家少爷出走了呢！"红玉说到"为你"两个字的时候，仔细一想，这是千万说不得，于是立刻又缩住了，顿了一顿，方才又换说了一句。

丽云可不是呆笨的人，她是多么的灵敏，一听红玉说"为你"，但又不说下去，急急改了话锋，哪里还有个不明白的道理吗？一颗芳心，这才明白逸民的出走，可并不是虚话。无限悲酸，冲上心头，那眼泪顿时滚滚地落了下来。

红玉忽然见何小姐哭了，自然更觉十分的稀奇。这时，丽云竭力又忍住了悲痛，走到房中，先向鸿儒叫了一声"伯伯"，同时又向李太太喊声"伯母"，故意装作不知道的神气，问道："逸民怎么会出走的呀？"

李太太见了丽云，便停止了哭泣，抬头望了她一眼，见丽云的两颊也是沾着丝丝的泪痕，这就泪水儿更淌下来，说道："何小姐，我们也不知道他为什么要出走呀！唉！这孩子真太古怪了，我又没有什么事情不答应他，他究竟有什么不如意，我们也还莫名其妙。你想，我只有一个儿子，突然远走天涯，这不是太使我难受了吗？何小姐，你倒瞧瞧他留别的一封信……"

鸿儒听李太太这样说，遂把手中的那封信递给丽云。丽云伸手接过瞧了一遍，她的心中是伤痛极了，再也忍不住她那满眶子里的热泪，滴湿了那信笺。李太太见她也这样伤心，遂忙又问道："何小姐，逸民他在临走之前，他可曾和你谈起要从戎去的一回事吗？"

"没有……呀！假使他和我说起了……我还不劝阻他吗？"丽云听李太太这样问，她的一颗芳心，好像有刀割一般的疼痛，但又有什么办法呢？也不是只好含泪说了两句谎话吗？不料，红玉却逗给了她一个白眼。丽云见红玉这个神情，显然她是明白这一回事的。一时把那两颊涨得血红，几乎抬不起头来了。

这时，鸿儒用衣袖拭了眼泪，叹了一声，说道："照理，孩子有这一股子勇气，在这外侮日亟之际，肯替国家去出一些力，实在未始不是一件欢喜的事。不过，所难受的也就是为了我只有一个孩子罢了。"说着，不免又凄然泪落。

丽云听了，也就抬头说道："不过，他既有这样的决心，将来自然有成功的希望。所以，我劝伯伯和伯母也不用过分地伤心，他日得志回家，岂不是给你们老人家增了不少的光荣吗？"

鸿儒听她这样安慰自己，也不免破涕为笑，点头说道："但愿应了何小姐的话，那真是我的大幸了。"在鸿儒和李太太的心中当然是不会知道丽云心中的痛苦，他们听了她的安慰，心中倒也宽了许多。谁晓得安慰人家的丽云，她此刻心头的难过，真比无论谁还要厉害十分呢！所以，她坐不下去。在她的意思，是最好让她痛痛快快地哭一场，但事实上又哪里可能呢？于是，她站起身子，便匆匆地告别。

红玉的心里始终是感到奇怪：少爷说丽云是另嫁他人了，既然要另嫁他人，那么她今天到底做什么来？而且，听少爷出走了，她又何必这样的伤心呢？红玉既然有这一个疑问，所以她悄悄地跟着丽云走出来。只见丽云一跨出小院子，她把手帕掩住了脸儿，已经失声哭泣了。这情景瞧到红玉的眼里，一颗芳心这就愈加奇怪，便再也忍不住开口说道："何小姐，我听说你不是已有婆家了吗？我倒还不曾向你道喜哩！"

丽云骤然听了这话，更是刺心，便回头向红玉望了一眼，淌泪说道："你这话打哪儿说起的呀？"红玉冷笑了一声，噘了噘小嘴儿，说道："我家少爷为你伤心得好苦啊！你何必又假惺惺作态呢？"

丽云见她含嗔的意态，不但并不生气，而且还走近一步，拉了她的手，低低地说道："红玉，你不用怪我！我很想和你细细地谈一谈。"红玉听她这样说，知道其中必有曲折的缘故，所以她便点了点头，拉着丽云偷偷地到少爷的房中去了！

"何小姐，你实在害得我们少爷太可怜了！他自从得知了你已有婆家的消息，他便到酒店大喝酒，醉得跌倒在酒店里。后来回到家中，人就病了。老爷给他请西医诊治，太太叫我服侍着他。在夜里他忽然从梦中哭醒来，我劝他不要害怕，谁知他猛可抱住了我，当作何小姐，嘴里口口声声地说着'丽云，你太狠心了。你竟变得这样快啊！你不能嫁人，你把我捉弄得太可怜了'。我见他神志模糊得厉害，完全已成疯狂的状态，一时也只好将错就错地当作何小姐，以何小姐的口吻去安慰少爷。少爷方始安静下来，又沉沉地睡去了，仿佛得了无上的安慰模样。何小姐，你想，少爷和你既然自小一块儿长大，亲爱异常，不料何小姐一旦负心，怎不要叫少爷痛苦得发疯了呢！幸喜次早醒来，他的神志回复原状，照常起身办事。我以为他是想明白了，又谁知在三天后的现在，他却是悄悄地出走了。这不是你何小姐害的他吗？不过，我又奇怪，何小姐既然另有所爱，今天又做什么来？"两人到房中坐下，红玉便望着丽云的脸儿，絮絮地说出了这许多话。说到后来，显然还有些愤怒的神气。

丽云当然也有些奇怪，她且不表示什么，先问红玉可认识字。红玉道："稍许认识几个。"丽云于是在袋内摸出杨爱娜的一封信，交给红玉瞧，说道："你可以先看看这封信，就明白是谁负心的了。"

红玉听了，好生不解，于是急急瞧了一遍。虽然有好多个字儿不认识，但大半意思是明白的。一时也奇怪得目瞪口呆，急问道："你这信从何处得来的？"丽云于是把那天来望逸民不遇，后来回家的时候在门口瞧见一个孩子送信的事，向她细细告诉了一遍。然后又微红了两颊，很羞涩又很怨恨地说道："你想，我瞧了这一封信，那明明晓得逸民是另爱他人了，同时我明白逸民所以遗忘我的原因，实在为了怕我成跛子不美观。你想，我心中痛恨不痛恨？所以，那天他来望我，我也没接见他，只给他一封信。信中所说我已配人的话，原是假的。我的意思，就是你不爱我，我可并不是没有人爱了。这也原是好胜的心理，其实我那时候感到失恋的痛苦，又何尝不是愤不欲生呢！"丽云这两句话听到红玉的耳里，一时也明白事情是出于误会的。不过，少爷平日的行动，至少我可以知道他十之八九，他心目中除了何小姐和我两个人外，恐怕再也没有第三个女子了吧！遂毅然说道："少爷他在我那儿也时常提起何小姐，说除了何小姐外，再没有第二个女朋友。这的确是真实的话，我完全可以做担保。你想，少爷假使真有这个杨爱娜女朋友的话，他何必要痛不欲生？他又何必要留书出走呢？所以，这事情还是何小姐的过失……"

"不过，这封信是事实。既然没有这个女朋友，那么这封信又打哪儿来的呢？"丽云听红玉这样说，便又皱起了眉间问。红玉倒是愕住了一会儿。想了良久，忽然说道："何小姐，照我的猜想，那一封信和去年何小姐的忽然被人狙击，恐怕有连带关系吧！我觉得少爷和你的中间，必定还有第三者在妒忌。所以，处处地方都在破坏你和少爷的爱情。不知道何小姐也感觉一些儿吗？"

丽云听红玉这样说，灵机一动，觉得这一点倒的确大有研究的价值。不过，自己在学校里读书，根本没有一个男朋友，即使有男同学，也都很生疏。那么，只有表哥丁济诚一个人了，因为他平日也很爱我呀！莫非这枪击和那封信都是他使的诡计吗？想到这里，自不免沉吟了一会儿。红玉这就又说道："我倒想起一件事情来。去年少爷骑马回来的时候，说起何小姐的受伤，真是万分的不幸。当时，我曾说枪击的人一定和何小姐有怨恨，不过所奇怪的，就是如何晓得你们会到江湾去骑马呢？这里便是一个问题。少爷听了我的话，他想了一会儿，忽然说道：'骑马原是丁少爷发起的。'当时，何小姐骑错了少爷的马，丁少爷不是急得什么似的吗？从这一点猜测，显然开枪的人是以马做目标。那么何小姐是冤枉的，因为这一匹马本是少爷骑的呀！既然事情是这样的，那么我们已可以明白谁是凶犯的了。何小姐，你的意思以为如何？"

"照此说来，竟是表哥在和我们作对了……哦！哦！恐怕是的吧！他因为得不到我的爱情，所以他就起了妒杀之心，竟出此卑鄙毒辣的手段！唉！那真可恶极了！现在逸民已走了，他到什么地方去了，又不知道。这事情真是可恨极了……"丽云细细思忖了一会儿，也觉得很有些可疑，情不自禁地咬紧牙齿，愤愤地说出了这几句话。但说到这里，愤怒抵不住内心无比的伤心，那眼泪终于如断线珍珠一般地掉了下来。

红玉见她哭着，心里也是伤悲，不免陪着淌泪。两人暗暗地哭泣了一会儿，丽云忽然长叹了一声，站起身子，说道："想不到我俩已合在一块儿的心，终于又被魔鬼拆散了……"说着，忍不住呜咽哭泣，同时，她拖着沉重的步子，无限沉痛地踱出房外去了。

红玉没有喊住她，也没有送她出来，眼瞧着丽云颓伤的身子，在门框子里消失了。她想着少爷的不幸，想着何小姐的不幸，同时又想着自己的不幸，再也忍不住伏在沙发的臂上呜呜咽咽地哭起来。从此以后，红玉脸上的笑容消失了。每在夜阑人静的当儿，独对孤灯，摸出少爷给她的一封信儿，含泪念了一遍。她觉得这一封信，就是她生命中唯一的安慰了。

流光如驶，不知不觉又到学校里放春假的时候了。丽云自从明白破坏自己爱情的魔鬼就是表哥后，她在济诚来公馆的时候，就把他大骂了一顿，叫他今后不用再来见她。济诚亦已明白丽云和逸民是破裂了，所以他是感到很痛快。虽然是损人不利己的，他也情愿断绝了何家这一头亲戚，从此不上何公馆来。便时常到歌榭舞台去游逛，拈花惹草，后来染了一身梅毒，终于堕落在这繁华的都市里了。

丽云本来是个不知忧愁的快乐天使，自从受了这个打击，她心若死灰，再也不情愿谈"恋爱"两个字了。因为心恶都市的秽浊，所以趁着春假期中，便回故乡去玩几天。这是一个风和日暖的下午，西子湖畔是充满了热情的春的景象，男男女女携手偕行，促膝谈心，无不喜气洋洋，其乐融融。丽云独步闲散，看桃红柳绿，听莺啼燕语，虽然心胸颇为爽朗，却自感到一阵说不出的凄凉。低着头儿慢慢地踱着，踱着，忽然走到了断桥的旁边，使她脑海里陡然忆起去冬和逸民游湖的一幕。时虽热情的春，但丽云眼前仿佛已瞧不见一片大好的美景，只觉得天空是暗沉沉的，密布着朵朵的彤云。忽然间一阵眼花缭乱，天空中飘起纷纷白雪，把大地上的一切，已盖成了一座琼楼玉宇。见那断桥的下面，驶行着一叶扁舟……

"白姑娘和许仙本来是非常的恩爱，可恨那法海和尚是硬生生地把他们拆散了……"

"可是现在雷峰塔顶已倒了好几次，也许两人仍有团圆的日子吧!"

这几句话仿佛犹在耳际隐隐地流动，突然间，一阵嬉笑之声把她从幻想中恢复过清醒来。只见西湖里正有许多的船只，对对情侣，笑盈盈地划着兰桨，由断桥下面顺流而过。时已日薄，树木阴翳，鸣声上下。丽云站在断桥的面前，柔肠百转，芳魂欲断，深觉前尘不堪回首。眼瞧着晚风吹动流水，在斜阳光辉的笼罩下，不疾不徐地发出铮铮淙淙的音调。这音调在暮霭的空气中播送着，愈令丽云一颗脆弱的心灵激起了无限的悲哀!

荒岛怪人

一、噩耗传来　荒山显怪

　　天空是黑漆漆的，但也飘浮着一朵一朵的灰白的云儿，像海洋中的浪花，受了海风的鼓动，在微微地翻涌。明月像怕羞的少女，掩掩遮遮地在白云堆里淡淡地发光。这光芒虽然是那么的薄弱，但她究竟还能够照映出这四周的景物来。

　　这里是个小小的村庄，但说小也不算十分小，统计起来倒也有六七百户人家。所以村中也开设了大大小小的商店和酒店，在白昼里是相当的热闹。因为这村庄是靠近山林的缘故，故而村中有一部分居民是以打猎为生的。但这个山林的周围据说有两百余里的广阔，其中且多沼泽荒林，毒蛇猛兽，出没无常。所以猎户们打猎也不敢深入山谷，因为容易迷路其中找不到归途。不过喜欢冒险的，当亦不乏其人。故每年丧身于此的猎户，多至不可数计。

　　快近五月里的风了，暖和和的包含了温情的成分，像被一个恋人在亲吻似的，使人觉着一种软绵绵的快感和舒服。尤其是在这桂林，热得居民们都在院子里纳着凉。这个院子里布置着假山树木，还有一个挺大的葡萄棚，棚上绿叶成荫，已经结了一球一球碧绿圆圆的葡萄了，在月光笼映之下，泥地上筛着葡萄的影子，令人感到不少的情趣。这时那个葡萄棚下的藤椅子上坐了四个人，一个年约四十六七岁的男子，身穿白短裤、香港衫，人中上还留了一小撮短须，他此刻很安闲地仰卧在一张藤交椅上，嘴里微微地吸着雪茄；

125

他旁边坐了一个三十四五岁的妇人，虽然是徐娘半老，但风韵犹存，月光照映着她白皙的粉脸，也透露了一层妩媚的风姿；她身旁偎坐了一个十岁的小姑娘，一个圆圆像苹果般的脸，两只滴溜溜乌圆的眼珠，显得十分讨人欢喜；在另一株大杨树下，站立了一个二十二岁的少年，他长了一个挺结实的身子，一头菲律宾的"乌云"终是那么蓬蓬松松的，不过他的脸蛋儿相当英俊，尤其是两只炯炯有神的眼睛，充分地表现出他是个富有冒险性的青年。这四个人有些像父母子女，但奇怪的是母子间的年龄似乎有些不相称。其实说明白了，就不觉得奇怪了。原来那妇人是他的后母，只有那个小姑娘玛利才是她的亲生女儿。

四周是静悄悄的，可说一点儿声音也没有。玛利似乎不惯寂寞，她见哥哥振辉倚在树干旁，抬头望着天空呆呆地出神，于是开口搭讪着笑着问道：

"哥哥，你抬了头在想什么心事呀？"

"不想什么，我在看天上的浮云和月亮。"

许振辉依然抬了头望着天空，不过口里含笑着回答。

玛利站起身子，奇怪地走上去，倚着振辉身旁，不明白地问道：

"浮云和月亮又有什么好看呢？"

"你静静地多看些时候，就会看出滋味来了。我问你，这是月亮在行动，还是白云在行动？"

玛利听他这么问，她到底是个小孩子，遂抬头细细地看了一会儿，觉得这分明是月亮在云里徐徐地行动，这就不假思索地笑道：

"那不用说，当然月亮在行动呀。"

玛利说了这两句话，不料她的父亲许士明和母亲沈露娜不约而同地都扑哧笑出声音来了。玛利当然有些莫名其妙，遂怔怔地问道：

"爸爸和妈你们为什么笑啦？难道这不是月亮在行动吗？"

"傻孩子，你再仔细地看看清楚吧。"

沈露娜停止了笑，低低地回答。

振辉伸手指指天空，向玛利笑道：

"妹妹，月亮是不会行动的，那是风吹着浮云，所以浮云在微微地飘荡，不仔细看，还以为月亮在慢慢地行动哩。但是你仔细看吧，月亮不是始终还逗留在这个地方吗？"

"对，对，我看出来了，那是云儿在行动哩！瞧，这朵白云不是已飘到那边去了吗？喏，喏，这朵云儿又把月亮遮没了呢。"

玛利看了一会儿之后，方才连连说了两声对，很高兴似的回答。一面拉了振辉的手，央求地说道：

"哥哥，多看也没有意思，你还是讲个故事给我听听吧。"

"我肚子里的故事都讲给你听过了，再要我讲，我可没有了呢。"

"嗯，你骗我，你的故事很多，哪里就会讲完呀，我知道你留着一定预备讲给咪咪听的。"

玛利一面说，一面似乎已经料到哥哥要责骂她般的，遂一骨碌翻身，顽皮地逃到母亲的怀里去了，而且还咯咯地笑着。果然振辉嗔恨地骂了一声淘气精，走上前去，伸手预备要打她的样子。沈露娜怀抱了玛利，一面掩着她，一面笑道：

"真的，咪咪小姐好久不上我家来了，振辉，你可曾去找过她吗？"

"妈，咪咪小姐前天才来过呢。你自己没有在家，所以没有碰见。"

"咪咪小姐人生得挺美丽的，只不过她的性情好像很爱活动，我瞧她在这个村子里的男朋友不少吧？"

许士明听她们母女这样说着，方才也低低地开了口。他还向振辉望了一眼，是在注意他脸上的表情有没有起变化。果然，振辉听了，有些不大受用的样子，遂代咪咪急忙辩白着说道：

"爸爸，你看咪咪外表好像很浪漫，不过她的心地是很诚实的。虽然她认识的男子很多，但这是怪不了她的。因为她爸爸开设的是家咖啡馆，而她又是帮着做买卖的女侍者，所以我们应该原谅她才好。"

"你的话虽然也不错，但是一个女孩儿家，接触的男子太多了，她的心自然常常会起变化。今天觉得这个比那个好，明天又觉得那个比这个好，所以你倒不要太痴心才是。因为情这样的东西，一入了痴的阶段，将来就难免会感到痛苦了。你爸爸是过来之人，经验当然比你充足，所以你是应该注意一些。"

沈露娜听士明这么坦白地说，一时倒忍不住抿嘴笑起来了，含了媚意的俏眼，逗了他那么一瞥，笑道：

"这可是你不打自招，大概你在年轻的时候也失恋过的吧。"

许士明吸了雪茄，喷去了烟圈子，他没有回答，忍不住哈哈笑起来了。振辉这时心中确实起了疑窦，他呆呆地沉吟一会儿，忽然回身匆匆奔出院子去了。玛利高喊着：

"哥哥，你到哪里去呀？"

沈露娜握着女儿的手，微笑着说道：

"你别叫他，他当然是找咪咪小姐去的。"

沈露娜的猜测不错，振辉果然是到村子那个甜蜜咖啡馆里找咪咪去的。当他一脚跨入咖啡馆的门，只见一张桌子上围坐了五六个青年男子，他们似乎喝过了酒，大有醉意的样子，拉住了咪咪。大家正在嘻嘻哈哈地调笑着。振辉瞧见这个情景，当然十分刺眼，尤其想到了爸爸劝告自己的话，所以格外恼怒，遂在另一张桌子旁坐下，把手重重地在桌子一拍，喝道：

"拿杯咖啡来！"

这一声大喝方才把正在嬉笑的咪咪惊醒过来，连忙回头去看，一见振辉脸色很不好看地坐在那边，心头也有些吃惊。慌忙到柜子里去斟了一满杯咖啡，很快地送了过去，放在桌子上，笑盈盈地说道：

"振辉，你从什么地方来的？干吗怒气冲冲的样子呀？"

"哼，用不到你来多问，我吃我的咖啡，你做你的买卖，何必啰啰唆唆地多说什么废话。"

振辉冷笑了一声，气呼呼地瞪了她一眼，恨恨地说。

白咪咪倒并不因为他用这种态度对自己而感到侮辱，反在他身旁坐了下来，低低地说道：

"哎哟，瞧你气得这个样儿，这又何苦呢？难道你不晓得我吃这一碗饭的苦楚吗？"

白咪咪说完了这两句话，大有盈盈欲泪的样子。振辉一时把满腔愤恨倒又忍住了，望着她的粉脸不禁默然了一会儿。谁知这个当儿，那五六个男子却歪歪斜斜地走了过来，你一句我一句地说道：

"咪咪，你为什么单独去陪伴他一个人呀？是不是他生了一张小白脸就值几个钱吗？"

"咪咪，快到我们那边坐去，你不是说唱歌给我们听吗？"

"他妈的，你这小子无非生得俊美一些而已，就神气活现扎我们的面子吗？那你就太不识相了。"

白咪咪听他们满嘴里醉话连篇，而且有两个动手动脚地来拉自己的身子。于是她柳眉一竖，满面娇嗔的表情，恨恨叱道：

"去，去，去。别拉拉扯扯的，我爱坐在这儿就坐在这儿，这是我的自由，你们可管不了我。你们再胡说八道，我不与你们客气了。"

"你们说话可留些神，我惹着你们什么了？你们竟犯到我的头上来。告诉你们，我姓许的不是让人随随便便可以欺侮的，谁要不相信，试试我的老拳。"

振辉气得早已跳起身子，皱了两道眉尖，怒冲冲地喝骂着说。这时五六个少年仗着人多，哪里把振辉放在心上！大家凶巴巴地拥了上来，一面骂，一面动手预备打人的样子。白咪咪恐怕振辉寡不敌众，难免就要吃亏，遂用身子拦住了众人，气呼呼地说道：

"你们喝醉了酒，预备闯祸吗？爸爸，你快来呀，他们要相打哩。"

"你这个小贱人见一个爱一个，把我们就丢了，他妈的，滚开吧！今夜我们非要把这个小杂种揍一顿不可。"

其中一个少年姓贾名连平，他的酒喝得最多，两眼已发出了绿色的光芒，脸红得像猪肝般的颜色。他一面骂，一面伸手把咪咪恶狠狠地拖过旁边去了。就在这个时候，振辉觉得先落手为强，于是眼快手快，握了拳头，对准贾连平的下颚，砰的一拳，贾连平挨了这一拳头，真有些七荤八素，一时哪里站得住脚，身子早已仰天跌倒在地上，几乎爬不起来。说时迟，那时快，其余四个少年早已一拥上前，振辉不慌不忙舞动拳头，左一拳右一拳，他原来从小练过拳术，而且臂力又大，所以四五个人东倒西跌，被振辉一个人打得落花流水。大家知道不是对手，便都抱头鼠窜了。这时咪咪的父亲白德尚和咪咪两人站在旁边，倒是瞧得呆了起来，振辉却又笑哈哈地说道：

"他妈的，这一班不中用的奴才，竟也在我的面前耀武扬威，那不是自讨苦吃吗？"

"振辉，你……可曾被他们打痛了什么地方没有？"

白咪咪这才很快地奔到振辉身旁，显出亲热的样子，向他很开心地问。振辉摇摇头，方欲回答没有什么，忽听咪咪又呀的一声叫道：

"你……你……手上不是流着血吗？"

"不要紧，是一些皮外伤，那没有关系。"

振辉低头向手上一看，原来自己挥拳的时候，不知在什么地方擦破了一些皮，所以有一些血水流出来，他表现出毫无痛苦的样子，低低地回答。

这时白德尚方才急出一句话来道：

"那怎么办？那怎么办？你把他们都打跑了，他们如何肯罢休？回头他们拿了家伙来报仇，我这爿咖啡馆不是被他们要打毁了吗？"

"白老伯，你不要着急，我马上离开这儿，你快快打烊吧。他们若来报仇，我绝不会连累你的。"

振辉见他急得满头大汗的样子，遂微微一笑，他一面说话，一面便很快地走出大门去了。咪咪从后面追赶出来，拉住了振辉，说道：

"你慢些走，我拿方手帕给你的伤处包扎了吧。"

"我不痛，用不了包扎的。"

"嗯，你为什么不听我的话，难道你还要生我的气？"

咪咪的迷汤功夫是很不错的，她撒痴撒娇地嗯了一声，秋波水盈盈地逗了他一个媚眼，把振辉的手硬拉过来，用了一方雪白的绢帕，给他轻轻地包扎起来。一个刚强的振辉，在她柔媚的手腕抚弄之下，竟也会像一头驯服的绵羊一般柔顺起来，两眼望着她桃花那般的娇面，再没有勇气向她拒绝说不要包扎的话了。咪咪用了轻快的手法，把他伤口包扎好，又温情地问道：

"你觉得痛不痛？"

"我不是早就回答你说没有痛吗？"

振辉说话始终是显得那么硬性的作风，但咪咪却并不嗔怪他，她心中所以爱他的，也就是因为他有勇敢刚强的个性，于是挽了他手臂，仍然含笑说道：

"不觉得痛，那当然很好。振辉，那么我送你回家吧。"

"不用你送我，我可不是个三岁小孩子，难道还不认识回家的道路吗？咪咪，你还是进店里去休息吧。"

振辉说着话，还把咪咪身子向店门口推了推。咪咪自然不肯自管地回店里去，她怕振辉心中因此会不爱她了，所以还是赖着偎在振辉的身旁，显出柔情蜜意的样子，低低地向他说道：

"你是不是讨厌我了，所以不愿意我陪你回去？"

"我还不预备回家呢，你别向我缠绕了。"

"那你还要上哪儿去啊？"

"我站在这儿等着。"

"等什么呀？"

咪咪弄不懂他这两句话是什么意思，所以莫名其妙地望着他英俊的脸，凝眸含蹙地急急追问。

振辉冷笑着说道：

"我等他们来报仇，再打他们一个落花流水，才叫他们知道我的厉害。"

"瞧，你这人别发傻劲了吧。要他们真的来报仇，你也犯不着跟他们拼命，况且他们这些人都不是什么英雄好汉，刚才被你一顿打，早已唬得屎尿直流了，如何还敢来报仇呢？你不要听我爸爸的话，我爸爸是个胆小的人，他就是怕闯祸，其实我心中却一些也不怕呢。"

咪咪方才明白他是为了这个缘故，一时忍不住好笑起来，遂拍拍他的肩胛，向他温和地劝告。

振辉却仍旧不肯离开，说道：

"情愿他们没有勇气来报仇，那么我再离开这儿也不迟。否则，倒好像是我怕了他们，才急急躲避他们似的。这我倒有些不愿意输这一口气，所以非等候他们一刻钟不可。"

"振辉，你这么勇敢，我虽然很佩服你，不过我也觉得你骏得有些可怜。你的本领虽大，到底只有一个人呀。万一他们约了二三十个人来打你，我问你又有什么办法对付他们呢？所以我劝你还是快些走吧。"

"他们约了全村的人来打，我也不怕，何况是二三十个人呢，那就更不放在我的心头了。你害怕你只管回进店里去，反正我们在店门口打架，和你们店里是一点儿没有关系的。"

咪咪见劝他不醒，所以芳心里未免有些怨恨，忍不住深长地叹了一口气，呆呆地陪着他站在店门口，倒没有话可说了。振辉在袋内摸出一包烟卷，取了一支衔在嘴里，划了火柴吸烟，回头见身旁的咪咪没有走进店里去，倒笑起来，问道：

"干吗还陪我站在这儿？是不是怕你们那爿咖啡馆被他们来捣毁了？"

"我倒不是怕咖啡馆被他们捣毁，只怕你被他们用家伙来打伤了身子，叫我心中怎么能安？"

"那么你陪着我，难道他们就不会来打伤我吗？"

"不是这个意思，我站在你身旁，要活一块儿活，要死一块儿死，要伤一块儿伤，我绝不让你一个人被他们来打伤的。"

振辉听她这么说，一时心头也由不得感动起来，情不自禁地把她的纤手紧紧地握住了，低低地问道：

"你真的这样关心我吗？"

"难道你相信我是假的？"

咪咪紧紧偎到他的怀内，娇媚不胜地反问他。振辉见她微抬了粉脸，吹气如兰，令人有些神魂飘荡地不克自制起来。这就丢了手中的烟卷，猛可搂住她的脖子，正欲在她殷红的嘴唇上接吻的时候，忽然听身后有人说道：

"呀，你们还站在这儿干什么？咪咪，你可以到屋子里休息去了。"

原来是咪咪的父亲白德尚，他把牌门板都上好了后，探头出来奇怪地问。振辉自然有些不好意思，慌忙放开了咪咪的脖子，向前走了两步，是避免他的难为情。咪咪也很需要振辉能给她一个甜蜜的热吻，万不料却被爸爸撞散了好事。她芳心中有些怨恨，遂鼓着红红的小腮子，说道：

"你要休息只管休息去好了，我不要休息，你来多烦些什么？"

"咪咪，你这孩子说话太没道理了，你不进屋子来，大门就不能上锁，大门不上锁，叫我怎么能安安心心去睡觉呀？"

"我不是站在大门口吗？难道谁还敢在我的面前进屋子里来偷东西吗？爸爸，你假使不放心，就把大门关上了，反正后门钥匙我有带在身边，回头我从后门进来吧。"

"好，好，好。随你的便，你这个小姑娘真是着了魔。"

白德尚心中似乎也有些生气，一面说，一面砰的一声就把两扇大门关上了。咪咪恨恨地白了他一眼，也娇嗔地说道：

"你这老糊涂才着了魔。"

"咪咪，你就进屋子里去吧。我瞧你爸爸心中有些不快乐了。"

振辉回过身子，向她低低地劝告。但咪咪却又挨近振辉的身旁来，很亲热地挽了他的臂膀，一面向前走，一面毫不介意地说道：

"怕什么？这是我的自由，他管不了我。"

"他是你的爸爸，他怎么管不了你？"

振辉听她这么说，遂奇怪地问她。因为咪咪很亲热地挽了他走路，所以他也有些忘记了似的，竟糊里糊涂离开咖啡馆店门口了。咪咪秋波斜乜了他一眼，低低地笑道：

"我已经是二十岁的姑娘了，还用得到爸爸来管？我的行动当然应该可以自由的了，你说对不对？"

"可是，没有出阁的女儿，做爸爸的也应该有管教的权利，我想你以后不可以用这种态度去对他老人家。否则，你爸爸一定会伤心的。"

"没有关系，我爸爸这个人有些蜡烛脾气，若不是这么对他，我以后休想有一些自由行动。"

咪咪这些话听在振辉耳朵里不免有些反感，只不过自己并非是她家里什么人，所以也不便多说话。忽然他又想着了什么似的，呀了一声，说道：

"不对，不对，怎么糊里糊涂走到这儿来了？我不是还要等着他们来报仇吗？"

"好啦，好啦，算了吧。瞧你还是念念不忘这些没要紧的事呢，你瞧，这么好的静夜里，我们还是谈谈旁的吧。"

咪咪竭力打岔地说道，她拉了振辉的臂膀，还是向一条小河边走。振辉似乎怕会被人笑自己胆小的样子，说道：

"他们来报仇，若不见我的人，恐怕会笑我没有胆量。"

"你就是把他们打死了，也算不得是个大英雄，何况他们也未必会来找你报仇，我们别谈这些吧。"

两人说着话，已到了一条小河的旁边，小河旁有着飞舞着绿波的柳树，好像一个少女在情郎面前卖弄风情的样子。咪咪倚在柳树旁，纤手攀弄着一条一条的柳丝，望着朦胧月色下的河面，这河面上仿佛倒翻了水银，闪闪烁烁地发射着晶莹的亮光。徐徐的水流，被小石子所阻激，因此又发出了淙淙的声音，这音韵包含了一些音乐的成分，在静悄悄的空气中，倒觉得分外动听。振辉呆呆地出了一会儿神后，他挨近咪咪的身旁，很爽快地问道：

"咪咪，你到底是不是真心爱上我？"

"你这话问得太奇怪了，你打哪儿瞧出来我没有真心爱上你呀？"

咪咪含了无限哀怨的秋波，向他水盈盈地逗了一个媚眼，有些生气的样子反问他。

振辉倒是愕住了一会儿，方才说道：

"你假使真心爱我，那么你不要和这些无赖小子嘻嘻哈哈地太亲近，瞧人家会说你太浪漫。"

"谁说我太浪漫呀？我得跟他拼命。为什么无冤无仇的要破坏我的名誉呢？唉，难道你也承认我是个浪漫的女子？"

咪咪怒气冲冲地说，她说到后面，又叹了一口气，几乎要流下泪的样子。

振辉当然不能告诉是自己爸爸说她的，所以握住了她的玉臂，低低地说道：

"我当然不相信一个心爱的姑娘会是一个浪漫的女子，所以我听到了这些话，也只把它当作耳边风而已。"

"就是你不相信我，那我也没有办法。"

咪咪挣脱了他的手，别转身子去，显出娇嗔的神情。振辉慌忙走上一步，扳转她的肩头笑嘻嘻地说道：

"我相信你是个爱情专一的女子，难道你还恨我吗？"

"嗯，我心中当然恨你。"

"你心中恨我，我却越加地爱你。"

振辉见她逗了自己一个白眼，但这个白眼却分外妩媚。所以他情不自禁地搂住她的粉颈，要去吻她的嘴。咪咪却把手伸上来，扪住他的嘴，撒痴撒娇地说道：

“你是个好人，你就不该吻我。”

“为什么？”

“规规矩矩的青年，如何可以随随便便吻一个年轻姑娘的嘴呢？”

“我并不是随随便便就吻你的，在我可说是经过郑重的考虑之后才吻你的。”

“你怎么考虑呢？”

“我存心爱上你，我以后不再爱上别的姑娘，所以自然能够吻你了。但问题倒是在你的身上，你是不是愿意接受我的爱呢？”

“好，那么你就痛痛快快地吻吧。”

咪咪听了他这些话，芳心里只觉得无限甜蜜，她把按在振辉嘴上的纤手又缩了回来，方才笑盈盈说。她把小嘴儿撮起来，表示承受他来热吻的意思。振辉是多么兴奋啊，他就老实不客气地低下头去，把她紧紧地吻住了。

两人这一吻相当热烈，大家全身的血液像火样地燃烧起来。振辉因为把她抱得非常紧，所以胸口上还觉得有两堆高耸耸的东西搁着，更使他那颗心像小鹿般地乱撞。咪咪似乎也需要有异性来这样慰藉她，她用双手紧紧地捧住振辉的脸颊。这时候他们的心中，是最好把两人的身子融化在一起。经过良久之后，咪咪才又轻轻地推开他，深深地透了一口气，说道：

“难道你还没有满足？”

“这哪里会有满足的时候，就是给我吻上三日三夜，我也还觉得不够我的瘾头哩。”

振辉扬眉得意地说，他这些话近乎顽皮的成分。咪咪秋波恨恨地逗了他一个娇嗔，抿了小嘴，也忍不住微微地笑了。振辉也笑道：

“咪咪，从今以后，我们便算是一对夫妻了。”

“那么快？我们还没有结过婚哩。”

咪咪听了他乐而忘形的话，一时倒也赧然起来，遂笑盈盈地回答。

振辉望着她粉脸，也红了两颊，说道：

"我的意思，从今以后，你不能再爱别个男人，我也不能再爱别个女子，我们应该达到结婚的目的，你说对吗？"

"你这话当然很对，只要你不抛掉我，我如何会去爱别的男人呢？再说这村子里的青年，谁及得来你的英俊呀？"

振辉听了她这两句话，真是满心欢喜，他乐得疯狂的样子，伸手把咪咪抱住了，在她小嘴上再度亲吻了一个够。两人柔情蜜意地温存了一会儿，方才握手分别，各自回家去了。

振辉到了家里，只见院子里多了一男一女两个人，那个女的还在呜呜咽咽地哭泣。只听爸爸在劝慰她说道：

"赵大嫂，事到如今，你哭也没有用呀。我明天准定给你到山林中去寻找寻找就是，你还是好好回家去吧。"

"爸爸，你们在说些什么呀？"

振辉不知道发生了什么事，所以急急地奔上来问着他们说。

许士明见儿子回来，便忙说道：

"赵大男到荒山去打猎，却失踪了没有回来，赵二和还说山上出了一个妖怪，这事情不是太稀奇吗？"

"这简直是胡说八道，这是什么世界，哪里来的妖怪？"

这消息在振辉听来，认为是无稽之谈，所以完全不相信的样子，连连摇头回答。旁边那个男子就是赵大男的弟弟赵二和，他见振辉不相信，便急得连连抓了抓头皮，红了脸说道：

"这是我亲眼目睹的事情，哪里会是假的呢？真的，这山上不但有毒蛇猛兽，而且还出了妖怪，以后我们再也不敢上山打猎了。"

"哦，是你亲眼看见妖怪的？"

"是的，那妖怪长得可怕极了，头发像一堆乱草，满脸孔的血肉模糊，眼睛一只高一只低，鼻子没有了，嘴唇皮看不出，只露了一排牙齿，完全像个鬼，像个鬼。"

赵二和滔滔地说到这里，冷不防一个极尖锐的叫声，突然传到了众人的耳朵里，胆子挺大的振辉也忍不住吃了一惊，顿时毛骨悚然起来。但接着又听哇的一阵哭声，大家这才放下了心，原来十岁的玛利，被赵二和说得十分害怕，所以是她在竭叫地哭喊起来了。沈露娜连忙把她抱在怀里，拍拍她的肩胛，笑道：

"傻孩子，你做什么呀？大惊小怪的，我们倒被你吓了一跳呢。"

"妈，你快抱着我吧。妖怪来了，我怕死了。"

玛利把小脸埋在母亲怀内乱躲乱藏，全身还瑟瑟地抖着。振辉望着天上的明月，又摇头，表示始终不相信的神气，说道：

"我就不相信这世界上会有什么妖怪，赵二和，你不要用这些谣言来扰乱人心。"

"我……我……怎么会造谣言？我假使说一句谎话，我没有好死的。实实在在的，这山上出了妖怪，我……想……起来真是太可怕了。"

"许少爷，我二叔是不会说谎的，再说他们兄弟俩从早晨就上山去，直到此刻，只有二叔一个人回家来。他说赵大男被妖怪抓住了，害死了。哦，哦，叫我……以后生活怎么过下去才好？"

赵大嫂一面代为赵二和辩白着说，一面又伤心地哭泣起来。振辉父子两人被他们说得将信将疑，不由得面面相觑地愕住了一会儿。许士明像想到了什么似的问道：

"二和，你亲眼见你哥哥被妖怪抓去的吗？那么你又如何能够逃下山来呢？难道妖怪没有抓住你？"

"我……我……心里一害怕，就拼命地奔逃，不料一失足，便跌入山洞里去了。你瞧，我腿上、手臂上都受了伤哩。"

振辉听他这样说，遂在他身上望了一眼，果然见他腿上和手臂上都沾了丝丝的血痕。这时听二和又说下去道：

"我当时掉落在山洞里，几乎痛得昏厥过去，后来我又迷了路，东走西走再也找不到归家的山路了。足足摸了一整天，才给我逃出来了。唉，可怜我哥哥的性命一定是完了。"

被赵二和这么一说，那个赵大嫂自然抽抽噎噎地哭得格外伤心起来。振辉是很有心机的人，当时把赵大嫂拉过一旁去，低低地问道：

"赵大嫂，你且不要哭泣，我要问你一句话，在平日之间，他们兄弟两人的感情怎么样，很不错吗？"

"他们兄弟两人是哥爱弟敬，十分亲热，我倒相信二叔是不会起了黑心害死他哥哥的。再说我家也没有什么家产，二叔凭什么要害他哥哥的性命呢？"

赵大嫂这人倒也相当聪明，她已经明白振辉说这些话的意思了，于是停止了哭泣，悄悄地回答。

振辉听了，自然没有话说了。他呆呆地沉吟了一会儿，暗暗想道：难道山上果然有什么妖怪吗？这叫我怎么能相信呢？于是又走到二和的面前，说道：

"二和兄，我们明天一同到山上去寻找你的大哥，好吗？"

"我……我……实在不敢再上山去了。"

"你们兄弟不是很亲热吗？要找寻你大哥的下落，你如何能不去呢？你不上山给我们做个向导，叫我们又到哪一块山地去找寻好呢？"

"好，那么我明天就陪你们一同上山去吧。最多我把这条性命也给妖怪害死算了。"

赵二和似乎再也没有推脱的办法了，所以硬着头皮，只好哭里带笑地答应下来。许士明微微一笑，说道：

"你放大了胆子，只管跟我们一同上山去，妖怪是绝对不会害死你的。今夜时候不早，你们回家去吧。明天早晨六点钟你到我家来，一同上山去找寻，好吗？"

赵二和听了，点头答应，遂和赵大嫂一同回家去了。沈露娜等他们走后，有些担忧的样子，说道：

"我劝你们父子两人胆子不要太大，宁可信其有，不可信其无，我说是犯不着冒这个危险的。"

"我们要去看看到底是个怎样的妖怪，倘若是真的妖怪，我倒不怕，就怕是人扮成妖怪的样子，那就是我们村子里的祸患了。振辉，你把两只快枪擦擦亮，我们明儿上山杀妖怪去。"

振辉听爸爸这样说，遂很兴奋地含笑答应了一声，他们一家人方才离开院子，匆匆地走进屋子里去了。

月亮这才慢慢地移动了，由东方转移到西半的天际去了，院子里静悄悄的，只有假山旁那个荷花池里的青蛙，却不怕吃力地尽管在"呱呱呱呱"地叫个不停。

二、历尽艰险　爱犬失踪

　　一线曙光冲破了这漫漫的长夜，东方的天空中已经透露了鱼肚白的颜色。院子里的雄鸡，伸长了脖子，喔喔地似乎高喊着人们可以起身工作了。

　　沈露娜端过一盘子早餐，从厨房里走出来。她把碗筷等物放在院子里的小圆桌上，给他们盛好了稀饭，然后向屋子里高喊了一声玛利，说："叫你爸爸和哥哥可以吃早餐了。"随了她这一声叫喊，只见玛利拉了许士明的手，先从屋子里很快地走出来，后面跟了振辉，他手里却牵一条高大的猎犬茄利，也很快地走到桌子旁边。他们父母子女坐在桌旁吃早餐，茄利却蹲坐在振辉的身边。振辉不时地把桌上的牛肉片，一块一块地丢到茄利的口里去，并不时用手拍着茄利的背脊，显出那份儿心爱的样子。静悄悄地过了一会儿，士明瞧望了一下手表，怀疑地说道：

　　"赵二和怎么还没有到来？不知道他会失约吗？"

　　"有些靠不住，这人的胆子太小了。"

　　振辉皱了眉尖，也有些不大信赵二和的样子，低低地回答。接着他又说道：

　　"我有些疑心赵大男是被赵二和害了，所以他故意说山上出了妖怪，无非是避免外界疑心他是凶手的意思。"

　　"我想这是不会的，他们兄弟二人素来很要好，我知道得很详

142

细。况且二和这孩子心地很忠厚，性情倒还是大男暴躁一些，我料想二和绝不敢干这害人的事情，再说大男是他的哥哥呢。"

"那么他干吗没有到来？昨夜我们不是约好了六点钟要出发上山的吗？"

他们父子两人正在猜疑之间，只见赵二和携带了一支快枪，急匆匆地走来了。士明向振辉望了一眼，微微一笑，招呼道：

"二和，吃了早点心没有？"

"早吃过了，今天五点钟就起身的呢。"

赵二和点点头，在桌子旁站住了回答。振辉父子两人遂匆匆吃毕早饭，匆匆走进屋子，把一排枪弹系在腰肢上，然后拿了快枪，走出院子外来。振辉把茄利牵在手里，和露娜、玛利说声再见，便先步出门去了。露娜似乎有些害怕的样子，跟着振辉走到门外，向士明低低地叮嘱道：

"你们到了山上，千万小心一些，切不要深入山谷，迷了归路，那叫我在家里可等得急死了。"

"我知道，你放心吧。"

许士明点头回答，他向露娜挥挥手，便和振辉、二和匆匆地走向那条板桥上去了。只听远远地传来玛利的叫声，道：

"爸爸，哥哥，你们早些回来吧。"

"知道了，妹妹，回头我给你捉一只野兔子来玩儿。"

振辉在板桥上一面走，一面向老远处的玛利招招手，也高声地笑着回答。

三个人慢慢地步入荒林之中，这时已经八点左右，太阳早已高悬在天空中，从树冠里透露到下面，还可以照临在他们的身上。这不过是荒林的开始，越走越远，越走越深，不过这儿沿路都有标记，原是猎户们常到的地方，所以倒也并不算稀奇。后来渐渐地走到了没有标记的地方了，这儿的山林，高可参天，而且长得密密层层，人入其中，难辨方向。树干粗大，几个人把手牵起来还不能抱在一起。天空中的阳光已被浓密的树叶遮蔽住了，所以连一些太阳光都透露不到下面来。整个荒林里，呈现着一种阴森森、暗沉沉的气息，只有高大的松树上爬行着行动迅速的松鼠，还有草堆里闪动着灵活的野兔子，一会儿窜东一会儿窜西。那只茄利却在草地上一路乱嗅乱叫，把荒林中那些小动物都惊得四散奔逃。赵二和走到这里，却停步不走了。振辉问道：

"怎么？二和你干吗不走了？发现了什么怪东西吗？"

"不能再走下去了，我记得昨天……我的哥哥也是在这儿被妖怪抓去的。"

赵二和说这两句话的时候，脸色显得分外紧张，显然是非常恐怖的样子。许士明和振辉两人不免为之心头乱跳，遂镇静了一下态度，用他们锐利的目光向四周张望了一下。这时他们目光所接触的，都是一株一株大树，重重叠叠的，有时候因为神经衰弱而起了变化，那些树株仿佛会变成妖怪的样子。赵二和忍不住竭声地叫喊起来，振辉连忙把他拖到自己身后来，笑道：

"你又发现了什么？别这样大惊小怪地乱叫乱喊呀。"

"我……我……好像看见妖怪在树林里奔跑，说不定他……又会奔出来把我们害了，你听，你听，这是什么声音？我们快些回去吧。"

赵二和一面说，一面身子有些发抖，额角上的冷汗，像雨点一般冒出来。振辉见他脸色死灰的样子，知道他确实害怕到了极点，并非是故意装出这个样子来的。于是连忙拉住他的身子，说道：

"这是什么声音？你听得仔细一些吧。是风在吹动树叶摩擦的声响呀。你千万不要疑神疑鬼的，自己吓自己呀。"

"二和，你心里真害怕，你就走在我们父子两人的中间好了。有我们父子两人给你做保镖，你还有什么可怕呢?"

许士明用了温和的语气，向他低低地安慰。二和这就没有话说，只好跟在振辉的身后，看他两腿真仿佛有些弹琵琶的神气。振辉一手牵了茄利，一手握了快枪，当然还是向前走了过去。越走越深，越走越曲折，这时更可以听到一阵一阵猿啼的声音，十分凄厉，令人听了感到毛骨悚然。许士明看看手表，已经快近十二点钟了，于是说道：

"振辉，时已近午，我肚子有些饿了，且坐下来歇歇，我们吃一些干粮再向前找寻吧。"

"不错，我的肚子也有些饿了。"

赵二和巴不得士明有这两句话，遂连忙附和着说。

振辉当下点头说好，三个人在草堆里坐下，大家把身上背着的布袋放下，取出自制的大馒头，放在口里嚼着吃。振辉把一包牛肉拿出来，喂给茄利吃。正在这时，赵二和忽然见到一条五六尺长的青皮黄肚蛇向草堆里游来了，这就跳起身子，一面大喊有蛇，一面握枪开放。振辉连忙把茄利放了出去，茄利眼尖，早已似飞一般地奔跑过去，咬住了蛇的头颈，不肯放松，那条蛇也很厉害，它把尾巴甩上来，缠住了茄利的身子，意欲狠斗的样子，振辉早已握枪奔上，用枪头上的刺刀向那条蛇狠命地戳去，只见那条蛇的尾巴早已松了开来，躺卧在草堆里，死了。茄利把蛇咬在口里衔到许士明的身旁放下，还汪汪地吠了两声。士明含笑伸手拍拍茄利的头颈，茄利摇着尾巴，又去吃牛肉了。士明说道：

"二和，这条蛇你收起来，回头给你带回去吧。"

"我不要，这是茄利把它咬死的。"

"只要你不害怕，回头好的野兽可多着呢，一条小蛇有什么稀奇。二和你只管拿着好了。"

大家一面说话，一面吃着干粮。十分钟后振辉站起身子来，拍拍屁股上的泥土，说：

"我们前进吧。"

于是三个人拿了枪杆子又向前匆匆地走了，不知不觉前面到了一个大泽，拦住了去路，看这大泽足有四五丈阔，靠东的半山上有瀑布倒泻下来，发出沙沙的声音，好像是万马奔腾的样子。赵二和不免又急起来说道：

"我们还是回家去吧！看来哥哥的性命，终是凶多吉少的了。"

"已经到了这里，我们终要侦查一个究竟才是，这水恐怕并不十分深吧。我先来试一试。"

振辉脚上原是长筒皮靴子，他一面说，一面把右脚伸入大泽里去。茄利见主人下水，便也蹿入水中，向对岸游过去了。振辉见茄利尚且这么的勇敢，于是把左脚也跳下水去，见泽水还只淹没到膝间，遂回头向士明说道：

"爸爸，这水并不多深，我们只管下水，走到对岸去吧！"

士明也是个富于冒险性的猎户，当下点头说好，遂也举步下水。赵二和又不敢一个人留在这，所以硬着头皮也只好跟着下水，不料走到泽心的时候，忽然见泽水起了波澜，浪花飞溅地翻涌起来。二和见远远的有个黑蠢蠢的东西，很快地向自己这儿游过来，一时也不知道是个什么水妖，忍不住吓得竭叫救命。这时，振辉和茄利已到了对面岸上，一听二和大叫救命，心里倒也大吃一惊，连忙回身望去，只见一条穿山甲在水面上游得非常快，直向二和身上追来，而且那穿山甲还把血盆般的阔口张开，显然大有把二和吞吃的意思。这时二和可说已经吓得魂不附体，如何还有勇气走路，两腿一软，身子便在泽水里漂浮起来。振辉觉得在这千钧一发之间，二和的生命真是危险到了极点，自己若不救他，他当然要葬身在穿山甲的腹中了，于是奋不顾身两手举起，做个青蛙入水之式，只听砰的一声，浪花四溅。振辉发挥游泳的技能，早已拼命游到泽心中来，把二和身子一挟住，用足力气向岸上游来，但穿山甲紧紧追随其后，血盆似的大口差不多已经要咬着振辉的两脚。这时许士明也跳上对岸了，他见这个情形心中万分焦急，连忙举起枪来，对准穿山甲张开的血口，"砰砰"两枪开射过去，只见那条穿山甲血口合上，游行的速度立刻慢了下来，大概中了枪伤，振辉方才平平安安地把二和救到了对岸。可是二和已吓得昏厥了过去，振辉连忙把他两手举起，施用人工呼吸法把他救醒过来。赵二和睁眼向四面望了一眼，伸手摸摸自己的脑袋，说道：

"哎呀，我的天啊，我活着，还是已经死了呀？"

"差一些你就死了，快站起来，定定神再走路。"

振辉望着他那哭笑不得的脸，忍不住感到有趣，遂把他扶起身子，笑嘻嘻地回答。赵二和两手拧着湿淋淋的衣服，忍不住叹了一口气。正在这时，忽听见茄利的叫声不绝于耳，接着呼呼的声音似乎遇到了什么怪兽在拼命搏斗的样子。赵二和大惊失色地啊呀了一声，叫道：

"不好了，那茄利一定遇到妖怪了，我们的性命完了。"

"别急，别急，你快把枪握住了准备。"

许士明被他一吓，也有些害怕起来，一面向他叮嘱，一面举了枪，向四面乱照。这时振辉握着枪，大着胆子循声而往，口里还叫着茄利的名字，慢慢地给振辉发现一株大树下面茄利和一只猛兽正在咬住了搏斗。细看那猛兽并不是什么虎豹，而是一只凶狠的豺狼，这才放心下来，暗想茄利是只厉害的猎犬，豺狼恐怕不是茄利的对手，那没有关系。但这只豺狼，倒也不弱，始终还有抵御的能力，振辉想开枪射狼，但投鼠忌器，恐怕枪弹误中茄利的身上。这时士明和二和也从后面跟上，见振辉站在那儿出神，忙问道：

"茄利怎么了，和什么怪物在搏斗呀？"

"是一只狼，他妈的，这该死的畜生也很厉害呢！"

"你干吗不放枪？"

"我怕伤着茄利。"

振辉一面说，一面急急地奔了上去，只见那只狼已慢慢地倒下地去，茄利的嘴还紧紧咬住狼的咽喉不放，于是用刺刀在狼的腹部上连连捅了三四刀，狼的腹部都浸满了鲜血，茄利才松了嘴巴向振辉连连地叫了两声，然后坐在他身旁，不住地喘气。振辉知道它用了不少力气，大概有些疲倦了，因为怕它也被狼咬伤了，所以连忙把它抱在怀里，细细地察看了一会儿，见没有什么伤痕，这才安下心来，拍拍它的身子，表示慰问它的意思。茄利似乎懂得的样子，摇了摇尾巴。忽然它在地上又嗅到了什么似的，突然离开振辉的身旁，很快地又蹿向树林中去了。振辉瞧这情形，回头向士明说道：

"爸爸，茄利一定又有新的发现了。"

"好，那么我们跟着过去吧。"

士明点点头，三个人于是急急地追踪过去。这真是做梦也想不到的事情，茄利忽然衔了一条血淋淋的手臂奔了回来，还汪汪地叫个不停。赵二和见那条手臂上还套着蓝色条子衬衫的衣袖，这分明是哥哥的手臂，一时痛到心头，猛可走上去抱住了那条手臂，放声大哭起来，说道：

"哥哥，你死得好苦，你死得好惨啊！"

赵二和哭叫了一会儿，忽然又神色惨白地急急说道：

"不好了，不好了，这儿一定有妖怪，许老伯，我们快回去，快回去吧！"

"不要怕，不要怕，妖怪来了不是死你一个人，难道你的性命这么值钱，我们就不怕死吗？"

振辉被他这么一吓，也有些心惊肉跳，不过他还竭力壮了胆量，将二和一把抓住了，恶狠狠地喝着他。二和知道振辉是个有拳术的人，恐怕挨他的打，所以被振辉抓住了，却又吓得不敢说话了。士明在袋里取出烟斗，划了火柴，吸着烟斗沉吟着说道：

"我不相信有什么妖怪会在这个山上，所以我很想研究这个赵大男的惨死。"

"爸爸这话说得很对，二和，昨天除了你们兄弟二人一同上山来之外，还有什么旁的人一同来吗？"

振辉点点头，一面又向二和望了一眼，认真地问他。赵二和吓得全身有些发抖，脸色有些死灰的样子，摇着脑袋却说不出来。这时振辉心中非常怀疑，遂伸手一把抓住二和的衣襟，喝道：

"二和，你不要装腔作势了，我来问你，你得从实告诉，你的哥哥是不是被你害死了？"

"这……这……这……"

"快说，快说，你若抵赖，我就在这儿杀了你，叫你回不得家去。"

赵二和支支吾吾的神情，更使振辉万分怀疑，遂声色俱厉地向他连连追问，一面用双手扼住他的喉咙，若有扼死他的意思。赵二和这一吃惊，真是汗流浃背，两脚发软，不由得跪了下来，他口里也不会辩白什么别的话了，只是连叫着冤枉冤枉。这时许士明说道：

"你放了他，这不与他相干的。"

振辉听父亲这么说，遂把二和放下，回头向父亲望去，只见父亲手里拿着那条血淋淋的手臂，似乎细细地在推测的样子。这就连忙问道：

"爸爸，你得到一些什么线索了吗？"

"许老伯，我，我，我怎么会害死哥哥呢？我不是没了心肝的人，我如何会残害自己的同胞手足呢？我只有伤心，哥哥死得太可怜了！"

赵二和这才急急地说出了这两句话，他眼泪鼻涕地忍不住哭泣起来了。士明并不理他，只向振辉招招手，振辉挨近士明的身旁。士明用手指着那条血淋淋的手臂，低低地说道：

"你瞧，这儿有几个牙齿印子非常粗大，想来大男一定是被虎豹咬死无疑了。"

"不是被虎豹咬死的，我亲眼目睹哥哥是被一个怪人拖去的啊，这怪人长得可怕极了，我……我们还是快些离开这儿吧。"

赵二和竭力否认着回答，他似乎又想到了昨天遇着妖怪的一幕，所以他的神经立刻紧张起来，大有疯狂的样子。士明父子见他一味地说着妖怪抓去了他的哥哥，一时真有些将信将疑。不料这时忽然一阵狂风吹来，那树叶沙沙响个不停，接着一阵长啸，有些震天动地的样子，这分明是猛虎出洞的叫声。士明和振辉也不免害怕起来。赵二和更加吓得脸如死灰，神情惨然，急急说道：

"恐怕妖怪出来了，我们还是回去吧，要如让妖怪发现了，我们今天就得死在这儿了。"

"振辉，这恐怕是虎豹来了，我们就回去吧。"

许士明到底也有些胆怯了，遂把地上那只死狼抓起，负在肩头上，预备向后而退。振辉不敢违拗，方欲回身而走，忽然不见了茄利，这就连声叫道：

"茄利，茄利。"

振辉叫了一会儿，却不见茄利奔回来。因为茄利是他父亲最心爱的一条猎犬，此时突然失踪，自然着急万分。士明也在高叫着茄利，只听远远的似乎传来茄利的叫吠之声。这时狂风更紧，天色也慢慢黑暗下来。振辉凝神细聆，因为风声甚大，而且虎啸之声越响越近，远近一般小动物那类如兔子、小鹿、野猪等走兽好像如临大敌一般慌慌张张地东奔西窜，显然也在逃命了，因此茄利的吠声，也就混合得听不大清楚了。赵二和急急地说道：

"一定是妖怪出来了，瞧那些飞禽走兽也都显出了惊慌的样子呢，许老伯，我们走吧，我们走吧。"

"振辉，时已不早，回到家内恐怕天色也要夜了。如再延迟着不回去，只怕摸不着归路了，万一遇了猛兽，那可怎么办呢？"

许士明见飞沙走石，狂风大作，一时也暗暗吃惊，遂向振辉急急地劝告。振辉却依依不舍皱了眉毛，说道：

"茄利不见了，叫我怎么忍心丢了它回家去呢？我非把它找到不可。茄利，茄利。哦，爸爸，你们先回去吧，我要到山林里去寻找茄利去。"

振辉高叫着，茄利却不见答应，一时非常心痛，遂回身向父亲这么关照了一声，便飞步奔入林子里去。但士明怎么肯放他走入森林中去，早已一把拉住他的手，恼怒地说道：

"你这孩子莫非疯了吗？为了一只狗，难道你不要性命了吗？"

"爸爸，我不能让茄利死在这里的，它若死了叫我怎么办呢？"

"那么你若死在这呢？那叫我又怎么办？我不能为了一只狗而牺牲了我儿子的一条性命。振辉，你要听从爸爸的话，快些跟我回家去。听，这风声太可怕了！瞧呀，这荒林中简直连一点儿光线都没有了，你奔进里面去还不是送死吗？快回去，快回去。"

许士明一面说，一面拉着振辉向进来的路上退出去。振辉觉得父亲这话也说得不错，我失掉了一只狗，心中尚且这么难过，那何况爸爸失掉了一个儿子呢？那么我似乎不应该伤他老人家的心。振辉为了一些孝意，也只好忍痛不顾茄利的存亡如何，跟着父亲一路摸索着走出荒林外来。

在归家的途中，忽然又下起暴雨来了，那个大沼泽里的水底下也不知有什么水怪在作祟，波浪涌得很高，澎湃之声，震天撼地，令人心惊肉跳。幸而他们都水性好，很容易地游到了对岸。这时风雨更大，只听树林中的啼猿，吱吱地惨鸣不绝。大家几乎认不出东西南北，雨水沙沙地淋在头上，流到脸上，一时看不清楚前面的路径。赵二和走一步，跌一跤，一身雪白的短衫裤早已沾满了污泥，振辉一面扶住二和，一面寻路而走，好容易回到了村子里，这时，八点的钟声已经敲过了。

沈露娜和玛利母女两人等在家里，一见天空中落着暴风雨，然而许士明父子尚未归家，心中焦急万分，真是忍不住要哭出声来。玛利还急急说道：

"妈，爸爸和哥哥怎么还没有回来？会不会发生什么危险啊？"

"不……不，不会的，我想上帝一定会保佑他们平平安安回家的。"

沈露娜口中颤抖地说道，但她的眼角忍不住已涌上了晶莹莹的眼泪。尤其一想到赵大男被妖怪抓去的事，她的心头就像刀在割一般的疼痛。正在这个时候，忽听院子外有人叫玛利的声音，这声音一听到耳朵里，就知道是士明父子回家了。露娜玛利母女两人心中这一欢喜，忍不住破涕为笑，哪里还管得了天上落着大雨，早已飞奔迎了出去。父母子女四个人在院子里碰见了，他们心中自然都有无限的喜悦。士明先笑嘻嘻地说道：

"哎呀，天上落着这么大的雨，你们都奔出来干吗？"

这才把母女两人提醒过来，急急地回身又奔入屋里来。士明把肩头上一只死狼放在屋檐下，和振辉两人一同步入屋里坐下，似乎感到累极了，忍不住深深地透了一口气。沈露娜见他们父子两人全身湿透，好像落汤鸡似的样子，一时也不及问话，先给他们预备好了洗澡水，叫他们父子两人到里面洗澡去。等他们洗毕身子出来，露娜又把晚饭端出来，盛上四碗白饭。士明说道；

"你们也没吃过晚饭吗？"

"唉！你们直到这时候才回来，我们心中都急死了，哪里还吃得下饭呢？你们如果再不回家，我一定以为你们都发生危险了，恨不得呜呜咽咽地哭起来呢。"

露娜叹了一口气，哀怨地说出了这几句话，她此刻心头似乎还有余惊的样子。士明父子笑了一笑，于是大家坐下来吃饭。玛利忽然想到了什么似的，惊叫着说道：

"哥哥，茄利怎么不见了呀？它……它丢掉了吗？"

"是的，茄利失踪了。"

振辉被妹妹一提起茄利，他心中立刻又难过起来，一面懊悔地回答，一面连饭都不能下咽的样子。玛利和茄利也可说是个好朋友，因为玛利每天放学回家之时，常和茄利玩抛皮球游戏的。所以此刻一听茄利失踪，玛利竟也眼泪汪汪地生气，急急地说道：

"茄利怎么会失踪的呢？哥哥为什么不把它找着了回来呢？"

"爸爸不肯，他推逼着我回家来的。"

玛利听哥哥这样说，心中很是奇怪，遂望着父亲的脸，呆呆地出神。士明微微地叹了一口气，说道：

"你以为我不爱茄利吗？其实那也是没有办法，所以我们之后不找寻它了。你想，我们没有找寻茄利，已经直到此刻才回家，假使把茄利找了一番的话，那我们今夜就休想回家来了，少不得要留宿山林中了。宿在山林中原也无所谓，不过一到夜里猛兽更多，万一遇到虎豹，那时候我们的性命就十分危险了。为了保全我们的性

153

命起见，不得不忍痛牺牲了茄利呀！"

"那当然啰，假使今夜你们不回家来的话，我在家里就得一夜不能安睡呢！我还没有问你们赵大男到底找到了没有呀？"

露娜听了也觉得当然是父子两人的性命要紧，所以忙用同情的口吻说道，同时她又想到了赵大男，遂急急地问。

士明悲哀地说道：

"不幸得很，我们只发现大男一条血淋淋的手臂，想来他是已被猛兽咬死了。"

"哎呀，大男真的死了吗？可怜赵大嫂，这会儿恐怕真要哭得死去活来了。那么二和呢？他可曾回家了呀？"

露娜心肠很软，听到这个消息，只觉一阵悲酸，眼皮儿一红，忍不住滚下眼泪来。振辉在旁边插嘴说道：

"二和要没有我们救他，他今天早就给穿山甲吞到肚子里去了。"

"啊，哥哥你们碰到了穿山甲吗？这是多么可怕的一种动物呀！我……我想茄利一定凶多吉少了。"

玛利却为了担忧茄利的性命而暗暗地流下泪来，因此振辉心中也甚痛苦，剩下的半碗饭再也吃不下去了。露娜很惊骇地说道：

"这地方以后千万少去为妙，不是太危险了吗？况且二和说，山里出了妖怪，不知道到底有还是没有呢？"

"妖怪是不会有的，但毒蛇猛兽却是免不了的。我认为一两个人上山去打猎，危险性比较多些，以后要打猎去最好约齐十个人以上，那么就有许多照应了。"

士明似乎想着了一个办法般的低低地回答。他吃完饭坐到沙发椅上去吸烟斗，划了火柴，连连地吸着。这时天空中大雨仍旧倾盆地倾泻着，振辉心中烦闷，遂也匆匆回房去安息了。

这晚振辉睡在床上一合眼就做起梦来，梦中好像也在森林里打猎，他看见茄利被一个妖怪抓住了，妖怪要拿着利刃去剥茄利的皮，茄利乱撞乱叫，拼命挣扎着。振辉在梦中急得满头大汗，手握着枪刺，奋不顾身地直奔妖怪，预备去救茄利，不料那妖怪伸出巨爪，竟把自己的腰肢捏住，高高地举起直抛到大泽里去了。振辉这一急，不禁竭声大喊，但经他这么一叫喊，倒把他从睡梦中惊醒过来了，睁眼一瞧，自己还好好的睡在床上，想起梦境则历历如绘，尚有余惊，而且全身汗湿衣裤，心头正在忐忑乱跳不止。抬头向窗外望去，东方已渐渐发白。振辉悄悄起身，步至窗口一望，天气已晴，而且朝阳将由地平线上升起来了。心中这就暗想：今天气候晴朗，我不妨到山林中去找寻茄利下落。不过爸爸知道，必定阻拦我不让上山，那么我何不偷偷地出门，趁他们此刻还在睡梦中，我就前去，岂不是好？打定主意，穿上衣服，带了枪弹刺刀干粮等物，偷开院门，竟独个儿向荒林之中直奔了。

振辉的胆子真大，一个人飞奔荒林，而且一路上高喊茄利的名字。他游过大泽，再向前一路进去，这时已到下午三四点钟的光景，日影西斜，黄昏又降临大地，荒林之中又笼上了一层阴沉沉的轨迹，狂风大作，虎啸豹吼之声不绝于耳。振辉东奔西撞，只觉无路可走，一时大为恐怖，想要寻路回家，却是不知归途，因此急得满头大汗。正在不知如何是好，忽然呼呼的一阵怪叫，树叶都纷纷下坠，振辉以为果然有什么鬼怪出现，忍不住吓得心胆俱裂。这时见前面山林中蹿出一只斑额猛虎，疾奔而来。振辉虽然胆大，到此也心惊肉跳，料想自己纵有拳术也敌不过大虫的蛮力，一时情急生智，连忙纵身一跃，攀上大树，只见那只猛虎从树下蹿奔过去。原来老虎的眼睛只向前望去，并未顾及上下左右的情形，所以振辉跳上大树，这猛虎就没有注意了。振辉心中正在暗暗庆幸，忽听呼呼的声音，震撼着山谷，好像天崩地裂的样子，急忙回眸四望，不知打哪儿游来一条大蟒，竟和那只猛虎正在恶狠狠地搏斗着，看那条大蟒足有两丈多长，身粗如面盆，头大若巴斗，眼如铜铃，口若血盆。蛇身盘绕住虎腰，气势汹汹，倒也不肯示弱；猛虎虽然力大凶猛，但也不能十分取胜，振辉心中思道：我今冒险来此，给我看到了这一幕龙虎争斗的情形，真可说难能可贵的了。一面又想，这儿竟然有如此凶猛的野兽，那么弱小的茄利恐怕性命休矣。心里这么思忖，不免又觉十分痛苦，这时回头向虎蛇身上看去，只见那条大蟒终于不敌而逃，向对面一株大树上疾游上去。振辉见对面那株大树的顶尖和自己爬在上面那株大树的顶尖连在一起，那么大蟒就很有可能会游到自己那株大树上来，心中一急就握了快枪，对准大蟒砰砰开了两枪。大蟒中弹，砰的一声，便掉到地上，但立刻又向草丛里疾游而去，霎时不见了。那只猛虎听到了枪声，也早已一个纵跳，不知逃到什么地方去了。

振辉在大树上坐了良久，仍旧不敢跳下树来，但此刻天色越发黑暗下来，振辉偶尔听到山林的飞禽走兽的鸣声，奇异古怪，听了令人毛骨悚然，不寒而栗，觉得跳下大树来固然危险，但坐在大树之上也并非十分安全。正在左右为难之间，忽然由夜风中送过来一阵汪汪的犬吠之声，这一听就知道是茄利的叫声。振辉知道茄利没有死去，心中大喜，立刻勇气百倍，忘记了危险，很快跳下大树，一面在袋里摸出手电筒，一面高叫着茄利，便向深林中照射着电筒大胆走了进去。

振辉喊茄利的名字，那茄利的狂吠之声也就更加响了起来。振辉有些听得懂茄利的叫声，知道茄利也已听见主人在叫它，所以它也狂吠不止，无非表示答应的意思。照平日情形而说，只要振辉叫一声茄利，茄利会立刻飞奔过来，即使振辉躲在不易找到的地方，茄利也会很机警地找寻而来，振辉因茄利的聪明如人类，故而视若珍宝。此刻只听茄利的吠声，而并不见茄利奔来，振辉这就明白茄利一定失去了自由。一想到茄利失去了自由，他立刻身子抖了两抖，慌忙停止了脚步，暗暗想到：茄利若失了自由，那除非被人捉住了。不过荒林之中，如何还有什么人住着呢？难道这荒林中果然出了妖怪吗？

振辉想到这里，仿佛一阵冷水浇头，全身寒毛不觉根根直竖起来。但立刻又自己安慰自己说道："世界上绝对没有妖怪两个字，你这样文明的青年如何也会迷信起来？"于是又张了胆量一面大叫茄利，一面故作勇气奋然前进。只听茄利叫声愈来愈近，振辉暗暗欢喜，恍然大悟地想到：对了，茄利一定落在猎户设置的陷阱里了，怪不得只听见它的叫声，而且愈来愈清楚。振辉三步并作两步，飞奔上前，万不料一脚踏空，只听砰的一声，振辉连人带枪一起掉落陷阱里去了。

振辉跌到下面，起初是吃了一惊，后来觉得软绵绵的，方知道下面设置了一个网，显然那是猎户捕捉猛兽用的。振辉误跌陷阱，于是用力想拉网罩，预备爬上来。不料这时候那网罩反而越收越紧，越抽越小，把振辉真的当作一只猛兽看待，四肢被收得团在了一起，一时暗想，莫非上面果然还有猎户？这就大叫道：

"我不是猛兽，我是个人，我是误落陷阱里的。"

但也没什么人答应，那个网由陷阱里已拉到平地，因为已经黑漆漆的了，所以也看不清有什么人站着。但事实上自己被一个黑蠢蠢的人负在背上，向森林里走去了。经过几分钟之后，那黑影子把振辉死人一般掷到地上，振辉疼痛得忍不住哼起来，但身子被网收缩得既不能站又不能立，因此他像个皮球般地滚落在地上。这时前面忽然透现了一团火光，显然有人在烧着枯枝，在这点光线之下，振辉方才瞧清楚，在一堆燃烧的枯枝旁站了一个人。火光融融地映

157

照着那个人的脸，他这一吃惊，真是急出满身大汗，不由呀的一声叫起来。你道为什么？原来这人虽然是个人的身体，但他的脸实在生得太可怕了，头发长长披散在两肩，而且乱得一塌糊涂。面孔上简直分不出五官来，眼睛生得一只高一只低，鼻子没有了，嘴唇看不见，只露着一排牙齿，实在只有三分像人，倒有七分像鬼。振辉想到赵二和说的妖怪以及赵大男的惨死，他方才相信这荒林中果然有了妖怪。这时那怪人手里握了一把亮闪闪的利刃，一步一步逼近过来，仿佛要来杀害振辉的样子。振辉逃又不能逃，抵抗又不能抵抗，觉得自己今夜一定要死在怪人手里了，于是索性大叫道：

"我与你无冤无仇，你为什么要伤害我的性命呀！"

三、舍身救主　义薄云天

那个妖怪握了亮闪闪的刺刀，预备要把振辉一刀刺死的时候，忽听振辉大叫无冤无仇的话，这就把高举的刺刀又放下来，露了满嘴的牙齿，却是哈哈地怪笑了一阵。振辉听他的笑声非常洪亮，一时心惊肉跳，真是万分骇人，忍不住毛骨悚然地说道：

"你……你……你到底是人还是鬼？假使是鬼的话，那么人也不犯鬼，鬼也不犯人，既然无冤又无仇，你何必苦苦地要来伤害我呢？"

"哈哈！哈哈！"

那个怪人兀是笑个不停，声音若洪钟，响遏行云。振辉虽然害怕，但他到底是个有胆量的人，于是厉声问道：

"你笑什么？你到底是人还是怪，是鬼是妖，好歹也给我一个明白。"

"我吗？我是个人，但也是个怪，哈哈哈哈，把我当作鬼也好，反正我的脸就像一个恶鬼，不过世界上的鬼倒并不坏，只有世界上的人那可比鬼更坏更凶、更毒辣更残酷。你们这班人比毒蛇猛兽更凶恶，你们不是要来杀害我吗？哈哈，今天我可也要杀了你，出出我心头的怨气！"

"喂，喂，慢来慢来，你这话打哪儿说起？我和你素昧平生，我怎么会要伤害你，请你倒不要误会了。"

振辉见那怪人举刀又要动手加害的样子，于是大叫慢来，向他急急地声辩。

那怪人一阵子冷笑，恨声地说道：

"你没有要伤害我的意思，那你到这儿来干什么来的？"

"我是来找寻我的爱犬茄利的，因为我的茄利是在这里失踪的。"

振辉一面很快地回答，一面连声地大叫。茄利经他这么一叫，只听茄利的狂吠声又不绝于耳了。接着忽听砰的一声，好像什么东西翻倒似的，只见茄利奔逃而来，走到网袋旁边，前脚跪在地下，呜呜咽咽地做哀哭之状。振辉见茄利果然没有死去，心中大喜，一时也忘了自己的生命危险，连声叫着茄利的名字，人狗之间表示着那份亲热的样子。原来茄利是被那个怪人捉住了，关在一只木箱里面，茄利因为听到主人的呼声甚急，它便用足力气，把木箱撞翻，直奔到主人面前来。那怪人见这只狗如此模样，显然网中被捕者确实是它的主人了，想不到一只畜生竟有如是的意气，心中不由大奇，连忙问道：

"这只茄利就是你失踪的狗吗？"

"是的，它是我最心爱的猎犬，它没有死，它还活着，我真是高兴极了。"

"你带了茄利到这来做什么？不是存了不良之心吗？"

"什么存了不良之心？我不懂，我是找寻一个猎户来的，因为那个猎户上山来打猎，前天没有回家，另一个猎户逃回家来告诉我们他被妖怪杀死了。昨天我们来探望一个仔细，看见那个失踪的猎户只剩了一条血淋淋的手臂，我想那一定是你害死了他了。我以为你不管是人是鬼，是妖是怪，你既然能够说话，你一定有灵感，那么你不能无缘无故地伤害人了。你伤害了我们的同伴，又来伤害我，我觉得你简直也太不讲道理了。"

振辉这一番话，说得那个怪人忍不住又哈哈地狂笑起来，只见他的脸色变得分外可怕，握紧拳头恨恨地说道：

"什么不讲道理？世界上讲道理的人太少了。同时讲道理的人就得受罪受苦，而甚至于丧失了性命，不能够活在世上。只有不讲道理的人，可以升官发财，享福享乐，逍遥法外，我到了如今，还讲什么道理呢？我要把你们这帮黑心的人通通杀死，才出得了我的心头之痛恨。"

那怪人说完了这些话，似乎痛恨到了极点，咬牙切齿，不由咯咯作响，一面举刀，一面猛可就向网袋里的振辉杀了下去。但这是万万也料不到的事情，茄利又突然跳起身子，两脚把那个怪人手拦住，一面还张了大口，用尖锐的牙齿，把那柄刀紧紧地咬住了。振辉在这个时候，真所谓急出了一身冷汗。心中暗想：这个人虽非妖怪，定亦是残忍的野人之流了，我今日落在他手里，看来一定是凶多吉少了。茄利虽然救了我目前的性命，我怎么又能逃得过他的魔掌。想到这里，忍不住悲从中来，放声大哭，说道：

"我悔不听爸爸的忠告，至今日有杀身之祸，爸爸，孩儿不孝，今夜死于此地。"

振辉说罢闭目等死，痛苦不已，但那怪人被茄利咬住了利刃之后却并无恼怒之色，反而十分感喟地说道：

"真想不到狗有这么忠义之气，世界上的人哪里能及得到狗这样舍身相救其主的忠心呢？真义犬也。"

那怪人一面说，一面把刀抽回插在自己腰间，那两只高低眼睛放射出锐利的光，望着振辉，冷笑地问道：

"你既然欲求富贵而来，今日死在此地，又何必这样痛哭流涕呢？真是个没有胆量勇气的小子。"

振辉在这村子里差不多没有一个人不赞美他是个有勇有胆的小

伙子，谁知今日被怪人这么嘲笑，他自然非常愤怒，马上停止了哭泣，大声说道：

"我并非怕死，我是为了父亲，他只有我一个儿子，我死之后，年老的父亲必定哀痛欲绝，所以我很伤心。只是你有一句话我不甚明白，你说我欲求富贵而来，这句话如何解释呢？"

"哼，你何必还要假痴假呆地装腔作势呢？你带了猎犬，明明是想来捉我，送到警局，去求千金之赏，是也不是？"

"哎呀，你这句话真是令我莫名其妙了，你在这儿居住我根本就不知道。再说我捉你到警局去，有千金之赏，这就更属荒谬之言。你也不是什么宝物，难道就这样的值钱吗？这简直是笑话奇谈了。不过你说的话自然也并非无因的，请问贵姓？你怎么住在这里的？荒僻的山林里你又如何会弄成这个可怕的模样？请你详详细细地告诉我，好吗？"

那怪人听他这样说，似乎有些将信将疑，呆住了一会儿之后，又嘿嘿地冷笑一阵，愤愤地说道：

"你不用花言巧语来欺骗我，你还想假装老实人吗？告诉你，我没有姓也没有名，你们叫我鬼也好，叫我怪也好，反正这就是一个记号而已。"

"那么，你得相信我绝没有捉弄你的存心，我们是打猎为生的，我们到这山上来，无非是想捉一些飞禽走兽，借此度日而已，所以我请你不要误会，不要伤害我才好。"

"你说的这些话全都是真的吗？"

"完全真的，假使我有一句假话，我以后也没有好死的。"

振辉用非常诚恳的语气向他低低地说道。怪人沉吟了一会儿，似乎在考虑的样子。忽然他伸手把振辉那支快枪取来，用尽力气，在一块大石上狠命甩去，只听砰一声，那支枪早已一折两段，然后被他抛到山涧里去了。接着他又向振辉呆望了一会儿，说道：

"你果然没有害我的意思吗？"

"只要你不来害我那已经是大幸了，我怎么还敢来害你？"

振辉方才明白他所以折枪还是为了怕自己加害他的缘故，从这一点想来，那怪人的胆子不也是很小吗？于是连忙温和了口吻，低低地回答。

怪人于是伸手把网绳解开，放振辉出来。振辉的四肢，因为蜷曲了多时，所以此刻倒在地上，一时之间还不能站起身子。茄利却跳跃依偎在振辉身旁，用舌儿舔着主人的面孔，似乎在安慰主人的样子。怪人倒是细心，他一手拔了利刃，一手在振辉身上的袋子内搜抄了一番，见并没有什么别的凶器，这才放心把他的利刃又插回腰间里去，说道：

"怎么你受伤了吗？"

"没有受伤，我四肢酸麻的，给我躺一会儿就能站起身子了。"

"我扶你起来站一会儿就好了。"

怪人一面说，一面伸手把他扶起。振辉见他并没有伤害之意，而且还有些关怀自己的样子，一时暗暗称奇。回头望了他一眼，在闪烁的光笼罩之下，觉得他的脸实在生得太骇人了，所以连忙别转头去，身子忍不住抖了两抖。只听怪人说道：

"你跟我来吧。"

振辉听了虽然害怕，但在这黑漆漆的荒林之中，就是要想逃走也逃不走，所以索性壮了胆量，跟在怪人身后，一面拉了茄利，一面慢慢地一步一步走。不知不觉到了一个木板搭成的矮房子门口，怪人推开屋子门，向振辉说声等一会儿，他先步入内去了。振辉探头向里面望了一眼，只见黑漆漆的一片，一点儿东西都瞧不见。正在奇怪，忽然屋子里也有火光融融地燃烧起来，还听怪人叫声进来。

振辉没有办法，同时也为了好奇心冲动，于是跨步走进屋子。想不到里面倒是十分宽敞，屋子正中地上烧着一堆枯柴枝，照映着四周十分明亮，振辉瞥见壁上都悬挂着虎豹豺狼的皮，一时眼花之下忍不住也大吃一惊。怪人似乎已明白他的意思，遂告诉他说道：

"这都是皮，不会咬人的，你不用害怕，请坐。"

振辉听了，不免有些羞愧，一时也没有回答。只见上首有张木板搭成的床，床上铺着稻草，靠右一张木桌子、两张圆木头做成的板凳。于是就在圆木头上坐下来，茄利好像保镖般坐在他身边。只见怪人拿了两大块鹿肉出来，向振辉问道：

"你吃过晚饭没有？"

"没有。"

振辉知道鹿肉的味道很不错，他此刻肚子也真有些饿了，所以点点头回答。茄利在旁边看了，也馋得不住流口水。怪人一面把鹿肉放在火上烤着，一面问道：

"你叫什么名字？"

"我叫许振辉。"

振辉见怪人在火光中烤着鹿肉，因此那火光把他的脸照映得更加可怕。不过怪人虽然生得丑恶，此刻的态度比刚才却善良许多，他不但没有伤害自己之意，瞧样子还要招待自己吃晚饭了，所以心头又惊又喜，便也轻声回答。那怪人并没有回头去望他，手里翻弄着鹿肉又继续说道：

"你说你有个爸爸吗？"

"是的，我还有妈和妹妹，我家一共四个人。"

"你今年青春多少？"

"我，虚度二十有二。你贵姓？"

振辉听他问出青春两个字，觉得很是文雅，并不像个没有知识的野人样子，因此格外奇怪，觉得他一定不是生下来就是这个可怕的脸的，他想慢慢地探听一下这个怪人的身世。但那怪人却没有回答，自语说道：

"你二十二岁了，和我当年一样的年纪，而且你也长得和我一样的俊美呀，真是怪可爱的一个美少年。"

怪人这么自言自语地说着，振辉这时心中恐怖的成分已经减少了许多，所以情不自禁地扑哧一声笑出来。被振辉一笑，怪人立刻回过头来，恶狠狠地问道：

"你笑什么？"

"哦，我……我……没有笑什么，我没有笑什么呀。"

振辉慌忙又收起了笑容，低低地否认。怪人别转脸去，似乎有些感伤之意，微微叹了一口气，却没有再向振辉问下去。两人静默了一会儿，怪人已把鹿肉在火上烤熟，拿到桌子旁来，在振辉对面的圆木头上坐下，分一块鹿肉给振辉，然后他用两只长了两寸长指甲的手来捧了鹿肉，放在口里咬着吃。振辉知道他这里当然没有碗筷的设备，也只好用双手抓起来咬了一口，先把咬下的一块肉吐在地上，喂给茄利吃，然后自己咬着吃鹿肉，觉得别有风味。想不到今夜在这儿竟过着原始人的生活，那倒很有趣味，但忽然想到大男的惨死，他心头立刻又感到恐怖，向怪人的脸望了一眼，那颗心忐忑地乱撞不停。呆呆地沉思了一会儿，方才大胆地说道：

"你的脸虽然生得可怕，不过我知道你心肠一定很慈悲的。"

"哈哈，你怎么知道的呀？"

怪人破毛竹般地狂笑起来，那张脸却笑得更加可怕了，不过他是非常得意的样子，向振辉急急地问。

振辉竭力地奉承说道：

"你捉住了我，并不想杀死我，而且还殷勤地招待我吃晚饭，所以你虽然是个鬼怪，我也觉得你比人类更和蔼可亲。"

"本来嘛，你不要以为我生得一副鬼脸，就像普通人心里想象中那么残忍狠毒了。可是世界上的人面孔生得端正，衣冠楚楚，外表看来真是一个仁人君子，然而内心的卑鄙与残酷，何异于禽兽鬼怪呢？所以世人若以貌取人，必大误矣。"

振辉觉得怪人的言论，完全是在讽刺世人，一时大为惊骇，遂望着他愕住了。那怪人向他又问道：

"你为什么不说话，难道你听到这些话不以为然吗？"

"不，我觉得你说得很对，世人笑里藏刀的，不知道有多少呢！大家都戴了假面具，欺骗奸诈，像你这样的脸倒是本来面目哩。"

怪人听了，忍不住又哈哈大笑起来。振辉被他笑得终觉得有些寒斯斯的，一时忍不住，开口问道：

"那么你在这山中到底可曾伤害过人吗？"

"我从来不伤害人。除非是我的仇敌，我才非把他杀死不可。"

"难道赵大男是你的仇敌吗？"

"谁是赵大男？"

怪人被他问得有些莫名其妙的样子，回过头来呆呆地反问他。

振辉连忙说道：

"是我们村子里的猎户，他前天和他兄弟两人上山来打猎，不是被你杀死了吗？"

"我没有杀死过他。"

"这可是你的不诚实了，赵大男的弟弟赵二和亲眼瞧见他哥哥被一个怪人抓去的。他回来哭诉，我和爸爸听了，我们都不相信，认为在这科学昌明的时代，绝对不会有什么鬼怪的。所以昨天我们三个人一同来到此探视究竟，不料在大泽旁边发现赵大男一段血淋淋的手臂。照此情形看来，赵大男还不是被你害死的吗？"

怪人听了他这样说，便呆呆地沉吟了一会儿。忽然想到了前天这一回事，一时哦了一声，好像感喟地叹了一口气，说道：

"这件事情你冤枉我了，他不是我杀害的。"

"那么他是被谁害死的？可怜他死得多么惨！"

"他是被一只猛虎咬死，这是他自己没有胆量。"

振辉暗想昨天爸爸瞧了这段手臂，也曾研究说过是猛兽咬死的，那么难道果然不是怪人害死的吗？不过既然是猛虎咬死，赵二和又怎么会说被妖怪捉了去呢？这儿倒还是一个疑问，这就连忙问道：

"不过他弟弟明明看见哥哥被一个怪人抓去的，我想这山上难道还有第二个怪人不成？"

"事情是这样的，我可以详细地告诉你。前天下午忽然狂风大作，显然有猛兽出洞了。我正预备回来躲避，忽见两个猎户正在举枪开射走兽。但这时一只猛虎已飞奔而来，我恐怕他们被咬便上前去拉他躲逃。不料那个猎户却倒在地上吓昏了，我想抱他逃走，但猛虎已到了跟前，我只好自己逃命，想来那个人就被猛虎咬死了。"

"照你说来，你当初还预备去救他的意思，那么你不是一个热心的好人吗？"

"哈哈，我本来就是一个好人呀。"

"你既然是好人，我想你一定肯帮助我一件事情的。"

振辉对于怪人的话，心中自然有些将信将疑，趁此机会便向他低低地要求。

怪人望着他问道：

"你要我怎么帮忙呀？"

"我这次来到这里是为了找寻我的茄利，现在茄利找寻着了，我当然要回家去了。不过在这深林之中，我已不辨东南西北，请你指点我一条归路，那你才是一个热心仗义的大大好人了。"

怪人听了这话，不禁又仰天大笑起来。振辉被他笑得毛骨悚然，真有些骇然，问道：

"你笑什么呀？"

"我笑你花言巧语，真是个狡猾之徒，我可不是三岁小孩，岂能上你大当？"

"你这话是什么意思？我给你上什么大当？"

振辉被弄得目瞪口呆，忍不住十分奇怪地问他。

怪人的脸上显现了愤怒的样子，真令人有些害怕，冷笑着说道：

"我若放你出去，你必报告警局，派大批警员前来捉我，你便从中去求千金之赏，这不是你阴险的奸计吗？"

"不，不，我绝对没有这个存心，我去报告警局就是捉住了你，与我根本无益。你说我可得千金，这叫我实在难以明白，警局得你又有什么好处呢？"

"你不必再惺惺作态，我老实告诉你，我是个伤害人的凶手，我是个逃犯，你现在终于不用再假装糊涂了吧？"

怪人咬牙切齿地说，他满面的疤痕会高凸起来。振辉听了这话，由不得全身瑟瑟地抖动了一下，额角上冒出了无数冷汗，说道：

"这……这……我委实一点儿也不知道。"

"可是你现在全知道了，你心里当然会想着发财两个字吧。"

"不，我和你无冤无仇，我为什么要去报告警局捕捉你呢？虽然你是个伤害人的凶手，但和我毫无关系，我也绝对不愿管这些闲事。你放心，我绝不做伤天害理的事，你就放我回家去吧！"

振辉方才明白他并非什么鬼怪，原来是和我们一样的普通人，因此心头略为安心，所以显出非常恳切的神情，一面向他解释，一面低低地央求。

怪人狞笑着说道：

"你就是说得天花乱坠也没有用，我可不能相信你呀！"

"那么请问你要怎么样，才能相信我呢？"

"除非你和我永远在一起，那么我才相信你了。"

"你……你……这话说得太没有道理了。"

振辉默然了一会儿，才愤愤地说。

怪人笑道：

"如何没有道理？"

"难道你要我在这儿终老此生吗？可是我家里还有父母和妹妹，他们若见我一夜不归，可怜把他们不是要急死了吗？"

"那叫我也没有办法呀。"

怪人很俏皮地回答，他自管地吃着鹿肉。振辉愤然站起，向屋子外就走，但刚到屋子门口，忽听外面狮吼虎啸之声不绝于耳，令人心惊肉跳。于是不敢出外，回身又走了进来，见那怪人却又哈哈大笑，说道：

"我可没有拉着你，你自己摸到这儿来，那么你就自己找路回去，我绝不会留难你，你就请便吧。"

"在这猛兽众多的森林之中，而且是在黑夜，叫我如何找寻出路，这你不是明明存心不良，要想害死我吗？"

"这可是笑话了，猛兽众多，这也不是我养在山上的，难道你能归罪于我吗？既然你在黑夜之中找不到出路，那么你就何妨在这儿留宿一宵，明天一早你就找出路回去吧！"

振辉听他这样说，一时默然无话，心中的焦急，真有些啼笑皆非。怪人站起身子，指了指那张铺着稻草的床说道：

"许先生，我这张床就让给你睡吧。"

"那么你睡在哪？"

"我就躺在地上好了，那没有关系。"

怪人一面回答，一面走到屋子门口，把板门关上。振辉见他并无伤害之意，而且热诚地招待自己的样子，心中倒有些过意不去，遂说道：

"我睡在地上好了，反正只宿一夜，明天就走的。"

"你是客，我是主，你理应睡在床上的，况且你又只睡一夜就要回去，那自然我更要待你客气一些了。"

怪人说着就在门口的地上躺了下来。振辉望着他倒是愕住了一会儿，方才叹了一口气，走到床铺边上坐下。伸手一瞧，手表已经九点半了，一时想到自己从清晨悄悄出来，直到此刻还没有回去，家中父母确实要急得双泪交流了。所以他非常悔恨，觉得不该不听父亲的劝告，竟大胆到此荒林中来，现在弄得不能回家。也不知怪人究竟存了什么心意，万一他是人面兽心，那么今夜我熟睡之后不是会给他来害死我吗？振辉这样想着，自然不敢躺下，两手抓着头发，表示说不出难受的样子，那茄利静悄悄地蹲坐在振辉的身旁，仿佛是保护着主人的神气。

不多一会儿，那在燃烧的枯枝却熄灭下来，因此屋里的光线也没有了，黑漆漆的，伸手不见五指。振辉当然十分害怕，他在担心怪人会从黑暗中摸索过来把他害死，所以忍不住开口问道：

"火熄了，喂，请你把枯枝燃烧一些好吗？"

"是应该安睡的时候了，还燃烧枯枝做什么呀？"

振辉觉得怪人的话说得很有道理，自己叫他再烧枯枝，好像是不合情理的要求，因此倒又默然了。不过他心头忐忑地跳跃得很厉害，握紧了拳头，时时刻刻准备着好像要和什么人决斗的样子。这时四周非常静寂，因此听外面的风声也刮得很猛，呼呼地响得十分可怕。况且又夹杂着狮吼虎啸的声音，更是令人心惊肉跳。振辉哪里能够安睡得着。忽然间觉得屋子外有什么笨重的东西猛撞了一下，振辉因为有些心虚，忍不住猛可跳起，问道：

"是谁？是谁？"

"别声张，许先生，那是猛兽用屁股在撞我们的门，越是夜深，这情形越多，所以屋子里再也不能有火光透露，否则猛兽是不可能离开这儿的了。"

在黑暗之中，那怪人向他低低地警告。虽然明白了缘故，但全身已经出了不少冷汗。于是慢慢地又坐了下来，但听撞门的声音却没有停止过。振辉很忧愁地低声问道：

"这门靠得住吗？"

"你可放心，不会给它撞开的，我在这儿住久了，那是司空见惯的事，绝对不用害怕，你还是静静地睡着吧。"

怪人一面安慰着他，一面故作呼噜呼噜睡着的样子。他似乎在试探振辉究竟是不是有想加害自己的意思，但说也有趣，振辉虽然听他有鼻鼾之声，但心中也在猜疑，只怕他是假装睡着，但等我一合眼，恐怕他也会来害死我了，因此两眼睁得挺大，不肯熟睡。大家防着对方有不良存心，这倒好了，所以彼此自然相安无事。然而振辉心中不但要防内，而且还要防外，因为屋外的野兽从深夜到次日三四点钟为止，差不多没有间断过，时时刻刻都来撞门，这一夜的惊吓真也有的忍受了。直到东方微微发白，撞门的声音才断绝了，但振辉已经精神疲倦，弄得面目全非，浑身都觉得十分不舒服，不过他还竭力支撑着，预备天色一明亮，自己就找路回家。又过了一个钟点，这板屋的缝隙外似乎有光线透露进来了，那天分明已亮了，振辉忍不住开口，先叫了两声茄利，茄利闻叫，便也吠了两声。这时那怪人就说道：

"许先生，你醒了吗？"

"嗯，我醒了。"

"昨夜还睡得舒服吗？"

"很舒服，我一直到此刻才醒呢，真是睡得香甜极了。"

振辉故意这么圆了一个谎回答，他伸了伸两臂，事实上却忍不住打了一个呵欠。怪人从地上爬起身子，开了屋子的门，外面的阳光就照射进来。振辉见怪人的脸，血肉混合着结成了疤痕，尤其是眼睛生得高低，没有了鼻子，更显得可怕。他的心立刻又怦怦乱跳起来，于是连忙说道：

"谢谢你，多承你昨夜留我宿在你的家中，我很是感激，但是我十分想念家里的父母，所以我请求你，此刻就放我回家去好吗？"

"不吃些早点走吗？时候还早呢！"

"不，我没有饿，对不起，我不吃了。"振辉一面说，一面牵了茄利，匆匆地向屋子外走。他昨天夜里没有瞧清楚这四周是怎么样的地方，此刻抬头四望，只见古木参天，树林密密，不可计数，只听稀奇古怪的鸟叫之声不绝于耳，振辉不知从哪一条路走才好，这就站立了一会儿，要想回屋子去再求怪人指点出路，不料那间板屋的门又关上了。振辉暗想：我已得到他的许可能够放我回家，这已是大幸，我若再去麻烦他，万一惹他野心勃发，那不是自找苦吃吗？振辉这么想着，便放大了胆子，叫茄利领路，且不管东西南北地向前走了。

走了一程又一程，因为山林没有尽头的地方，所以走来走去还是在山林之中。振辉一看手表，已经十二点半了，那么计算起来自己足足走了五六个钟点，想不到还是在这山林之中，这就大为恐惧，忧急起来，暗想：我恐怕要死在这荒林中了。这时肚子也饿了，腿也酸了，兼之一夜未睡，更加精神疲倦，寸步难移，他只好坐在一株大树下面休息了一会儿。茄利似乎也有些饿了，便向山林中东奔西窜地跑个不停，果然给它抓住一只野兔子，咬得血淋淋的，被它吃了一个干净。

　　振辉坐了一会儿，忽然不由自主地竟合上了两眼，依靠在大树干上呼噜呼噜地睡着了。原本他实在疲倦到了极点，一个人最要紧的就是睡眠，此刻他已顾不得许多的危险，就睡着了。茄利见主人睡熟，便呆呆地坐在他的身旁，并不走开。也不知经过多少时候，忽然茄利一阵狂吠，把振辉从睡梦中惊醒，睁眼一瞧，见已日薄西山。此刻狂风大作，一声长啸，震动山谷，早见一只猛虎从山林中奔蹿而来。这时振辉还有些睡眼惺忪，勉强爬起身子，两腿还有些软绵绵的站立不住。说时迟，那时快，这只猛虎早已蹿到了面前，振辉手无寸铁，如何抵挡得住？因此心慌意乱，身子不禁又跌下地去，心中暗想：今番我死在猛虎口中无疑矣！

　　但振辉跌在地上，却并不觉得猛虎来咬自己，心知有异立刻又爬起身子，抬头望去，原来忠心护主的茄利，奋不顾身地冲上前去，已和那只猛虎在搏斗。振辉这时顾不得许多，逃命要紧，立刻攀上丫枝，爬到大树上去了，再回头看那茄利，可怜被那猛虎已咬倒在地上了。振辉一阵心痛，大叫茄利的名字不止，但这只猛虎听了叫声，转移目标，竟向大树旁奔来，倒在地上的茄利似乎还没有死去，汪汪地惨叫不已。振辉见猛虎在树干上乱咬，显然欲伤害自己，一时既痛茄利，又急自己的性命，所以更加竭声地大呼救命。正在万分危急之时，忽然那只猛虎怒吼一声，翻身向后而奔，但奔不了几多路，却在地上倒下了。振辉弄得莫名其妙，暗想，这是怎么一回事呀？

　　方在惊疑，只见林中奔出一个人来，跑向猛虎的身旁，在它顶门上拔出一把亮闪闪的利刃。他似乎害怕那猛虎不死，握了利刃，在它的顶门上又连戳数刀。振辉方知那个人用刀飞来，射中了猛虎的顶门，一时暗暗敬佩那人的本领，立刻跳下树来，预备奔上去叩谢救命之恩。忽见那人回过头来，哈哈大笑。振辉定睛一看，不由得啊呀一声，原来这人不是别个，就是那个怪人，因此倒是怔怔地愕住了。那怪人且不说话，先急奔到茄利身旁去视察它的生死如何。振辉也方觉得，立刻奔上前去，把茄利抱在怀里，但茄利浑身鲜血，早已气绝而死。振辉想到茄利舍身救主，真可说义薄云天，因此悲从中来，不禁放声大哭。怪人摇头叹息，似乎也有些感动，忍不住落下泪来。振辉把自己的脸偎着茄利，哭个不停。

这时天色更晚，狂风更大，那怪人就开口说道：

"不要哭了，不要哭了，死而不能复生，且给它葬了吧，以表其忠。"

振辉被怪人提醒过来，方才停止哭泣，一时也来不及和怪人说话，两人在泥土上掘了一个深穴，把茄利葬下，以土掩没。振辉又用力攀下了一枝粗大的树丫枝，向怪人借了利刃，在树上刻画了"义犬茄利之墓"六个大字，然后竖插在泥土之上。怪人见他还要哭泣，便连忙说道：

"多哭无益，快帮助我把这只猛虎扛回去吧，瞧天色又夜，再来一只猛兽，你我性命恐怕完了。"

振辉见狂风一阵紧如一阵，四周十分昏暗，好像又要落雨的光景，这就不敢多在此留恋下去，就帮助怪人把猛虎扛回怪人住的板屋里去了。两人走进板屋里面，接着大雨倾盆，狂风吹得板屋呼呼作响，仿佛天崩地裂的样子。怪人急把门关上，又用枯枝烧着火，回头见振辉倒在地上，却是动弹不得了。怪人忙上前问道：

"许先生，你怎么了？"

"我累极了，我饿极了，我恐怕活不下去了。"

"不要紧，我给你吃点东西，你静静地躺一会儿就没有事了。"

怪人在板箱里取出了一大块鹿肉脯来交给振辉，振辉只觉肚子

174

咕噜噜一阵子狂响，这就放在口里乱咬了吃。这时怪人却用利刃在剖那只猛虎的腹部，干着他剥皮的工作。振辉吃完了这一大块鹿脯，真觉得其味无穷，而且精神也好了许多，于是坐起身子，向那怪人说道：

"承蒙你救了我，我真是太感激你了。"

"不要客气，你既然很累，你就躺一会儿吧。"

"我吃下了东西，我已好得多了。真是奇怪得很，你怎么知道我在那边被猛虎所逼，你竟来救我了呢？"

"那又有什么奇怪，不是你自己在大喊救命吗？况且茄利狂吠的声音早已给我听到了，我就知道你们一定发生了危险。"

振辉听他这么一说，不由目瞪口呆地愕住了。他似乎疑信参半地沉思了半晌，方才摇摇头说道：

"你这话不对了。"

"怎见得不对呀？"

"我从早晨在这儿走出，足足走了五六个钟点，就以这些时间来计算，也可知我们是走了不少路程，那你难道是顺风耳不成？如何老远的就会听到我们的呼救声音呢？"

"哈哈，你真有趣，你虽然走了五六个钟点，可是你走来走去却仍旧在这儿附近不远呀。难道你不觉得我们刚才回来的时候只有一刻钟不到吗？"

振辉本来还有些糊里糊涂，此刻被怪人这么一告诉，方才恍然大悟。暗想：对了，怪不得我想怎么回到这里，手里还扛了一只猛虎，竟是转眼之间就到了。不过他又仔细一想，又觉得十分稀奇，遂忙问道：

"那我如何会走不远呢？"

"你不知道，这山林仿佛是一个八卦阵，人入其中，就会团团地

175

打圈，不要说你走五个钟点，就是走上五六年，恐怕还是在这个地方呢。"

振辉听了，皱了眉毛，倒是深为忧煎起来，两手搓了一回，又抓了抓头发，叹了一口气，有些怨恨地说道：

"怪不得你早晨大大方方地允许我回家去，原来你早已知道，我是找不到出路的，那你似乎也太捉弄我了。"

"你这话说得好没道理了，我以为你既然来此，当然也有本领出去。如何能怨我捉弄你？这不是太好笑了吗？"

怪人很不服气地回答，他觉得有些恼怒。振辉无话可说，这就默然了一会儿，方又温和地向他央求道：

"那么只有你知道下山去的出路了，请你指点我，放我回去，我就生生死死忘不了你的大恩。"

"老实说，我也不知道从哪一条路才是下山去的，否则，我为什么要住在这危险的山林中过苦日子？"

振辉知道他说的无非是推托之词，因此心中闷闷不乐，不由得深长地叹了一口气。怪人却笑成了一副更可怕的脸，说道：

"我劝你还是死心眼儿地跟我在这儿过一辈子，好吗？逍遥自在，倒也别具乐趣，虽然四周布满着毒蛇猛兽，但我可以保护得你安如泰山。"

振辉因为怪人今天又救了自己的性命，知道他绝无相害自己的意思。那么他脸纵然生得可怕，自己也就不再存着恐怖的心理了。暗想：事到如此，还有什么办法，也只好暂时住下了再作道理。于是走上前去，点头说道：

"好吧，我就跟你住在这儿，让我来帮助你剥那只猛虎的皮吧。"

"好极了，我有你做伴，我心里非常快乐。"

怪人得意地说，却又哈哈地笑起来了。于是两人动手干这剥虎皮的工作，把剥下的虎皮挂在壁上，把虎肉切成了一块一块，做他们的食粮。从此以后，振辉跟着怪人在山林之中过着原始人的生活。

光阴匆匆，不觉过了半月。这天，怪人出来觅食，振辉一人在家，心中忽然想着家中父母妹妹以及爱人咪咪，他非常伤心，忍不住独个儿地哭泣起来。不料正在哭泣之时，怪人却悄悄地回来了，一见这个情形，吃惊地问道：

"咦，许先生，你怎么一个人在哭泣呀？"

"我……我在这儿一住半月，虽然你待我很好，但我想起父母妹妹还有我的爱人，我怎么能不伤心痛哭呢？"

振辉并不隐瞒，把心中痛苦向他老实哭诉。怪人听了低头默然，似乎也叹了一口气。振辉又流泪说道：

"谁无父母？谁无兄妹？谁无爱人？我，怎么能在这儿终老此生呢？你，你难道没有父母妻子儿女和爱人吗？"

振辉说完了这两句话，似乎要疯狂起来的样子，忍不住又掩面哭泣起来。怪人听了他这几句话，只觉心痛若割，一时泪若泉涌，不禁也放声痛哭。振辉被他一哭倒是骇异万分，反而只能止住自己哭泣，向他惊奇地问道：

"你……你又为什么大哭呀？"

"你说得不错，谁没有父母妻子儿女爱人呢？我，我不能为了自己把你关在这儿，好吧，我就放你回家去吧！"

"你这话是真的吗？我向你叩头。"

振辉感到欢喜极了，情不自禁地向地上跪拜下去，叩头不已。怪人连忙把他扶起，满面显现了痛苦之状，说道：

"我放你走，你不能报告警局前来伤害我。"

"你能放我回家真是我的重生父母，大恩难忘，如何还敢相害？想我茄利尚且这么义重如山，何况我是个人呢？"

振辉说完，涕泣不已，怪人听了也泪下如雨。这时振辉心中倒起了一些情感作用，所以并不害怕地握了怪人之手，说道：

"你贵姓？你叫什么大名？你为何弄成这个模样？你有家庭没有？你是生下来就在荒林中吗？我们相聚了半月，你总得知道我并非是个奸伪的人，我也是个热血青年。我认为你是我生命中的好朋友，你能不能详详细细地告诉我关于你的身世和遭遇呢？"

怪人并不回答，眼泪仍旧不断地流下来。

"为什么不说话？难道叫我心中只是印着你是个怪人吗？不，不，我想你绝不是怪人。你也许和我一样，是个热血的青年，请你相信我，我是你忠实的好朋友。我这次虽然回家去了，但我一定会常常来看望你，因为我们到底有这么半个月的友谊之情啊。"

"好，你是个热血青年，你是我忠实的好朋友！我相信你不会把我当作杀人的凶手看的，你一定会同情我，而甚至于可怜我。许先生，你坐下来，我就把我生命中的一页痛史向你告诉吧。"怪人被振辉这些话说得十二分感动，他点了点头，一面请振辉坐下，一面流着悲痛的眼泪，咬牙切齿，怒目狞视。这二十年来的一笔血债，一幕一幕地终于又深刻地浮现在他的脑海。

窗外淅淅沥沥的春雨连绵，已经落了好几天了。晚上九点敲过，四周分外的静寂，因此那雨点打落在玻璃窗子上，滴滴答答的，更加清晰可闻。这时房内亮了一盏并不十分明亮的油灯，在闪闪烁烁的光芒笼映之下，只看见一个年轻的少妇，正在忙碌整理着皮箱内的衣服。瞧那少妇的粉脸，此刻像雨夜一般地笼罩了一层黯淡的愁云，两条细长的眉毛微微地蹙在一起，宛如西子捧心，显然是心事重重的样子。她整理了一会儿，忽然回身到梳妆台旁边，拉开抽屉，取出一张六寸的照片，呆呆地望了一回。那张照片内摄着一男一女两个人，男的西装革履，年约二十一二左右，西式头发，一张挺俊

178

美的脸上配合着端正的五官，真是眉清目秀，唇红齿白，是个风流翩翩的美少年。那女的年纪只有十八九岁，一头卷曲的乌云，覆着一张鹅蛋脸，一对灵活的眸珠显出那么聪明活泼的样子。她浅笑含靥，美目流盼，得意的神态，更显出她妩媚可爱的风韵。在相片下方还有几行小字写着：

顾云梅小姐才高咏絮，艳胜西子，且性情贤淑，诚世上不可多得之好女子也。今余得之为妻，此生幸福，真所谓只美鸳鸯不羡仙。鲁东生书于新婚之夜。

原来这个少妇就是顾云梅，她瞧了丈夫写着的这几行字，一时倒又忍不住展眉一笑。暗想：东生真是得意忘形之语，若被他友朋瞧见，真不好意思。不料就在这个当儿，房外悄悄步入一个少年，走到云梅身后，把手搭在她的肩胛上去，笑嘻嘻地说道：

"云梅，你怎么站这儿呆呆地出神呀？"

"呀，你多早晚进房的，我如何一些儿也不知道呢？东生，瞧你怪红的脸，莫非在外面喝过酒吗？"

云梅虽然吃了一惊，但回头一瞧到丈夫，却立刻又展现笑靥，偎在他的怀内，温情蜜意地问。

东生低低地告诉道：

"几个朋友知道我明天动身要到上海去，所以大家给我在馆子里饯行，他们劝我喝酒，我不好意思推，因此喝了几盅，怎么我的脸很红吗？这是难得的事情，请你原谅我才好。"

"瞧你这人说话好没道理的，你在外面喝些酒，难道我能管束你吗？这真是把我当作雌老虎看待了。我瞧你有些醉了，还是到床上去躺着休息一会儿吧。"

云梅虽然有些娇嗔的成分，但她粉脸上仍然含了一丝妩媚的笑。这在东生眼里看来，觉得爱妻不但美丽到了极点，而且也温情到了极点，他不由爱到心头地笑道：

"不，不，我如何会把你当作雌老虎看待呢？但我倒也希望你要厉害一些，管束管束我，我才更会努力上进，得到光明的前途哩！"

"肯努力上进的人，不管束他，他也会自己上进，一个不肯上进的人，就是管束他，那也没有什么效验啊。"

"云梅，你这些话说得对极了，你不愧是我贤德的爱妻。"

东生点点头，紧握了她的纤手，表示非常敬佩的样子。云梅得意地逗了他一个白眼，却又笑吟吟地问道：

"你刚才回家把雨衣脱在什么地方呀？"

"王妈拿去给我晾在竹竿上了。云梅你真细心，在我身上的事情，你差不多大大小小都关心到的。我这次到上海去，可就没有人会这么尽心关怀我了。"

东生说完这两句话，似乎感到有些凄凉之意，望着她的粉脸，忍不住微微地叹了一口气。云梅虽然也有些黯然神伤，但却不愿伤了丈夫的心，逗了她一瞥神秘的媚眼，故意怪俏皮地说道：

"我听说上海那是繁华之地，尤其多漂亮温情的女子，我想你到了上海之后，说不定自会有人来代替我，服侍你照顾你呢。"

"哎，你说这些话，该打，该打，难道你认为我是个不忠实的丈夫吗？"

东生听了，不免急了起来，伸手一扬，做了要打她的姿势。云梅吃吃地一笑，早已离开东生身子，躲逃到对面衣橱旁边去了。东生不肯放松她，遂去追捉她。房内正中原有一张小圆桌子，因此一个追捉，一个躲避，两人沿了小圆桌子，却像小孩子玩着老鹰捕小鸡那么团团地打着圈子追逐着。云梅因为一面笑，一面逃，笑得力气都没有了，因此被东生捉住了抱在怀内。两人有些喘喘地站不住，遂在旁边沙发上坐了下来。云梅趁势躺在他的怀里笑盈盈地说道：

"好哥哥，我和你说着玩儿的，你就饶了我这一遭吧。"

"不行，你这张嘴太不好，应该罚。"

"你要怎么样罚呢？打骂随便你吧。"

"不打也不骂，我就罚你亲一个嘴。"

云梅因为他不肯饶自己，心中有些生气，所以鼓着红红的粉腮子噘了小嘴儿，负气地说。但万不料东生很快地说了这句话，立刻低下头去，在她两片薄薄的嘴唇上紧紧吻住了。云梅的芳心里，这才回嗔作喜，两手勾住东生的脖子，尽管让他默默地亲热了一回。良久，良久，云梅才推开东生的脸，白了他一个妩媚的白眼，蹙眉摇头，笑道：

"酒气冲人，真是难闻。"

"幽香扑鼻，还想一吻。"

东生哈哈一笑，低下头去还要再吻，但是云梅的手早已托住他的嘴，笑盈盈地说道：

"你要再吻，我要呕了，等你酒气消失，我就给你吻一个痛快。"

"以后我不能太自私自利，叫你呕了，我可不舍得你啦。"

云梅于是坐正了身子，手还理了一下蓬松的云发，拉住了东生，一本正经地站起身子，走到那只皮箱旁边问道：

"我把你的衣服及用的东西都整理好了，你自己再检视一下看短少了什么，我可以给你预备好了，放在箱内。"

"大概不会短少什么的。让我检视一下也好，哦，少了一样东西。"

东生伸手在皮箱里翻过了一会儿之后，回眸望了她一眼，笑嘻嘻地说。

云梅把粉脸倚靠在他的肩头上，有些嗲意的神态，含笑问道：

"你瞧短少了一样什么东西？"

"是我们两人合摄的一张照片呀。这是最要紧的东西，如何能忘记呢？"

"我怎么会忘记？瞧，放在梳妆台上的不是吗？"云梅抿嘴一笑，秋波斜乜了他一眼，把梳妆台上刚才拿出的一张相片交到他的手里去。东生接了放在嘴上吻了一下，说道：

"我有了这张相片带在身旁，那我们虽然分离在两地，也仿佛天天相见了一样。云梅，你说对吗？"

"那么你应该把这张照片藏在你贴身的衣袋内，才显得我是永远在你怀抱里呢！"

"对呀，对呀，你这话真不错，我就藏在这衬衫衣袋内吧。"

东生点头称是，把照片小心地藏入袋内。云梅给他盖上皮箱放在地上。东生伸手按住嘴，打了一个呵欠，说道：

"我们早些睡吧。"

"是的，明天还得起个早呢。"

夫妇两人说着话，也就熄灯安睡了。这时云梅耳听窗外的雨点之声沙沙地落得很响，一时愁眉不展地说道：

"明天这雨不知道还落吗？我想你等雨落停了，再到上海去也不迟。"

"舅父来信说，那边公司事情很忙，缺少人手，叫我见字条即刻动身赴沪，所以我不能延迟的。云梅，我到了上海之后，假使能够租到房子，我一定写信来接你到上海，一同去居住，那时候我们又可以天天见面了。"

云梅听他这样说，心中自然十分欢喜，她的娇躯像一头驯服绵羊般的，直偎在东生的怀内，频频点头说：

"这当然是我最希望的事情，因为你在上海孤零零一个人，一切起居饮食，没有人给你照料，我实在也很不放心哩。"

东生听了把她搂在怀里，在她小嘴儿上吮吻了一会儿，一面却涎皮赖脸地笑道：

"云梅，我们临别的夜里来留一个纪念好吗？"

"并非我不答应，因为你明天不是要早些起身的吗？在旅途中若弄得精神委顿，那是很不好的，我们往后的日子还长，你要珍爱身子才是呢。"

"不要紧，我们今日这一分别，少说也要三月五月，你就答应我吧。"

"我正经地告诉你，我已经有三个月的……"云梅见他执意要向自己顽皮，这就红了脸，羞答答地说出了这两句话。

东生呀了一声，由不得惊喜地叫起来，笑道：

"好妹妹，你这话是真的吗？"

"你又说傻话了，将来事情要证明的。我怎么能说谎骗你呀？"

"那我不是将要做爸爸了吗？好好让我摸一摸吧。"

东生得意忘形地哈哈笑起来，一面说，一面伸手去摸她光滑的肚皮。云梅被她抚摸得有些痒斯斯的，遂恨恨地打了他一下子手，笑道：

"你真还像小孩子一般顽皮，快不要吵了。"

"嗯，真的有些隆起着，想不到妹妹腹中果然有我们的结晶，那叫人多么欢喜呀！可是，我却有些不放心。"

云梅见他笑嘻嘻地说到后面，却又十分担忧似的说。一时十分奇怪，遂不明白地问道：

"你有什么事情不放心呀？"

"我想我家中既没父母，又没兄弟姊妹，我若走后，你一个人孤孤单单的留在乡下，况且身上有了喜，一切事情没有人来关怀你，那叫我不是很不放心吗？"

"那你是不用担心的，我前几天已经跟我姐姐商量过。假使你到上海去了，我就叫姐姐到家里来做伴。我姐姐真也可怜，今年才二十八岁，不料就做了寡妇。夫家没有人，她连个孩子也没有生下，所以她也会喜欢跟我做伴，那不是姐妹两人都有了照应吗？"

"那好极了，有了曼华姐姐来跟你做伴，我当然是很放心了。不过，我要叮嘱你几句话，你千万要小心些才好。"

"什么话你就说吧。"

"女人家有了三四个月身孕之后，做事千万小心，不宜搬笨重的东西，也不宜伸手撩取物件，又不宜多吃有刺激的食品，因为这些都是会有小产的危险。妹妹，你要切记切记，我不能在你身旁随时劝告，你自己得留心，免得我在外面时时记挂。"

东生郑重其事地说出了这几句话，倒把云梅引逗得扑哧一声笑出来，秋波斜乜了他一个媚眼，赧赧然笑道：

"你很希望有一个女儿是吗？"

"这倒也并不是，其实我是为了疼爱你的缘故，因为女人家发生小产对于身体是最有损害的，我怕你年轻不懂事，所以非再三叮咛你不可。"

云梅听他这样说，心里除了喜悦之外，又得到了无上的安慰，觉得自己有了这么一个多情的丈夫，那是多么的幸福啊！于是情不自禁地把小嘴凑了上去，给东生默默地吮吻了一回，然后低低地说道：

"东哥，你既然这么爱惜我的身子，那么你今夜就不该跟我太顽皮呀。"

"我当初没有知道你有了身孕呀，现在我知道了，我要珍爱你的身体，我如何还肯跟你顽皮呢？"

"你真是我最心爱的好丈夫，我是太感激你了。"

"妹妹，我们还是安静地睡吧。"

夫妇两人说着话也就沉沉地入睡了。次早起身，云梅端了面水进房，服侍东生洗脸。东生正在穿鞋子，一见云梅，便赤脚迎了上去，连忙接过面水来，埋怨地说道：

"妹妹，昨夜我才叮嘱了你，你今天怎么就忘了呢？不是可以叫王妈拿进来的吗？"

"嗐，你这人也小心得太过分了，端一盆洗脸水那是没有关系的。你何必这么着急呢？瞧沈家大嫂子，怀了七八个月胎儿，照样还蹲在河边洗衣服淘米哩！"

云梅见他小心得连自己端盆洗脸水都要埋怨，这就忍不住扑哧一声笑起来，逗了他了一个媚眼，低低地说。

东生把脸水盆放在桌子上，说道：

"你不知道沈大嫂的身体多么强壮，你见她粗粗的两条膀子，就像我们男人家差不多，而你却是个娇嫩的身体，如何能和她相较呢？"

"哦，我下次一定当心了，好哥哥，你只顾我而不顾自己，瞧你脚上还没有穿鞋子呢。"

两小口子你恩我爱，情投意合，如胶投漆，真是说不尽的柔情蜜意。东生低头见自己脚上一只穿了皮鞋，一只还是光着袜子，因此也忍不住笑起来了。等东生洗毕脸，王妈请他们夫妇两人到客厅用早饭去。两人正在吃饭的时候，忽听门外有人敲门。王妈去开门一瞧，原来是云梅的姐姐曼华到来了。东生十分欢喜，连忙站起相迎，笑嘻嘻说道：

"曼华姐，你是跟云梅做伴来的吗？多谢多谢，一切还得你大力照顾，真使小弟感激不尽。"

"东生弟，你这么客气干吗？我来照顾自家的妹妹，那也是应该的事情。你今天动身到上海去，我也没有什么可以送你。这两篓香蕉，你在旅途上吃着解个闷儿吧。"

曼华是个近三十岁的女人了，因为环境的不如意，所以她已显得十分憔悴，此刻她一面含笑回答，一面把手中两篓香蕉放到桌子上去。东生连连道谢。云梅又问姐姐可曾吃过早点心，曼华说已吃过，叫他们自管吃早餐，不必客气。王妈倒上一杯茶，曼华捧了茶，喝了一口说道：

"昨夜的雨还落得很大，我心里为你急了一夜，想不到今天早晨倒出起太阳来了。我说东生弟这次到上海去做生意，运道一定很好呢！"

"曼华姐说得真好，要如应了你的金口，我在上海租好了房子，也请姐姐一块儿到上海去住，大家享一些福。"

"那我当然愿意一同到上海去住，到时候说不定妹妹养下一个儿子，接着又有身孕了，这个大儿子，就归我抚养，我就在你们家中做一个保姆，不是可以分去妹妹一半操劳的心思吗？"

"姐姐你也说得太客气，给我们做保姆，我们如何敢当呢？正经的，你也没有一男半女，我们第一个养下的孩子就给姐姐做个儿女吧！你心里欢喜不欢喜？"

"我还有什么不欢喜的道理吗？只怕东生弟心中舍不得呢。"

"曼华姐，我一定肯给你的，我如何会舍不得？我们年纪轻没有关系，将来多养几个儿子也不算稀奇的事情呀。"

"瞧你这个厚脸皮，亏你说得出口，也不怕难为情吗？"

云梅见东生在姐姐面前说出了这几句，一时又好气又好笑，自己站在旁边倒忍不住难为情起来，粉脸娇红就像朵出水芙蓉，羞答答地逗了他一个娇嗔，埋怨着说。可是曼华和王妈听了，大家都忍不住笑了一阵。

　　时间是最无情的，不知不觉早已到了下船的钟点了，东生提了皮箱，只得与爱妻珍重道别，云梅眼皮虽然有些红润润的，但是她还是竭力镇静着态度，没有把眼泪水流出眼眶子外来。东生似乎知道爱妻有流泪的意思，但是不愿使她过分伤心，遂放了她的手，向曼华说声姐姐再会，便匆匆走出大门外去了。等云梅、曼华、王妈三人也送出门外，东生早已很快地去远了。这时的云梅，眼角旁才涌上一颗晶晶莹莹的泪水。正是天下之黯然销魂者，唯别而已矣。

　　东生走后半个月，便来了一封航空快信，说他已平安抵达上海，舅父让他在公司里担任了会计的职务，待遇尚称不薄。唯眼前公司宿舍尚未落成，暂住舅父家中，待稍有积蓄，自觅房屋，届时前来接眷同赴上海居住，以免两地相思之苦。云梅接读此信，自然十分安慰，当下也立刻写了一封回信给他，在这封信中自然是深情蜜意，殷殷叮咛。东生在上海接到了，忍不住把信笺连连狂吻哩。

　　光阴匆匆，转眼之间，一忽儿已是寒冬的天气了。不过广州的气候，没有什么冬夏的分别，一年四季都很暖和。只是落了雨后，便觉稍寒一些而已。这时候的云梅，不但已产下了一个女孩，而且已有两个月了。东生在上海写信来给她取一个名字叫作裘丽，曼华说裘丽有些像外国名字，但云梅却喜欢这名字，因为叫起来好听，于是大家便都叫着她裘丽了。

　　这天云梅抱了裘丽正在哺乳，王妈从门外匆匆进来，手里拿了一封信，口中叫着少爷有信来了。云梅连忙伸手来接，拆开信封，抽出信笺，从头至尾看了一遍。心里一欢喜，颊上的笑窝深深地掀了起来，一面急叫道：

　　"姐姐，姐姐，东生有信来了。"

"哦，妹妹，她信里说了些什么话呀？"

曼华在房中收拾，忽听妹妹这样叫着说，遂忙着放下了抹布，急急地三脚两步奔出客厅来问她。

云梅笑盈盈地告诉道：

"东生说他在上海已租好了房子，预备下星期一就动身回家来接我们一同去上海住。你想，这不是叫人欢喜吗？"

"真的吗？我来算一算日子吧，今天星期六，明天星期日，那么他不是后天就动身来接我们了吗？妹妹，东生弟大约在星期三四这两天可以回家了，所以我们应该把一切细软物件预先整理一下子才好，省得临时局促，你说我这话对吗？"

曼华也非常高兴，她扳着手指，笑嘻嘻地回答。

云梅点点头，当然十分赞成，但她还不好意思似的说道：

"可是我有了孩子抱在手里，一切事情又得要你辛苦代我操劳了，叫我真对不起哩！"

"妹妹，你和我还闹着一种客气干什么？要如你那么生疏地说，倒叫我不好意思跟着你们一块儿到上海去了。"

"好姐姐，你别生气，我下次不再这么说了，那你就同我们一块儿去吧。妹妹实在需要你来给我们照顾哩！"

云梅到底还是一个十九岁的姑娘，虽然她已经做了孩子的母亲，但她本身仍旧还是那么一副孩子的脾气。当她一见到姐姐生气的样子，这就急得赔了笑脸，傻孩子似的撒娇地央求着说。曼华听了，方才忍不住又笑了起来。这时王妈也插嘴说道：

"少奶奶，那么我也跟你们一同到上海去吧。反正你们在上海一样要雇用仆妇的，总是我多年老仆妇比较好一些。"

"王妈只要你愿意跟我们一同去，那我们自然也很欢迎你。"

云梅见王妈依依不舍，十分忠心，遂也点点头，含笑地回答她。

于是大家心中都十二分的欢喜，大家开始忙着整理一切物件，尤其在云梅的心中，更有说不出的甜蜜和得意。回想着东生临别时的那夜，他要向自己求欢，但后来听到了自己有了身孕的消息之后，他为了珍爱自己的身体，终于没有给他得到一些安慰。现在他这次回家，我腹中孩子已经产下，那么他如何还肯放过我呢？就是我自己也不忍再拒绝他了呀。想到这里，两颊一阵绯红，连她自己都有些赧赧然地怕羞起来。云梅是怀了一颗甜蜜的心，预备东生回家，小夫妻久别重逢，又可以来一个洞房花烛那么的快乐。但万不料在星期二的下午，不幸的惨变却开始降临到她头上来了。

大门外有人砰砰地敲着，曼华惊喜地猜测着说莫非是东生弟回来了吗？云梅也猜疑地说，恐怕没有这样快吧？就在这时，王妈已去把大门开了。云梅曼华连忙迎出去看，谁知道进来的却是一个四十左右军官模样的男子，后面跟着四个卫队士兵。其中一个先走上前来，说道：

"我们将军从城里到这里村子来游玩，因为口渴，所以问你们来讨一盅茶喝的。"

王妈见他们是军人，所以先吓了一跳，一时呆呆地都说不出话来。云梅也素知这班军阀没有人格，仗势欺人，十分可恶，既到这里如何还有拒绝他们的能力，因为得罪了他们，当然要被他们谋杀了，所以便大了胆子说道：

"可以，可以，请你们屋里坐吧。"

那个军官一听有个女子声音回答着说，于是便向前望来，一见了云梅不觉眼前一亮，惊为天人。遂连忙笑嘻嘻地走进客厅，说道：

"对不起得很！打扰了府上，请问小姐贵姓？"

"敝姓鲁，王妈，你快倒杯茶吧。"

云梅见他贼兮兮嘻嘻的样子，由不得暗暗吃惊，遂担心地低声回答，一面叫王妈倒茶。

这时那个卫队长也跟着走进客厅，像狗儿那么颠着屁股，说道：

"我来给你们介绍，这位是大大有名的孙国雄将军，谁不知道他的权势是十分浩大，将来就是中国的真命天子哩！"

"大彪，你不要胡说八道，退在一旁侍候。"

"喳！喳！"

大彪被孙国雄一喝，便连忙低头垂手，侍立在一旁，不敢多说什么了。这时王妈已倒上一杯茶来，放在茶几上，叫声请用茶吧。但孙国雄却听若不闻的样子，他的两眼竟呆呆地盯在云梅的粉脸上发怔。云梅被他看得心惊肉跳，两颊发红，于是转身走入卧房去了。曼华因为妹妹既走，自己只好以主人的地位在客厅里陪伴了，不过心也在像小鹿似的乱撞，觉得这个姓孙的绝不是个良善之辈，家里没有一个男子招待他们，这……不是糟得很吗？正在暗暗焦急，孙国雄开口问道：

"你这位大嫂是鲁小姐什么人呀？"

"我的她的姐姐。"

"那么你是鲁大小姐了？"

"不，我姓顾。"

"这是什么话？她姓鲁，你姓顾，如何能称姐妹关系？"

"妹妹说的姓鲁，原是她丈夫的姓字。"

孙国雄这才恍然大悟地哦了一声，但他脸上立刻又显出若有所失的样子，急急地问道：

"你妹妹这么轻的年纪难道已经嫁丈夫了吗？不知道她的丈夫叫什么名字？在哪儿办事情的呀？"

"我妹夫名叫鲁东生，他在上海做事情，不过最近他就要回来了。孙将军，你不是因为口渴才进来的吗？那么快请喝茶吧！"

曼华说这几句话的意思，就是叫他喝了茶可以早些走了。孙国雄方才感觉到了，只好连说谢谢，便伸手拿了茶盅，一口气喝完茶，便告别走出去了。曼华也不送他，只叫王妈去关了门。这时云梅抱了裘丽方从房中走出，满面娇怒地骂道：

"这个死坏走了吗？真是混蛋之至！这种色迷迷的奴才，还说得上是个什么将军呢，简直是个畜生哩！"

"妹妹，要不是我触了他的霉头，恐怕他问长问短啰啰唆唆地还不肯走呢。"

"中国都是被这些军阀害了的，所以我希望革命军能够早些成功大事，把他们这班败类都消灭才好。"

两人感叹了一会儿，把这件事也就丢过一旁，毫不介意了。但是到了傍晚的时候，忽然门外开来一辆汽车。由那个张大彪领了十多名武装兄弟，敲门进内。说有奸细逃进这屋子里来，非得在四周搜抄搜抄不可。云梅和曼华原是聪明人，明知他们无非借口而来，所以又急又怒。但表面上也只好镇静态度，竭力否认，一面叫他们只管搜抄，没有关系。于是张大彪领了众人直奔卧房，不多一会儿，匆匆地出来，手里拿了一柄手枪，冷笑一声，满脸阴险地问道：

"你们房中怎么藏着手枪呀？可见你们和这个奸细一定有连带关系，莫非你的丈夫就是革命党吗？"

"你这话太莫名其妙了，我们是安分守己的良民，根本没有什么手枪，你故意做好圈套来陷害我们吗？"

云梅因为心中有了过分的愤怒，所以倒也并不害怕了，不禁柳眉倒竖，凤目怒睁，鼓足了勇气，说破了他们恶毒的阴谋。张大彪听她怒气冲冲地说，因为被她说到心眼儿上去，所以倒也怔了怔。

但立刻又板起了面孔，圆睁那双三角眼，鼓着一脸横肉，喝道：

"这是什么狗屁话，难道这支枪是我带来的不成？"

"哼，问你自己呀！反正狗肚子里明白。"

"好大胆子，你还敢这么嘴凶吗？跟我到司令部见将军去，你有什么话自己跟将军去辩白吧。"

张大彪趁此机会，把眼睛一立，凶巴巴地说。他伸手向后面一挥，那十几个武装兵士便抢步上前要去捕捉云梅的样子。曼华见了，立刻用身子掩护了云梅，也痛心疾首地娇叱道：

"你们到底是地方上有纪律的军队呢，还是作恶多端的土匪呢？你们这种行为，不是明明要抢劫良家妇女吗？这样成什么世界？简直是造反的了。"

张大彪觉得一不做，二不休，若和她讲道理，这是讲不过她们的。于是伸手把曼华狠命地一拖，又向前用力推去，曼华怎么禁得住大彪像虎狼么的一拖一推，一时站脚不住，身子便向左边跌了一跤。于是十多个兵上去捕捉云梅，云梅觉得事到如今，想来没有抵抗能力，与其受他们拉拉扯扯的侮辱，倒不如大大方方地跟他们到司令部去比较爽快。于是大声叱道：

"不许动手，我自己会跟你们走的。"

云梅说着，转身把跌在地上的曼华连忙又扶了起来，一面问她跌痛了没有。曼华虽然痛得眼泪也流了出来，但她却还摇摇头，一把抱住云梅身子，哭泣起来说道：

"妹妹，你……你不能去，你……你……千万不能跟他们去的。"

"姐姐，你放心，我想这个世界还不至于完全灭绝了公理吧。我见了孙将军，我自有话对他说，他一定会放我回家的。常言道：大王好见，小鬼难挡。我想堂堂的孙将军，绝不会蛮不讲理的。"

"好，好，我们就算小鬼吧。你见了大王，只管去讲理好了。我们吃了国家的军粮，不得不替国家干些工作。"

张大彪听云梅明明是放着和尚面前骂贼秃，虽然心中十分生气，但为了她既然是将军所追求的女人，只怕将来他在将军面前说了自己丑话，那自己就难免要吃她的苦头了，所以只好忍气吞声地冷笑了一会儿，阴险地回答。但曼华是个年纪较大、较懂人情世故的女子，她如何肯放妹妹走呢？所以还是拉住了云梅不肯放手，流泪说道：

"妹妹，你今天这一去，仿佛羊入虎口，有去无还，你……你无论如何也不能去的。况且裘丽还要你给她哺乳，你……你怎么能够冒险而去？妹妹，你还是不要去，我们是安分守己的好百姓，我们根本不必跟他们到司令部去的。"

"那可不行，你们若不去，我们就老实不客气地要用强了。"

云梅听姐姐提起裘丽，她的心头立刻好像刀割一般的疼痛，眼泪忍不住地滚落下来。张大彪听她们自说自话，而云梅果然呆住了，并无去意了，这就板起面孔，又连连地威胁着说。

曼华忽然计上心来，遂大声说道：

"我妹妹是个有孩子的人，她不能去的。你们一定要我们去，我就跟你们走好了。"

"嘿，嘿，谁要你这个老太婆去。你们在故意延迟时间，来，把她抓了走。"

张大彪声势汹汹地喝着，于是士兵们又要拥了上去。可怜云梅这时候一半身子被姐姐紧紧地拉住着，另一半身子又被兵士们向外拖了走，弄得她身不由主，恨不得把他们一个一个地咬死。正在这个当儿，忽然门外又走进一个西服男子来，手里还提了一只小皮箱。

曼华第一个看见，一时仿佛遇到了什么救星似的，便高声大叫道：

"好了，东生弟回家了，东生弟，你快来呀！瞧这世界真是反了，他们这班强盗一定要把妹妹抢劫到司令部去哩！"

东生因为思念妻女心切，所以兴冲冲地提早回家，万不料，一走进家门就见到这一幕凄惨的情形。他气得连忙丢掉了皮箱，很快地抢步赶上前来，用力分开众人。几个兵士想不到东生这么大的臂力，大家身不由主地倒退了一步。东生铁青了脸，大喝道：

"你们是哪里来的军队？难道不懂得军法两字吗？强抢民妇，该当何罪？"

"你是什么人？"

张大彪见半路上突然杀出一个程咬金来，心中暗暗奇怪，遂也大声地向他喝问。

东生半抱了云梅的身子，冷笑道：

"我是这家的主人鲁东生，她就是我的妻子，你们要把她接到司令部里去，意欲何为？"

"原来你就是鲁东生吗？好极了，我们正预备要提你的人，来！把他抓起来。"

张大彪听了，心生一计，便又恶狠狠地吩咐着说。

鲁东生这就弄得莫名其妙，身子退后一步，一面急急问道：

"慢来，慢来，我犯何罪你们竟要提我？"

"嘿，你还装什么死腔？你就是革命军的奸细，你还想抵赖？"

"放屁！我才从上海回来，你们敢冤枉好老百姓吗？"

"不必多言，且到了司令部里，你再去申辩吧。"

"东生，你不能去，他们存心要害你。"

云梅第一个先急了起来，抱住了东生不肯放手。东生沉吟了一会儿，说道：

"我和你们无冤无仇，为什么要来苦苦害我？"

"对不起，这是上面的命令，我们也没有办法。你们夫妻两个人总要有一个人跟我们到司令部去一次，否则我们交不了账。"

张大彪觉得还是好言诱之，比较省却动手动脚的麻烦，所以他不负责任地回答。东生见士兵们手里都拿了盒子炮，对准了自己，完全是威胁自己的意思。这就暗想，看情形当然是不能不去的了。遂拍拍云梅，安慰她说道：

"妹妹，你不要害怕，我就跟他们去一次吧。"

"不，东生。你千万去不得，还是我去吧。你……你……你……"

云梅心中很明白今日的变化，无非是孙将军爱上自己的缘故，所以故意这么借口而来的。假使东生去了，必定要给他残酷害死，那么岂不是白白地牺牲丈夫一条性命吗？所以她不肯给东生去。她觉得情愿牺牲自己的性命，还是叫东生赶快地回上海去。不过她心中虽有叫东生逃走的意思，可是口里却再也说不出来。因此一连都说了三个你字，却忍不住惨痛地哭泣起来。东生心中并不知道孙将军看中自己妻子的一回事，所以他如何可能给娇弱的妻子去受这惊吓呢？况且这时王妈从房中又抱着裴丽走出来，因为孩子肚皮饿了，所以哇哇地哭个不停，东生这就连忙又急急说道：

"你有孩子要吃奶的，你不能去。没有问题，我去一次好了。只要我并不是革命军的奸细，我想司令部一定会放我回家的。"

"不错，司令部也无非传你去审问一番而已，你只管大着胆子去好了。"

张大彪听了，故意安慰他们回答。然而他心中却在想一个斩草除根的计策，脸上含了阴险的微笑。东生于是不管爱妻紧拉着自己，就推开云梅，跟她们走了。云梅曼华追着出来，仍旧哭泣着阻拦鲁东生不要去，但另外几个士兵，把她们狠命地推倒在地上。等云梅曼华爬起身，奔到大门外，东生已被他们押上汽车向城里疾驶而去。云梅觉得东生的性命终是凶多吉少，芳心一阵剧痛，只觉一股子怒火和焦急向上直冲，这就哇的一声，一口一口吐鲜血，仰天跌倒在地上，人事不省地昏厥过去了。

四、心猿意马　情海风波

　　诸位当然明白，那个怪人就是鲁东生了，然而他本来是个风流倜傥的美少年，虽然被这可恶的张大彪捉到司令部去了，但又如何会弄成这么一副可怕的怪状来呢？这不但是读者诸君所急切需要明白的，就是本书中的许振辉，他听东生说到这里，心中也非常焦急，而且还十分的愤怒，握紧了拳头，大声地问道：

　　"他妈的，这些军阀真是可杀之至，那么你……你的脸如何会被他们残害成这个样子呢？现在你的夫人又到哪去了呢？"

　　鲁东生说到他夫人吐血昏厥在地的时候，已经是声泪俱下，万分悲伤了。此刻又听振辉这么一问，他几乎失声哭泣起来，一副怪脸浮现出惨痛欲绝的神气，猛可把脚恨恨地一顿，又说下去道：

　　"当时我被捕到司令部，这个孙国雄恶贼便一口咬定我是革命军的奸细。我如何肯招认？当然竭力地辩白。但常言道，欲加之罪，何患无辞？他就把我扣押起来，一面又到我家，谎说我在司令部突患急病，叫我妻子马上就去。我妻子听说我生了病，她的心也碎了，肠也断了，自然被他们骗到了司令部，但是既到司令部，却并不给我们会面，而且当夜就逼我妻子和孙国雄干无耻勾当。我妻子是个烈性的贞妇，她岂肯失身于贼？她不但不从，而且还以手抓伤了孙贼的脸部。"

　　"好一个威武不屈的女子，令人可敬，那么后来又如何了？"

"后来……后来这个孙贼就移怒到我的身上，他要把我枪毙，以绝我妻子爱我之心。可是这个张大彪走狗，却给他想出一个恶毒的计策，他说我妻子所以不肯顺从将军，因为我是一个小白脸的缘故，假使把我脸部毁成一个恶鬼的样子，那么我的妻子就不会再爱我了。"

"我明白了，我知道那个恶贼一定听从这个走狗的计策，所以把你变成了现在这个模样了。我想不到这世界上竟有这么狠毒的人，这不是和禽兽一样吗？我恨极了，我非给你报仇去不可。"

许振辉不等他说下去，就气愤地猛可跳起身子，怒目切齿，代为不平，向外直奔，似乎马上就要给他代为报仇的样子。鲁东生方知他果然是个血性热肠的青年，于是连忙把他拉住了，苦笑了一下，点点头说道：

"许先生，你真好，但是，我说的话已经是二十年前的事情了，你还是坐下静静地听我告诉你后面更悲惨的经过吧。"

"哦！我真是气得糊涂了，老先生，那么你现在已经四十多岁？"

许振辉这才理会过来，觉得自己举动未免有些好笑，一时又在那个圆木头上坐下，望着他低低地问。在此刻振辉的眼睛里看来，觉得他的脸纵然可怕，但反而使自己感到一种亲热而可怜的心理。鲁东生也在一旁懒洋洋地坐下，长长地叹了一口气，说道：

"是的，光阴真快，一转眼已经是二十年了。"

"老先生，那么你的太太还活着没有？"

"死了，死了，她是死了！那么的惨！那么的惨！"

鲁东生颤抖地回答，两行热泪早已滚落下来。振辉的脸上也浮现了凄惨的神色，低声地问道：

"她……她到底怎么样死的？"

"这恶贼既把我的脸用硝强水毁成了这个模样，他还叫我妻子来

198

看望我的脸。可怜我的妻子瞧我白净的脸竟毁成了一个魔鬼的样子，她抱住我的身子大叫一声，口中又吐鲜血，便昏倒在我的怀中了。等她醒来之后，便向我坚决地说，她无论如何要替我报仇，情愿牺牲她的性命。当时她便假意答应孙贼的要求，不过要把我释放回家作为条件。孙贼既把我毁成了这三分像人七分像鬼的样子，他的目的已经达到，当下就把我送回家中。可怜曼华一见我如此光景，哭得哀痛欲绝。我明白云梅一定会给我报仇，恐怕孙贼部下又来捕我雪恨，所以我就住到曼华家中去休养了。不多几天，消息传来，说孙贼被我妻子行刺未成，而我忠贞的爱妻，却被孙贼斫为肉泥而死了。"

"哎呀！可惜，可惜，这恶贼不死，老天也太没眼睛了。"

"我一听妻子惨死的消息，几乎要疯狂起来，我痛哭，我悲伤，我愤怒，我怨恨，我情愿和爱妻一块儿去死了干净！"

"但是你的太太精神永远不死，她的贞洁，她的情谊是可以与日月共存于宇宙的，真使我太敬佩了！老先生，那么后来又如何？我说你不应该痛不欲生，你应该给你太太报仇呀！"

振辉听到这里，心中一阵感动，泪水也夺眶而出，他用了悲壮的语气，向鲁东生正经地称赞。鲁东生拭了眼泪，对于振辉这两句话似乎颇为感激的样子，点头说道：

"你这话说得有理，因为曼华也这样劝告我的。三年之后，在一个暴风雨的夜里，我混进了孙贼的家里，终于报了这个血海大仇。那时他的部下就拼命地通缉我。我因为自己变成了这一副鬼脸，假使逃到外埠去吧，在旅途上是多么不方便，再说使人会疑心我不是个人类，是一个可怕的妖怪。倘若留在这小村子，那么早晚就得被他们捉住的。所以我就逃入山林中来过着原始人的生活，想不到整整有十七个年头了。唉，往事不堪回首，这真好比是一场噩梦呀！"

"我真想不到你在二十年前和我一样的，是个勇敢而热情的青年，但到如今落得给人家说你是个可怕的鬼怪。唉，天心何其苦酷耶？老先生，我同情你，我简直为你愤怒得热血又直喷了。"

振辉说完这几句话，情不自禁地站起身子，走到东生面前，紧紧地握住了他的手，一面流泪，一面表示非常亲热的样子。东生十分悲伤，摇摇头叹了一声，却默然无语。振辉于是又低低地问道：

"老先生，那么你可知道你的女儿现在长得怎么样了？"

"我的裘丽，她……她在这十七年之中，我又如何知道她长得怎么样呢？这苦命的女孩子，我做爸爸的今生再也没有瞧见她的日子了。"

东生仰了脸，手做拥抱的神气。他一面说，一面放声痛哭起来。振辉被他一哭，也忍不住引逗得他的眼泪如雨下。东生哭了一会儿，方才收束泪痕，向振辉说道：

"许先生，时候不早，我送你下山去吧。"

"那么你……你就永远住在这荒林中吗？"

振辉这会子倒反而有些依依不舍的样子，不忍心和他急急地分离了。东生叹息着说道：

"我很对不起你，不应该留你在这山中住了这么多日子。刚才我想起了妻子女儿，忍不住放声大哭，那么我想你的父母，你失踪半月，岂不是也会痛哭流涕吗？所以我非常悔恨，这是你所说的谁无父母，谁无妻子啊！我为什么要这样自私和残忍呢？不过我心里也有苦衷，我是怕你回去报告警局前来捉我，所以我不肯放你回去。现在既然知道你是个同情我的人，我想你也绝不会负我而伤害我的。"

"老先生，你放心！我许振辉绝不是个没有心肝的无赖，我如何肯来伤害你？再说你救了我两次性命，你实在是我的大恩人呀，我心中再也不会忘记你的好处。况且这些已是十七年前的事情，人家也许早已遗忘了。老先生，我再告诉你吧，如今军阀早已打倒，革命也早已成功，就算你杀了这个姓孙的恶贼，也根本不会有什么罪了。所以你一切都请放心便是了。"

东生听了他这些话之后，心中方才恍然大悟，脸上便浮现了一丝苦笑，点点头，自言自语地说道：

"是的，我和社会隔绝了整整十七个年头了，这世界当然又变化了一个面目。不过许先生，我希望你终得给我保守秘密才好，我不希望外界人知道人间尚有我这么一个怪人存在，那我就十二分感激你了。"

东生说到这里，方才回头去，把手拍拍他的肩胛，低低地叮嘱。振辉自然连声地答应，慢步地跟着他走出屋子外来。忽然他止了步，回头向东生望了一眼，说道：

"老先生，那么以后你还允许我再来探望你吗？"

"我想你也不必再来看望我了。第一，这儿毒蛇猛兽太多，猎户到此，绝无生还之理。你的年纪正轻，何必再冒这个危险？"

"危险我绝对不怕，只要老先生没有讨厌我的意思，我……"

"我并不讨厌你，但我也并不欢迎你再来。"

振辉没有说完话就被他这么拒绝着，一时哑口无言，心中颇为惆怅，叹了一口气，抓了抓头皮，难过似的说道：

"那么我承蒙老先生相救之恩，叫我如何报答？"

"这是人类应尽的责任，岂望报乎？"

"话虽如此，但我心里终觉不安。哦，老先生，你还记得你的大姨曼华女士住在什么地方？我可以代你去望望你的女儿，你若有什么话，我也可以代你转言，不知老先生意下如何？"

振辉因为一心一意想要报答他，所以挖空心思地又想出这几句话来问他。东生想不到他会提起自己的女儿，一时心头别别乱跳，自不免沉吟了一会儿，说道：

"你真的能代我去望望我的女儿吗？"

"这如何还有假的呢？老先生，请你相信我完全是个忠实的人。"

"可怜我的大姨，她是个寡妇，自从我把女儿托付给她抚养之后，这十七年来也不知她们是怎么在过生活呢？我心中实在有些担忧，现在许先生既然热心肯代我去探望她们，那么我把屋子里这些兽皮都给你带下山去吧，全卖给人家，把所得的钱一半给我的女儿一半就送给你吧！"

"我如何能接受老先生的钱呢？我就把卖去兽皮所得的钱全数交给你女儿吧。"

东生听他这样诚恳地说，心中是十二分的感动，所以握着他的手摇撼了一阵，流着泪水说道：

"许先生，你真是个侠义心肠的好人，我太感激你了。"

"你不要这么客气，倒叫我很不好意思。其实这是不费什么力气的事情，你若要说感激，那么我受了你的救命大恩，叫我怎么报答你才好？"

东生知道他是个有血性的青年，遂也不再说什么了。匆匆地走进屋子，把壁上的虎皮豹皮熊皮都取了下来，折成一包，用枯藤扎好，负在肩上。说道：

"好了，我就送你下山去吧！"

"老先生，我给你负着走吧，这些兽皮也怪重的呢。"

"你以为我老了不中用吗？哈哈，三四百斤重的物件负在肩上，我还能走十里路呢。"

振辉听他这样说，自然不胜惊骇，连说老先生真不愧老当益壮四个字了。振辉一面走，一面在路上做了标记。不知不觉来到大泽面前，东生方才停步不送，把兽皮交给了振辉，说道：

"许先生，我不送你了，由这儿下山去的途径，你大概知道吧。"

"我知道，你回去吧。往后有机会我一定再来望你。"

"谢谢你，我还要拜托你一件事，我女儿近来境况不知如何，假使他们很苦恼的话，我希望你能够瞧在我的薄面之情，照顾她一些，我就死在九泉之下也不忘你的情义了。"

"老先生你放心，我一定遵命就是。不过曼华女士府上在哪里，你还没有向我告诉过呀。"

"啊，对了，你瞧我真有些糊涂。她的家是在大王庙的隔壁，你在附近只问一声顾曼华，恐怕村中人就知道了。"

"如此很好，那么老先生我们再见吧。"

振辉点头答应，一面向他拱了拱手道别，一面负了兽皮，就蹿入大泽之中，运用水上技术，很快游到对岸去了。东生见他游泳的速度很快，一时倒也暗暗敬佩，眼瞧他跳上对岸之后，方才奔回到荒林中去了。

振辉匆匆地找路，奔出荒林回到村子里，天色已经入夜。抬头见月明星稀，银河横亘天空，回忆在荒林中竟然一住半月，真有无限的感慨。一时暗想，我此刻若先回家，爸爸见了我带回这么多的兽皮，必定要向我追究。那时候我一不小心，难免要泄露秘密。所以我还是先到大王庙去找曼华的家里，把这些兽皮给她们自己设法去出售，那不是没有什么人会追究我了吗？想定了主意，遂三脚两步走到大王庙来。因为这时已经黑夜，路上行人甚少，振辉要想找人探问，却不见一个人影子。正在焦急时分，忽然见大王庙里走出一个黑影子来。因为此刻天上的明月齐巧被一朵浮云遮蔽了，所以四周十分黑暗，也瞧不清那个黑影子是男人还是女人。不过振辉不去管这些，反正这个黑影子终究是个人，绝不会是什么鬼的。这就惊喜地叫道：

"喂！喂！慢慢走，慢慢走，我向你问个讯。"

不料那黑影子听了，却并不作答，反而加快着步子，向右边墙角旁急急地走了。振辉是个胆子挺大的人，他当时不但不害怕，反而飞步追奔上去，预备瞧个仔细，那黑影子究竟是人是鬼。但那黑影见振辉，她便奔跑一般地向前急逃。振辉是那么快，黑影早已给振辉一把抓住了。只听一阵尖锐的声音，呀地竭叫起来。振辉虽然有些吃惊，但他已经看清楚那是一个年轻的女子，心中才明白，那女子一定是怕自己有调戏她的意思，所以她才急急地逃奔的。于是连忙一本正经地安慰她说道：

"别害怕，别害怕，我不是什么歹人，我向你问一个讯的。"

"你……你……你要问我什么呀？"

那姑娘还有一些余惊的样子，颤抖着身子，低低地回答。振辉连忙说道：

"这儿附近不是有一个顾曼华女士住这吗？请问她住在哪一间屋子？"

"顾曼华？我……我不知道的，她多大年纪了？"

"多大年纪我倒不详细，奇怪，他不是说一说顾曼华三字，村中人都知道的吗？你如何会不晓得呢？"

那姑娘见他自说自话，遂也不理睬他，自管匆匆地又走了。振辉赶步上去，拉住了她衣袖，忙又说道：

"喂！喂！你慢些走，那么我再问你一个人，这儿附近可有一位鲁裘丽小姐住着吗？"

鲁裘丽三个字听到那姑娘耳朵里，她心头倒是像小鹿般地乱撞起来，秋波逗了他一瞥惊异的目光，但粉脸上还竭力镇静着态度，反问他道：

"你问鲁裘丽有什么事情吗？是不是你认识她？"

"是的，我认识她，我有事情要和她面谈呢。"

"很不凑巧，她……她已经搬到西村去了。"

那姑娘说着话，便转身急急地走了。振辉听她这么告诉，心中非常失望，不由抓抓头皮，忍不住叹了一口气。暗想：此刻到西村时间来不及，那我只好先回到家里去，且待明天再做道理吧。振辉打定主意，开步向后就走。走了不多少路，忽然迎面遇见一个老头子，仔细一瞧，认得他是捕鱼为生的徐大庆，因为他年纪已有六十多岁了，所以振辉平日都是叫他老伯伯的。大庆也望见了他，遂先开口问道：

"许少爷，这么晚了，你打哪儿来呀？"

"徐伯伯，我想找一个人，不料他们已经搬家了。"

"你找哪一个人呀？"

"我找裘丽小姐，她不是住在大王庙附近吗？"

"裘丽小姐？她并没有搬家呀。"

"什么？你不会弄错吗？她还有一个姨妈名叫顾曼华，你知道吗？"

"不错，顾曼华三字只有我们上了年纪的人才知道，村中人都叫他李大娘的。"

"李大娘？为什么这样叫她呢？"

"她当初嫁给姓李的为妻子，后来她丈夫死了，她就一直守寡到现在，如今也差不多五十岁光景吧。我从小和她丈夫认识，所以知道得很详细。她还有一个妹妹名叫云梅，说起他妹妹一生的遭遇，真是可歌可泣，我也完全知道，将来有空我慢慢地告诉你，你听了也会伤心的。"

振辉听他这样说，心中不由得暗暗好笑。不过觉得徐伯伯所说的倒并非是信口胡说，因为自己心中也知道得很清楚了。于是央求他说道：

"徐伯伯，你既然知道他们并没有搬家，那么就劳你的驾，陪我走一趟好吗？我心里十分感激你。"

"那没有关系，这儿反正是顺路的，我就陪你去好了。"

徐大庆很热心地回答，振辉遂连声地道谢，跟着他匆匆地走了。大庆回头见振辉肩上负了这一包兽皮，便奇怪地问道：

"许少爷，你拿了这些兽皮是做什么去的？"

"哦，这是裘丽一个亲戚托我带给她们的，听说她们日子度得很苦恼是不是？"

振辉转了转乌圆的眸珠，心生一计地回答，一面又故意向他这么地搭讪。徐大庆微微地叹了一口气说道：

"一个是年老的寡妇，一个又是年轻的女孩子，家里也没有什么男人会挣钱。这几年来的生活，如何还不苦恼呢？听说她姨妈还有些不舒服着，所以裘丽这姑娘这几天急得时常流眼泪。我看了她们苦恼，虽然也帮助她们一些钱，但区区之数实在无济于事的。现在许少爷有这么多兽皮给她们，那好极了，她们生活多少可以维持一个时期了。唉，这叫作天无绝人之路，老古话真是一些儿也不错。"

徐大庆一面说着话，一面已在一家大门口停了下来，伸手在铜环上敲了两下，又连连地叫了两声裘丽。说道：

"你家有客人来啦，快开门吧。"

"徐伯伯，你不进去坐一会儿吗？"

振辉见他不等大门开了就预备要走的样子，遂向他低低地问。大庆点头说我有事呢，便说声再见，匆匆地自管向前赶路了。就在这时候，大门开了。振辉抬头见开门出来一个姑娘，不是别人，就是刚才路上碰见的那个，这就奇怪得目定口呆，因此怔怔地愣住了。

206

那姑娘似乎也认得振辉便是刚才问路的青年，她窘得两颊通红，显出了尴尬的样子，探头向四面一张望，自言自语说道：

"我明明听见是徐伯伯叫门的声音，怎么就不见他了？"

"是的，徐伯伯陪我到门口，他有事先走了。你……你原来就是裘丽小姐，啊，我险些上了你的大当呢！"

振辉一面含笑带怨地回答，一面不管三七二十一地跨步走进大门去了。裘丽这时候真是又羞又急，又愧又恨，只好眨了眨眼皮，笑出来问道：

"你这位先生贵姓？可是，我并不认识你呀。"

"我姓许名叫振辉，原是你爸爸叫我来的。"

"我爸爸？你不要弄错了，我爸爸早已死了呀。"

"你爸爸并没有死，他还活在这个世界上，我碰到过他的。这些兽皮就是他老人家托我带给你们的。"

"那……那……你一定弄错了，我爸爸已经死了十七年，如何还会活着呢？"

振辉见裘丽一味地不肯相信，而且拦着身子不让自己进屋子去的神气，这就抓了抓头皮，弄得没有办法。但他立刻想出了一个主意，连忙指指屋子里面说道：

"我和你有话说不通，你带我去见你的姨妈李大娘她就知道了。"

"我姨妈病着，她不见客的。"

"裘丽小姐，我许振辉不是个作恶之徒，你为什么这样怕我呢？况且我是送这些皮货来给你们的，你难道就一些儿都不相信吗？"

曼华这时在屋子里听外面有争论的声音，遂高叫着裘丽进去。振辉趁此机会也悄悄地跟入屋子里来，只见床上躺着一个衰老的妇人，形容枯槁，显然身上有着病。于是不等裘丽告诉，便先开口叫道：

"你这位老太太就是顾曼华女士吗?"

"啊!你……你是谁?"

曼华再也想不到一个年轻小伙子会直呼自己的姓名,因此她惊奇地啊一声叫起来,向他急急地问。

裘丽见姨妈并不否认,一时也忍不住惊喜地说道:

"姨妈,我只知道你姓李,难道你真的就叫顾曼华吗?"

"我娘家姓顾,小孩子原不必知道大人的名字,所以我也一直没有告诉你。在二十年后的今天知道我名字的人实在很少,你这位先生如何知道的呢?那真是太叫人奇怪了。"

"姨妈,这位是许振辉先生,他说他碰见过我爸爸,爸爸不但没事,而且还托付他带了许多的皮货来给我们哩。"

"许先生,你这话可是真的吗?快请坐下,请你详细地告诉我吧。"

曼华听了这些话,恍若梦中,她也忘了有病在身,立刻从床上坐起身子,向他急急地追问。振辉这才把肩上的皮货放下在地,一面坐下,一面把自己在荒林中遇到怪人的经过情形,详详细细地向她们从头讲述了一遍。裘丽到此方才明白爸爸还没有死,她又喜又悲,却忍不住掩面哭泣起来。曼华也泪下如雨,哽咽良久才低声泣道:

"可怜东生弟竟在荒林中受了十七年的苦呢!我以为他当年报了大仇之后,自己也被他们杀死了。许先生,那么他干吗不和你一同回家来呢?"

"老先生因为怕孙将军的部属还要捕捉他,所以他不敢下山。况且他现在变成了一副可怕的鬼脸,所以他也不预备再和社会上的人士来接触了。"

"许先生,你能不能陪我到山林中去见见我的爸爸呢?可怜我活

208

了这二十年来，还不曾知道爸爸是个怎样的脸呢?"

裘丽哭泣了一会儿，方才收束了泪痕，向振辉低低地央求。振辉此刻在灯光之下瞧到裘丽的粉脸，真是娇艳极了，尤其沾了晶莹莹的泪水，更像芙蓉出水一般的可爱。心中不免暗想：这位小姐的美丽倒是胜过了咪咪。裘丽见他并不回答，却只管望着自己出神，一时被他弄得难为情，两颊更加热辣辣地红晕起来，秋波羞答答地瞟了他一眼，接着又生气地说道：

"许先生，你为什么不答应我呢？难道你就一些儿没有同情心吗?"

"鲁小姐，你不知道荒林中的毒蛇猛兽很多，像你这么娇弱的女子如何能够去呢？不是白白地去送性命啊？所以我劝你还是不要去冒这个危险吧。"

"我不怕，我要见我的爸爸，我情愿冒这个危险的。"

"可是，你见了你的爸爸，只怕你会不相信他就是你的爸爸。"

"这是为什么呢?"

"因为你爸爸的脸被他们毁得太可怕了，当初我见了他的面，根本不把他当作人类看待，我以为他一定是个吃人的妖怪。"

裘丽听振辉这么说，心中一阵悲酸，忍不住又呜呜咽咽地哭泣起来。曼华叹了一口气，也流泪如雨地说道：

"好孩子，不要哭吧，你爸妈悲惨的事情，这确实是人间最伤心的了。但是你爸爸比你妈妈更痛苦可怜，因为死了的痛苦也无非一时而已，只有你爸爸这十七年来的生活，就亏他熬过的了。"

振辉被她们娘俩儿哭泣得伤心，一时忍不住也流下了几滴泪来。裘丽这时心中倒又觉得很抱歉，连忙给他倒了一盅茶说道：

"许先生，我真感激你，你没有失信于人，把这些皮货送到我家里，这叫我们真不知如何报答你才好哩!"

"别说客气话，我多蒙你爸爸相救之恩，现在我尽这些义务，原是应该的事情。老太太，我走了，这些皮货你们卖了过日子吧。过几天我再来瞧望你。"

"谢谢许先生，你真是热心好人，恕我有病在身，不能远送你了。裘丽，你送许先生出去吧。"

曼华一面道谢，一面在床上连连地拱手，表示相送之意。裘丽答应了一声，遂跟着振辉来到大门外。她此刻倒又显出依恋之情，向振辉低低地说道：

"许先生，你什么时候再来望我们呢？"

"我过几天再来望你们，只怕你见了我心中讨厌，那我就不敢来了。"

振辉想到刚才路上碰见时她不肯相认的事，所以故意俏皮地回答。

裘丽听了，慌忙辩白着说道：

"不，我如何会讨厌你？我……很欢迎你常常来照顾我们。"

"只怕不见得，刚才在路上的时候，你不是不肯承认你是裘丽小姐吗？幸亏徐伯伯领我到这儿，否则我到西村就找得好苦了。"

振辉摇了摇头回答，他的明眸向她逗了一瞥怨恨的目光，显然还有些生气。裘丽十分惶恐的样子，向他深深地一鞠躬说道：

"这是我错了，现在我向你赔罪，请你原谅我吧。"

"不过我觉得奇怪，你为什么不肯承认你是裘丽呢？"

"这当然也有个原因的。"

"什么原因？你若说得有道理，我一定能够原谅你。"

"你第一句开口问我姨妈的名字，可是我并不知道姨妈名叫顾曼华，而且这儿附近根本没有什么叫顾曼华的人，所以我误会你是故意跟我闹着玩儿的。"

"但我既追问了鲁裘丽的名字，你为何又不承认了？"

"因为我和你素昧平生，当初我问你可是认识裘丽，你说认识的。然而事实上你见裘丽的人，你还不认识地乱找。所以我误会你是个不诚实的青年，你不是明明地说了谎吗？在这冷清的夜里，我一个女孩儿家心中如何不要胆寒呢？所以我只好诳你一下，预备省一些是非，避了你就完了。但我却没有想到你是负了我爸爸托付而来的，这……完全是我太小心太多疑的缘故，险些使一个热心的好人反而上了我的当。我真后悔，许先生，你就饶了我的错吧。"

裘丽絮絮地说了这一番理由，她红了脸颊，表示万分不好意思的神气，再三地向振辉赔礼。振辉听了，觉得这一个女孩儿家，那倒也确实怪不了她。因为社会上轻薄子弟原是太多了，也怨不得她要疑心到这一层了。这就微微地一笑，点头说道：

"照你这么说真的很有道理，那我一定可以原谅你。不过你现在心中倒相信我是一个好人了吗？"

"嗯，我相信你。"

她说了这么一句话，倒又难为情起来了，绯红了娇面，秋波斜乜了他一眼，很快地垂下了头。振辉见她这么娇媚的神情，心里倒是荡漾了一下。但理智立刻告诉他说，一个青年最坏的行为就是见一个女人爱一个女人，因为爱不专一、滥用其情，将来的后果是会得到万分的痛苦。振辉既然这样地警告着自己，于是不再对她留恋，说了一声再见，就匆匆地回家去了。

已经失踪了半个月的振辉，今天夜里突然的回到家里来，在许士明夫妇两人的心里，真是做梦也意想不到的事情。当下父子见面悲喜交加，忍不住相抱哭泣起来。振辉的妹妹玛利也从房间闻声奔出来，一见了哥哥早已哭奔了上去，口里还大叫着哥哥回来了。振辉知道妹妹也是惊喜过分的缘故，于是连忙把她搂在怀里，兄妹流

着眼泪不免亲热了一回。这时露娜也忍不住开口说道:

"振辉,你这半个月的日子到底在什么地方呀? 可怜把我们真是急死了。你爸爸说你一定上山寻觅茄利去了,所以我们才想你也被猛兽害了性命,因此倒叫我们天天为你伤心。这真是老天保佑,你居然平平安安地回来了,叫我们又欢喜又伤心哩!

露娜说着话,忍不住含了笑容流下泪来。这时士明也收束了泪痕,一面急急地问他这半个月来究竟在什么地方安身? 振辉当然不敢说实话,遂圆了一个谎,低低地说道:

"爸爸,妈,孩儿确实是上山寻找茄利去的,但是我在荒林之中迷了归路,因此我只好在荒山上住下来。这样摸索了半个月,方才找到出路回家来。啊! 我想起山上的种种危险的遭遇,真是太可怕了,此刻叫我还有些心惊肉跳哩。"

"哥哥,那茄利可曾找到了没有呀?"

"茄利,唉,可怜它已经为了我死了。"

振辉听妹妹提起茄利,一时心中万分悲酸,眼泪忍不住又涌了上来。玛利伤心地哭了,士明却惊奇地问道:

"茄利为你死了吗? 这话怎么解释呀?"

振辉遂把自己山中遇虎,幸而茄利舍身相救,因此自己也逃了性命的话,向大家告诉了一遍。接着又叹息着说道:

"茄利真是忠勇极了,但可怜他是为了我牺牲了。"

"振辉你的胆子也太大了,如何偷偷一个人到这样危险的地方去呢,累我们急得日夜不安。我劝你以后千万不许这样胡闹,万一被猛虎伤了性命,你叫我们终身靠谁去呢?"

"爸爸,我以后绝不再偷偷地一个人上山去了,你老人家原谅我吧。"

"振辉,恐怕你还没有吃过晚饭吧?"

"是的，妈，我肚子还很饿呢！"

露娜听了，遂急急到厨房里去把饭菜端出来。振辉整整有半个月不曾吃饭了，他此刻吃着淡饭，也觉得特别香甜有滋味。玛利见哥哥一连吃了四碗饭，这就又笑又同情地说道：

"可怜！哥哥，你这半个月的日子中拿什么来充饥呢？"

"我……没有办法，只好捕捉那些小动物来当饭吃。一个人饿的时候，连草根树皮都吃得很有味道哩，所以我哪里还管得了血淋淋带着毛的东西呢？"

振辉这两句话倒把大家又说得好笑起来，士明忽然想起了什么似的，又连忙问着他说道：

"你带去的那支快枪呢？怎么遗失了吗？"

"半个月来的日子，子弹早已开完了。后来遇到了猛兽的时候，我拿枪柄作为自卫的武器，所以在有一次和一只黑熊搏斗的时候，那支枪杆竟被折断了，因此我也就丢了。"

振辉在不得已的情形之下，只好随机应变一连串地说着谎话。大家听了，当然很是相信，还代为他连声叫着好险。振辉吃完饭，洗过脸，士明又向他教训了一顿，振辉连声称是，一味服罪。士明于是也没有什么话再可说他了，便叫他早些休息去。振辉这会儿睡在软绵绵的床铺上，想着这半个月来在荒林中的生活，真有说不出的感慨。

次日下午，振辉先到理发店里去剃头修面，然后匆匆地到咖啡馆里来找白咪咪。咪咪在这半个月的日子中也早已得知振辉失踪的消息，芳心里虽然闷闷不乐，但她也没有办法。好在追求她的男子不少，咪咪在和别的男子们的欢笑中，把振辉失踪的烦闷自然也慢慢地遗忘了。但万不料今天忽然见振辉又翩然地降临了，因为振辉的脸比别的男子漂亮，所以咪咪立刻又欢天喜地奔了上来。不管店里还有许多食客在喝咖啡，她就紧紧地抱住了振辉脖子，笑盈盈地叫道：

"振辉，你这些天来的日子究竟在什么地方呀？可怜我听到你失踪的消息，我为你真不知流掉了多少眼泪呢！"

"这事情说来话长，你不要着急，让我坐下来详详细细地告诉你吧。"

振辉情不自禁地把她拥抱了一会儿，一面拣个桌坐下，一面笑嘻嘻地说。咪咪先去倒了一盅咖啡给他，然后坐在他的身旁，又连连地追问他。振辉暗想，她虽然是我的爱人，但这些秘密也不能告诉她知道的。于是拍了拍她的肩胛笑道：

"你不要性急，我是到荒林中寻找我的茄利，因此迷了路，就被困在荒林中了。"

"啊呀！我听赵二和在这儿向人家告诉说荒山上竟出了妖怪，你的胆子可真不小，为了一只狗，难道连你自己的性命也不顾全了吗？唉，真是把我急都急死了。"

咪咪一面惊慌地说，一面偎在他的肩头，表示非常多情关怀的样子。

振辉笑了一笑，却毫不介意地说道：

"哪儿是什么妖怪呢？赵二和原是庸人自扰之。"

"你知道不是妖怪？那么赵二和的哥哥不是被妖怪杀了吗？"

"这个是赵二和因为急昏了的缘故，其实他不是什么妖怪，原是和我们一样的人。"

振辉被她亲亲热热地一偎一靠，因此心中有些混陶陶的，不免糊里糊涂地说出了这两句话。咪咪听了，自然奇怪起来，遂急急地问道：

"你说的什么？难道山上真有一个可怕的人吗？"

“没……有的，没……有的。”

振辉被她这样一问，方才猛可理会过来，慌忙急急地掩饰，说话的语气不免有些口吃的成分。咪咪见他神情慌张，这就有些疑心起来，嗯了一声，缠绕着不依说道：

“这又不是什么重要的军机大事，你为什么要瞒着我呢？山上到底出了什么怪人呢？你一定瞧见过他，你快些说给我听吧！”

“不要大声地说话，我回头说给你听。此刻人多耳杂，我不便说，防外人听见，闹开来不大好的。”

振辉见她撒痴撒娇地说，一时只好放低了声音，向她认真地叮嘱。咪咪看他这么神秘的样子，于是点头说声你等会儿得告诉我，便站起身子自管做买卖去了。过了一会，食客散了大半，咪咪方才又回到振辉的身旁，再三问他荒山上究竟出了什么怪人？振辉握住她软绵绵的手儿，微笑着说道：

“你为什么一定要追根究底地问这些无关紧要的事呢？”

“我这人的脾气就是这个样子，要么你索性不说出来，吞吞吐吐地只说一半，那叫我心中会难过死的。”

“你一定要我告诉，那我也只好说给你听。因为你是我的爱人呢。”

咪咪听他这样说，心里不觉有些甜蜜蜜的。遂把粉脸直偎到他的颊上去，秋波盈盈地斜乜了他一眼，笑道：

“既然你我真心相爱，那你我之间还有什么话不能说吗？”

“不过我告诉你之后，你千万不能告诉别人。因为我已经答应人家给他严守秘密，假使你给他传扬开去，万一发生了什么意外，那叫我就对不住人了。”

“你放心，我绝不会告诉别人的，你就爽爽快快地说给我听吧。人家越是心急，你却越是慢吞吞地啰里八唆，这不是急惊风碰着慢郎中了吗?"

咪咪整个的娇躯躺倒在振辉的怀中,还扭怩着腰肢发嗲劲。振辉这就越发神魂颠倒起来,遂含了甜蜜的微笑,把自己在山上遇到一个怪人的经过情形,从头至尾地告诉了一遍,并且说道:

"咪咪,所以我想有机会再到山上去走一次,假使和他合作经营皮货生意,这不是稳稳地可以发财吗?因为杀死几只猛兽,我看他不费什么力气,好像是件十分容易的事情呢。"

"这种财我劝你还是不要去发吧。因为这到底是太危险了,我不情愿你再到这种危险的地方去。"

"其实这也算不得是危险,我在山上住了半个月的日子,现在胆量是更加大了。咪咪,我若有发财的机会,那我们不是也可以提早结婚了吗?"

"话虽这么说,但我终觉得你还是不要去的好。因为叫我在这儿提心吊胆,替你感到多么忧愁啊!"

"你别急呀,我还没有上山去呢,那么将来再商量吧。"

振辉不忍使她心中感到难过,就只好低低地安慰她说。

两人喁喁谈了一会儿,振辉方才告别走了。咪咪刚欲回到账柜上去,忽然见一个青年脸色铁青地走了过来,向咪咪冷笑一声说道:

"咪咪,你这女子太不诚实了,既然你并不忘情于这个姓许的小子,那你为什么还要来爱上我呢?"

"咦!连平,你什么时候进来的呀?"

咪咪回头一瞧,原来是贾连平。他也是竭力追求咪咪的一个青年,上次为了咪咪,和振辉争风吃醋还大打过一场,自从振辉失踪之后,连平趁此机会,就更加向咪咪献殷勤讨好。咪咪以为振辉死在荒林之中了,所以也就移爱到连平身上来了。两人半个月来的爱情打得火一般的热,连平家中很有些钱,所以一会儿送她金戒指,

216

一会儿送她衣料丝袜，倒也花了不少钱。万不料振辉会没有事，居然平平安安地回家来了，所以咪咪的心里倒有些左右为难起来。不过她是个放浪不羁的少女，在她以为一个女子爱上两个青年，那也不算一件稀奇的事，所以她预备两面敷衍，使他们都能满意，那就相安无事了。不料自己刚才对振辉亲热的举动，却被连平看见了。此刻被连平一责问，她芳心里不免有些着慌，不过表面上还镇静着态度，故意显出若无其事的样子，向他笑盈盈地问。

连平带着愤怒的神情，讽刺她说道：

"哼，你的魂灵早已飞到这小子身上去了，如何还会注意到我呢？"

"连平，你少说这些吃醋的话，你刚才为什么不当面走过来责备我？此刻放什么马后炮？"

"要不如他的牛力厉害，我就恨不得走上去量他几个耳光哩！"

"嘿！你怕他的拳头吗？大丈夫这么胆小，还有资格和人家来抢夺爱人吗？真是一个不中用的小子。"

咪咪连声地冷笑，噘了小嘴，又向他冷讥热嘲地讽刺。贾连平气得猛可跳起来，伸手一把抓住咪咪的手，恶狠狠道：

"你这个没有良心的女人，你叫我死在他的拳头底下吗？你这个水性杨花的女人，你不是存心玩我吗？"

"瞧你这个人一点儿忍耐性也没有，何必气得这个模样呢？快跟我坐下，我有话对你说呀。"

咪咪见他愤怒的样子，她倒又含了一副媚人的笑脸，拉了他到桌旁椅子上一同坐下，秋波斜乜了他一眼，却又嗲声嗲气地说。贾连平到底在她柔媚的手腕下软化下来，不过他还有些余怒未消的样子，说道：

"你还有什么话要对我说呢？我现在爽爽快快地问你，你到底爱我还是爱他？免得叫我尝到失恋的痛苦。"

"我老实地说吧，在过去我原是爱他的，后来他失踪了半个月，我以为他死在荒林中了，那么我自然是爱上你了。"

"那么现在他又回来了，你便把我抛弃了是不是？"

连平不等她说完，就向她冷笑着问。

咪咪把身子靠向他的怀内去，抬了粉脸，眉开眼笑地逗了他一个娇嗔，说道：

"我的话还没有说完哩，你性急什么呀！这半个月来，我觉得你的人确实也不错，所以我虽然爱他，但我也深深地爱上了你。"

"这……难道你可以爱上两个男子的吗？"

咪咪抚摸着连平的面颊，显得十分温情的样子。连平虽然也得了一些安慰，不过他又非常着急地问她。咪咪咯咯一笑，挽他的脖子，嗲声地说道：

"我也许会只爱上你一个人，不爱振辉的。但是他还只有今天刚回家来，我难道无缘无故地和他翻脸吗？所以我暂时的当然也只好向他敷衍敷衍啊！谁知道你就酸溜溜了，那不是让我感到好笑吗？"

"你这话是真的，还是假的？"

"当然是真的，难道还骗你不成？"

"假使是真的，那我今天又带来一样礼物送给你。"

"是什么东西呢？"

"喏，你瞧，是枚金别针，你若别在身上，真是漂亮极了。"

连平听了她这些甜言蜜语的话，心中自然暗暗欢喜，遂在袋内取出一枚金别针，还亲自给她别在衣襟上。咪咪低头一看，见上面还有几颗亮晶晶的小钻石编成一朵花儿，十分的耀人眼目，一时觉得这只别针非常名贵，心中一欢喜，便咧开小嘴忍不住得意地笑起来。连平趁此机会，就把她紧紧地搂住，在她小嘴上接了一个甜蜜的热吻。谁知道正在这时候，振辉忽然去而复回，他是想和咪咪约定今天晚上在小河边会谈游玩，因此竟撞破了他们的秘密。当时振辉见了咪咪和连平热吻的情形，心头的刺激真是太厉害，只觉一股子妒火，向头顶上直蹿。这就猛可抢步上前，把拳头在他们桌子上狠命地一击，大声骂道：

"好啊，原来你们的热情早已到了这般程度了，你这个不要脸的贱人！你还假意地来瞒着我吗？"

这冷不防的一声大喝，在咪咪和连平心中真是意想不到的事情，当时震惊得立刻分开身子，连忙站起，向前一望，见是振辉站在面前，两人的心头立刻像小鹿般地乱撞起来。连平恐怕振辉动手来打自己，所以吓得灰白了脸，急急地又退后了两步，全身几乎有些发抖。咪咪虽然是个善于交际的姑娘，但在这个时候，却也呆呆地说不出什么话来了。

振辉见他们愕住着，遂又冷笑道：

"我今日才知道你是个无耻的女人！我们从此一刀两断，你爱别人，我原没有能力束缚你的自由。算我瞎了眼珠，看错了人，不要脸的东西。"

振辉恨声不绝地骂完了这两句话，便别转身子，向外直奔。咪咪被他骂得两颊绯红，无限羞愧。因为振辉的英雄气概确实可爱，所以她倒又悔恨不该和连平亲吻，这就赶奔上去，拉住振辉说：

"你不要生气，听我说话呀。"

但振辉这时候根本气愤得快要疯狂了，他哪里还会听从咪咪的话。这就把她狠命地一推，咪咪站不住脚，仰天跌倒，痛得哇的一声，忍不住放声大哭。但振辉对他再也没有半点儿爱怜之意，早已飞奔得不知去向了。

五、孽冤算清空余泪

　　许振辉发疯般地奔出咖啡馆，心中愤怒得跟什么似的，好像恨不得要把谁抓来痛痛快快打一顿的样子。但当他奔到家门口的时候，方才把怒气消失了一些，心中暗暗想到：年老的人到底眼光比较准确一些，记得爸爸曾经对我劝告过，说咪咪这个姑娘的容貌虽美，但性情有些近乎浪漫，恐怕不是个爱情专一的女子。当初我听了爸爸的话，心中还觉得颇不以为然，谁知今日看来，她果然是一个水性杨花的女人，那我真是瞎了眼珠了。

　　振辉一面想，一面跨步走进院子，他的神情，此刻又显得非常颓丧的样子。玛利齐巧从屋子里奔出来，一面还咯咯地笑着，仿佛和什么人闹着玩儿的神气。她抬头一见振辉，便躲到哥哥背后，拉了他的衣服叫道：

　　"哥哥，你快来救救我呀！妈要打我哩。"

　　"你这小姑娘真是太顽皮了，我非打你一顿不可。"

　　露娜果然从屋子里追出来，笑骂着说。振辉忙问什么事呀，露娜抬头见振辉脸色很不好看，这就丢过了玛利的事情，很惊异地望了他一眼，关心地问道：

　　"振辉，你怎么啦？脸色很不好啊。"

　　"没有什么，我有些头痛。"

　　"哥哥，你一定乏力了，我陪你到房中去休息一会儿吧。"

玛利趁此机会，拉了振辉的手，一同到房中去了。露娜在后面跟着进房，伸手摸他的额角，觉得并没有什么热度，遂给他倒上了一杯茶，说道：

　　"你躺会儿吧。要不喝口茶？"

　　"我没有什么事，你放心好了。"

　　振辉接了茶杯，低低地说，表示有些感谢的意思。露娜遂叫玛利在房中陪伴着振辉，她到外面去料理家务去了。振辉喝了一口茶，把茶盅放在桌子上，他深长地叹了一口气。玛利两只小眼睛呆呆地望着哥哥出神，忽然她很玲珑地问道：

　　"我瞧哥哥好像有什么忧愁的事情，莫非你在外面和谁斗了气吗？"

　　"不是……"

　　"那么你干吗长吁短叹呢？我猜你心中一定有不如意的事。"

　　振辉想不到幼小的妹妹竟也会鉴貌辨色地猜中了自己的心思，这就拉了她的小手，倒是愕住了。玛利忽然哦了一声，笑道：

　　"哥哥，你不回答我，我也有些猜到了。"

　　"你猜到什么了呀？"

　　"我猜到你和咪咪小姐闹了意见，所以闷闷不乐地回家来了，是吗？"

　　"嘿，你这小姑娘的本领倒不错，我很佩服你的聪明。"

　　玛利见哥哥嘿的一声笑起来，老实地说出了这两句话。一时反而皱了眉尖，很焦急的神气，问道：

　　"哥哥，你们不是爱情很好吗？为什么好好的吵起架来了呢？"

　　"妹妹，你快别提了，真叫人气破了肚子，咪咪这个贱东西，她没有真心的爱，送旧迎新，完全和妓女差不多。"

　　"哥哥，你不要这样侮辱咪咪小姐，也许你们彼此之间发生了误会，那你不是冤枉了好人吗？"

"好人？哼！是我亲眼目睹的事情，那如何还会冤枉她呢？"

"你瞧见了什么呀？"

振辉被妹妹问得满脸显现了愤怒的颜色，握了拳头，恨恨地大骂了一声"他妈的"，咬着牙齿，说道：

"她和一个男人抱着在亲嘴，这还不是贱东西吗？"

"哎哟，那真是要死了，不怕难为情吗？"

玛利虽然是个小姑娘，但她也知道一个女人和一个男人亲嘴，这是一件难为情的事情。所以她"哎哟"了一声，一面说，一面却神秘地笑起来。振辉兀是怒气冲冲地骂道：

"她要懂得怕难为情，也不会这么浪漫了。"

"哥哥，照你这样说来，她是另爱别人、不爱哥哥了是不是？"

"这还用问吗？哼！女人都不是好东西。"

玛利听哥哥这样骂着，因为她本身也是一个女人，所以小心灵里也觉得很不服气，遂逗了他一个白眼，说道：

"哥哥，你骂女人都不是好东西，这句话未免骂得没有道理！难道妈和我也不是好东西吗？我们不也是女人吗？"

"你们当然不在其内，妹妹何必多心呢？"

振辉倒是被玛利问得哑口无言，因此反而忍不住笑起来了，遂拍拍她的肩胛，低低解释。

玛利却一本正经地说道：

"女人不一定个个都是坏的，有坏的，当然也有好的。我劝哥哥也不必难过，咪咪小姐既然爱上了别人，那么你也可以去爱别个姑娘呀！难道这村子里就只有她一个姑娘不成？"

"妹妹，你这话对极了，我也可以去爱别个姑娘呀。"

玛利这一句话倒是把振辉提醒了过来，他欢喜得猛可站起身子，十二分兴奋地说。

　　玛利见哥哥忽然又高兴得这个样子，一时奇怪得目定口呆，笑嘻嘻地问道：

　　"哥哥，那么你是否已经另外有个对象了？"

　　"是的，妹妹。这个姑娘姓鲁名叫裴丽，年纪还只有二十岁。"

　　"她的容貌和咪咪相较，谁生得更美丽呀？"

　　"照我看来，咪咪还不及她的美丽呢。妹妹，我此刻立马就去一次，我要和裴丽小姐去谈谈哩。"

　　振辉一面说，一面已向房外走了。玛利从后面追出来，笑道：

　　"哥哥，你不是有些头痛吗？"

　　"不，我头痛已经完全好了。"

　　"这是妹妹把你医好的，回头你得谢谢我哩！"

　　玛利怪俏皮地说，她忍不住又咯咯地笑了。振辉也忍不住暗暗好笑，但他此刻也来不及回答，早已飞步奔到大王庙隔壁的裴丽家里来了。

　　裴丽见振辉隔不了一天又匆匆来望自己，当然十分欢喜地殷勤招待，振辉此刻在白天之中见到裴丽的容貌，觉得真是娇媚到了极点。虽然是乱头粗服，但和咪咪的浓妆艳服相比，反而更觉得有种幽静清丽的风韵。这就笑嘻嘻地问道：

　　"裴丽小姐，你姨妈的病可好些了吗？"

　　"谢谢你，她今天看了医生，服了药后，就好得多了。"

　　"她老人家的病好了，真叫人欢喜。"

　　"这事全仗您许先生大力哩。"

　　裴丽明眸脉脉地含情望了他一眼，低低地说，似乎包含了无限感激的意思。

　　振辉倒有些莫名其妙的样子，怔怔地问道：

"怎么全仗我呢？我又不曾给你姨妈开方子吃药，这是全仗医生的大力呀！"

"唉，假使没有钱，医生如何肯给我们开方子？就是开了方子，也没有钱去抓药。昨天晚上我没有办法，只好到大王庙里去磕头求神，保佑我们穷人早占勿药。谁知路上就碰见了你许先生，其实许先生倒实在是个真神。然而我见了真神反而逃避，却拼命去拜求那泥塑成的假神，世界上的人大都如此，你想可笑不可笑呢？"

振辉见她十二分诚恳地说出了这两句话，一时虽然非常得意，但却也觉得有些难为情，忍不住红了脸，连连摇头说道：

"裘丽小姐，你这话说得我太不好意思了，我如何敢当这么的夸奖呢？况且，我……我又没有怎么帮助过你们呀？"

"咦，你不失信用地把皮货送到我家，因此我就可以把皮货托徐伯伯给我卖去，所得的钱不但可以给姨妈请医生服药，而且还可以给我们维持日常生活，那我们的困难还不全部都是许先生来解救的吗？"

"哦，原来你说的是这个，其实这是我受人之托，应该忠人之事，那是青年应尽的责任，这也算不得什么呀！"

振辉方才恍然大悟，便哦了一声，一本正经地回答。

裘丽方欲再说什么，忽听房中的曼华叫道：

"裘丽，是什么人来了？"

"姨妈，是许先生来望你老人家了。"

振辉今天的来意，老实说，他是望裘丽来的。如今被裘丽这么一说，他当然又觉得难为情，遂又只好说道：

"裘丽小姐，我们进去望望她老人家好吗？"

"那当然好的，许先生，您请呀！"

裘丽向他秋波一转，还很有礼貌地把手一摆，表示请他入内的意思。振辉于是跨步入房，走到床边。只见曼华已倚床而坐，振辉连忙鞠了一躬，说道：

"老太太，你不要客气，只管躺下来好了，你的病才好一些，倒不要又累乏了，那可叫我心中很不安啊。"

"姨妈，许先生是真心话，你还是躺着吧！"

裘丽走到床边，于是把曼华轻轻扶下，低低地劝告说。

曼华向振辉点点头，表示无限感激的意思，说道：

"许先生，你真是个好人，遇到了你这样的好人，我们好比是在沙漠中得到了甘露一样，有了救星啊。"

"哪里哪里，你老人家这么一说，叫我太不好意思，以后我倒还得多尽我力量来照顾你们才好哩！"

"许先生，你肯多照顾我们，这真是我们前世修来的好福气了。"

振辉听裘丽笑盈盈地说了这两句话，而且秋波脉脉含情，一时自己心头不免有些甜蜜蜜的滋味，呆呆地望着她的粉脸，笑道：

"裘丽小姐说得太客气了，假使你们需要我照顾，那我还会不竭尽心力地负责任吗？"

"许先生，我们真是太需要你来照顾了，瞧我们老的老，少的少，一个多病，一个又是娇弱的女孩子，我们真是太苦了。"

"姨妈，我们现在有了许先生，那以后我们就不苦了。"

振辉被她们娘俩你一句她一句，说得满心眼舒服极了，于是他便决心预备爱上这个裘丽小姐了。大家又谈了一会儿，不知不觉天已夜了。振辉不好意思再留恋下去，于是起身告别。裘丽留他吃饭，振辉恐怕家中记挂，遂婉谢而出。裘丽一直送到大门外来，振辉见她依依不舍的样子，这就情不自禁握住她的纤手，只觉软绵绵的柔若无骨，令人爱不忍释，遂微笑着说道：

"裘丽小姐，你明天下午有空闲时间吗？"

"怎么？许先生预备叫我到什么地方玩去吗？"

裴丽这姑娘虽无师旷之聪，但也颇能闻弦歌而知雅意，她乌圆眸珠一转，却笑盈盈地向他反问了这两句话。

振辉把她的手儿摇撼了一阵，忍不住得意忘形地笑道：

"对呀，裴丽小姐。你真像我的心一样，怎么一猜便猜到了。"

"那么许先生预备叫我到哪去玩？"

裴丽听了这话，真是又喜又羞，粉脸红得像一朵娇艳的玫瑰花，秋波斜乜了他一眼，忍不住也赧赧然地笑起来。

振辉说道：

"明天下午两点钟，你若有空，请你到甜蜜咖啡馆去喝盅咖啡，你能赏光吗？"

"恭敬不如从命，那我当然一定到的。"

"如此一言为定，那我在那边专诚恭候。"

振辉含笑说着，方才匆匆告别，十分得意地回家去了。

次日下午一时敲过，振辉先急急地到甜蜜咖啡馆里去等候裴丽了。咪咪一见振辉又来了，还以为他有些懊悔昨天的举动太鲁莽，所以今天来和自己言归于好的了。这就满含了娇笑，亲自倒了一盅咖啡，送到他的桌子旁去，柔声地说道：

"冤家，你昨天为什么火气这样大？我并没有变心，我完全是真心爱你的。我……对于贾连平这小子根本就没有一点儿爱他的成分呀！我们几年的朋友了，难道你就一点儿不明白我的心吗？"

"你没有爱他的成分，你就给他抱住了亲嘴。那么你要有爱他的成分，只怕你马上把裤子都脱了下来了。"

振辉冷笑了一声，板了面孔，用了冷讥热嘲的口吻，向她毫无感情地讽刺。

咪咪被他这么一说，真是又羞又恼，又怨又恨，也生气地说道：

226

"振辉，你这是什么话？你不应该这样侮辱我呀！你拿我当作什么人看待了呀？"

"我拿你当作水性杨花的荡妇看待，哼！个个男子都可以吻的嘴，你这张嘴还值得了多少钱呢？"

咪咪听振辉不肯放松，还是那么难堪地责骂自己，一时心中虽然也有些悔恨，不过究竟也气愤极了。她眼皮一红，却忍不住哇的一声哭起来。振辉拿了咖啡盅子，自管地喝着，兀自逍遥自在地并不理睬她。

就在这个当儿，忽然见裘丽已匆匆地推门进来。裘丽今天打扮得很清洁、优雅，头发梳得光溜溜的，脸部还经过一番人工的化妆，所以显得格外美丽。振辉早已很快地站起，抢步奔了上去，紧紧地握了她的手，笑道：

"裘丽小姐，我等了你好一会儿了，快到这儿来坐吧。"

"我也恐怕你等得心急，所以还赶早半小时来，你瞧表上的时刻，两点还没有到哩。"

裘丽秋波斜乜了他一眼，羞答答地向他嫣然一笑，低声地回答。

振辉听了，亲热地扶她在桌子旁坐下，笑道：

"你不知道，等心上人原是最心焦的事情呀！喂，再拿盅咖啡来。"

振辉这两句话故意说得响亮一些，也无非存心气气咪咪的意思，而且还回过头去，完全拿了主客的态度向咪咪吩咐着说。咪咪在裘丽进门的时候，已止了哭声。此刻见振辉这么对裘丽，同时又如此对自己，两相比较，实有天地之别。你想，她的芳心里如何不要妒火中烧，愤怒得跳起来呢。这就猛可地坐到振辉身旁去，一手拉住振辉衣襟，一手直指到裘丽粉脸上去，带泣带骂道：

"好啊！好啊！原来你这个黑心肠的人，另外有了这个小贱人，所以故意借口来抛弃我吗？天下没有这么容易的事情，你得赔偿我的损失，否则，我不会放过你们的。"

咪咪说完这几句话，却滚在振辉的怀内，放声大哭起来了。裘丽对于这冷不防的情形，倒是弄得不胜惊异，忍不住问了两声怎么啦，竟是呆呆地愕住了。振辉觉得咪咪这种泼辣的手段，明明是想破坏我们的爱情，所以非常愤怒，立刻把她推开，怒气冲冲地说道：

"你……你这女人莫非疯了吗？好不知廉耻的贱东西！给我快点滚开吧。"

"振辉，你……你动手打我好了，我情愿死在你的面前，你这个玩弄女性的强徒！你有了新人，就把旧的都忘了吗？我想不到你竟如此狠心，我……也不要做人了，我就和你拼了吧。"

咪咪被他一推，身子早已跌向地上去了，因此她芳心中越发愤怒起来，一面滔滔地骂，一面猛可站起身子，又狠命地扑到振辉身上去了。

裘丽听了咪咪这些话，心中不免疑窦丛生，暗想：莫非振辉果然是一个伪君子吗？假使他真的是玩弄女性的黑心人，那我将来不是也会上了他的当吗？这就连忙急急地问道：

"你们两人到底怎么一回事呀？快些告诉我，我马上可以给你们解决的。你这位小姐难道是许先生的太太吗？"

"裘丽小姐，你不要听她这个贱女人胡说八道，她这种水性杨花的女人有资格做我的太太，她真是做梦。我老实告诉你，她虽然是我一个女朋友，但是她已另外爱上了别个男人，我和她根本是毫无半点儿关系的。喏！喏！喏！你瞧，这个贾连平小子来了，他就是这个贱女人的情夫呀！"

振辉听裘丽这样说，显然在她心中有些怀疑自己是个不正当的青年了，这就急得涨红了脸，慌慌忙忙地辩白着说。忽然他又瞥见贾连平从外面匆匆而入，于是立刻伸手一指，又向裘丽急急地告诉。

　　贾连平因为还不知道究竟是为了怎么一回事情，他只见咪咪恶狠狠地拉住振辉，好像是和他拼命的样子。因为生恐咪咪吃他的亏，所以他是连忙三脚并两步地奔上来，把咪咪拉过一旁，说道：

　　"咪咪，你何必这样地自伤身子哩？我劝你还是死了心把他抛开了，难道我的人品还及不上他吗？老实说，我家产也比他多上十倍呢！"

　　"许先生，我在这儿站不下去了，我要走了。"

　　"好，我们一块儿走吧。"

　　裘丽有些看不入眼地说。她心中也弄不明白这究竟是怎么一回事，所以她蹙了眉尖，表示非常失望而又扫兴的神气，低低地说。振辉也巴不得早些离开这儿，免得事情闹得不可收拾，于是扶了裘丽的身子，把那盅咖啡的钱往桌子上狠狠地一丢，和裘丽便匆匆地走出了甜蜜咖啡馆。

　　"许先生，这咖啡馆叫什么名字？"

　　裘丽走出了甜蜜咖啡馆之后，却又怪俏皮地问。

　　振辉却并不知道她心中有神秘的作用，遂老实地回答她道：

　　"叫甜蜜。"

　　"我说这名字取得不好，应该叫作酸溜溜才对。"

　　"那为什么呢？"

　　"瞧我一进门还没坐定，连咖啡的气味都还没闻到呢！谁知你们竟闹了一场醋海风波，这还不是取作酸溜溜的名字比较切贴而合乎实际吗？"

　　振辉想不到裘丽会说出这几句幽默的话来，一时觉得这姑娘真是聪明得可爱，忍不住扑哧一声笑起来。但笑过之后却又用一本正经满含歉意的目光，望了她一眼，低低地说道：

"我真对不起裘丽小姐，原是请你出来喝咖啡的，谁知反而累你受了一场闲气呢!"

"那倒没有什么关系，不过我心里觉得很奇怪，而且也很不明白，我希望你对我坦白一些，能不能老实地告诉我，你和这位酸溜溜的小姐到底是怎么一回事情呢?"

裘丽微微地摇摇头，用温情的语气，向他笑盈盈地问。

这也不知道是事实呢，还是心理作用的缘故，在振辉眼睛里看起来，觉得裘丽小姐一举一动，一言一语，都使人感到十二分的可爱。这就紧紧地握住她的纤手，也温和地说道：

"你就是不问我，我也要向你坦白的。因为刚才被她这么一闹，这足以影响到我们俩的友谊关系。我真想不到这个贱人既然另爱了别人，还用这些泼辣的手段来破坏我们的感情，她的存心真也刻毒极了!"

"你说她另爱别人，她说你另有新人，究竟谁是谁非呢?"

"我知道你心中必定要怀疑，不过我总要把我的事情先告诉你听，至于信不信，那就由你了。"

"好! 那么你且说吧。"

裘丽见他一脸诚实的神情，严肃地回答。于是点点头，向他微微地一笑。振辉遂一面和她并肩走路，一面说道：

"这个女子名叫咪咪，她就是咖啡馆主人的女儿，在过去我和她确实很要好。不过她的性情有些浪漫，只要男人家跟她搭讪，她都会跟人家交朋友的。所以我爸爸的意思，对她就有些不满意。可我总原谅她的环境不好，因为她既担任了咖啡店的女侍者，和男子们接触的机会当然很多，有些地方也是免不了的事情。"

"你这句话说得不错呀，既然你能够原谅她的环境不好，那么又为什么骂她水性杨花呢?"

"裘丽小姐，你不要心急，我的话还没有说完呢。"

"那你快说下去，我听你说得有理还是没理？"

"自从我失踪之后，她也一点儿没有感到伤心着急的意思，而且马上又爱上了别人，就是刚才进来劝她的那个男子。起初我还不知道，昨天我回家了，自然先去望望她。她见了我，显出惊异万分的样子，因为她只知道我在荒林中被猛兽咬死了。这也不必说了，她当时对我非常亲热的样子，还说自从我失踪之后她流了不少的眼泪。我也不必研究她这些话是真是假，我当然非常感激她。大家谈说了一会儿，我就告别回家。但意想不到的是，我忽然又想约她明天晚上到小河边去游玩，于是我从半路又折回到她馆里去，万不料我就瞧到她和这个姓贾的男子抱在一起亲亲热热地接吻。裘丽小姐，你想，一个姑娘的小嘴是多么的珍贵呀，假使个个男人都可以和她接吻的话，那么这种姑娘是否是个妓女一般的贱东西呢？所以我气急了，我情愿今生没有妻子，我再也不情愿跟她往来了。你说吧，这是她负了我，还是我负了她？"

振辉滔滔不绝一口气向她说完了这一番话，似乎还有些余怒的样子，恨恨地叹了一口气。裘丽听他说得非常认真，自然也相信起来，一时默然无话可答，倒是愕住了。振辉接着又说下去道：

"假使她真心爱我的话，她如何能随随便便跟别的男子接吻呢？裘丽小姐，你倘若换作是我的地位，那你心中气不气呀？"

"我一点儿也不气，假使我的太太会交很多的男朋友，我才有面子哩！"

"照你说来，那你就希望我做一只乌龟吗？"

裘丽听他气愤地问自己，这就忍不住哧哧地笑起来了。振辉知道她是故意和自己说着玩的，方才又含了笑容，低低说道：

"裘丽小姐，我想你的用情一定很真挚专一的。假使需要爱上一个人，恐怕你就永远不会改变。我真不知道谁有这么好的福气，才能够给你深深地爱上呢？"

"可是我这个人笨得很，连什么叫作爱，我还有些不大知道。"

裘丽听他这样说，觉得他分明在打动自己的心的意思，一时红晕了粉脸，秋波斜乜他一眼，却故意装作木然无知地回答。

振辉微微地一笑，说道：

"那么难道有人向你求爱，你也不知道吗？"

"像我这样丑陋的姑娘，谁会来向我求爱呢？"

振辉听她回答得这样俏皮，于是紧紧握了她的纤手，十分诚恳的神情，低低地说道：

"假使我向你求爱，你能不能接受我的爱呢？"

"……"

"裘丽小姐，我是一番真心地爱你，你为什么不回答我呀？"

"我想你和咪咪小姐也许是一时的误会，因为我看咪咪小姐对待你那种吃醋的情形，显然她还有爱着你的意思，所以我倒希望你们有言归于好的日子。"

裘丽也是个细心的姑娘，她呆呆地沉吟了一会儿，方才回答了这几句话。振辉听了，不免有些难过的样子，愤愤地说道：

"我若再去爱这个无耻贱人，那我除非是畜生了。裘丽小姐，我这个人喜欢爽爽快快，你若认为我是个好人，那么你就答应我。否则，就让我死了这一条心吧，永远不想再和什么女人谈爱情。"

"许先生，你……你恨我吗？"

"不，我并不恨你，因为我觉得自己确实有些鲁莽。其实我和你还是初交，我如何冒昧地向你求爱呢？"

"许先生，你不要这样说，我第一次见到你，心里就觉得你这个人是挺好的。"

裘丽见振辉说完了话，还显出十二分颓丧的样子，长长地叹了一口气，于是连忙用了温情的口吻，向他低低地回答，这话中已有接受他的意思了。振辉听了，立刻又惊喜欲狂起来。不过他忽然又想到了什么似的，仍旧难受地摇摇头，说道：

　　"你这话，恐怕不见得吧？"

　　"为什么？难道你认为我戴着假面具吗？"

　　"因为你第一次见到我的时候，你不是怕我似的逃避了吗？"

　　"这……这……这不能算是第一次的。"

　　振辉这么一说，把裘丽的粉脸涨得通红起来，支支吾吾了一会儿，才勉强地辩白着说。

　　振辉忍不住笑问道：

　　"那么在哪一次才算是初次见面呢？"

　　"在我家里的时候才算第一次见面呀！"

　　"照你这么说，你是不是能接受我的爱呢？"

　　裘丽听了，赧赧然一笑，频频地点头，但立刻又难为情地低下头来。振辉方才欢喜得满面含了笑容，说声："裘丽小姐，我真是太感激你了。"两人的手也就越发握得亲热了。

　　从此以后振辉和裘丽感情一天天增进，情投意合，真可说是心心相印了。裘丽也时常到振辉家中去游玩，许士明夫妇也认为裘丽比咪咪小姐要温情贤淑得多，所以心里都非常欢喜。老夫妇背地里说着："裘丽小姐才是我家的好媳妇哩！"

　　振辉和裘丽既然是同出同进，俪影双双，时常在村子里出现，这给咪咪看在眼里，心中妒火不时地燃烧起来。所以她时常想用手段去陷害他们，就把振辉在荒林中遇到怪人鲁东生的事情，也全部说给贾连平知道。贾连平一听"鲁东生"三个字，知道他就是舅父的冤家对头，这就暗暗吃惊。你道贾连平的舅父是什么人？原来就

233

是孙国雄的护卫队长张大彪。大彪自从孙国雄被鲁东生暗杀之后，他就带领军队投奔刘治仁将军去了。后来军阀被打倒，大彪也就隐居在故乡，过着逍遥自在的生活。现在连平得知这个消息，便急急来报告大彪，说鲁东生还没有死，在荒林中居住着，振辉暗中和他还有些往来的。张大彪听了这话，心中大为震惊，恐怕东生知道自己的下落，还要向自己报仇，那么自己应该先落手为强，不然恐怕吃亏在他们的手里。于是吩咐贾连平暗中注意许振辉的行动，假使振辉到荒林中去的时候，便带了家中健仆们一同追踪前去，杀死鲁东生和振辉以绝后患。贾连平因为曾经受过振辉的殴辱，所以时常怀恨在心，今听舅父这么说，自然十分赞成。当下连声答应，便留心注意振辉的行动去了。

如此过了几天，连平打听到振辉和裘丽一同要到荒林中去见东生了，而且还知道裘丽就是东生的女儿，于是急急前来报告大彪。大彪一听，心中大喜，遂带了四个健仆，各怀武器，亲自追踪振辉去了。连平因为被好奇心冲动，而且也想去打个落水狗，所以当下也带了手枪，跟大彪一同去了。

振辉和裘丽当然不知道他们后面还跟了这一班作恶的强徒，所以两人只管急匆匆地赶路。不知不觉，早已到了大泽面前，振辉望了裘丽一眼，笑道：

"你会游泳吗？"

"稍许会些，这水深不深？"

"不深，没有关系，我们下水吧。"

振辉壮着她的胆子回答，两人于是蹿入水中，拼命地向对岸游过去。振辉见裘丽的水性也很不错，这就和她在水里游嬉起来。裘丽一面咯咯笑，一面向他告饶。正在这时，忽然浪花高涌，洪波翻动，水声怒吼起来。振辉知道有穿山甲来了，他才急急把裘丽抱在怀中，运用水中功夫，疾游到对岸去了。两人跳上对岸来，只见穿山甲张了血盆般的大口，还不停地追来。裘丽从未见过这样可怕的怪兽，早已吓得竭声大叫。振辉一面拉了裘丽向荒林中奔进去，一面笑道：

"别怕，别怕，回头更有毒蛇猛兽出现，那才叫你吓掉了小魂灵呢。"

"真的吗？那可怎么办？我们性命岂不是太危险了吗？"

"我早就跟你说过了，这是危险的地方，劝你不必来，但你自己一定要来，此刻怎么倒又胆子小起来了呢？"

"我不怕，我要见亲爱的爸爸，我什么都不怕了。"

"哎，对了，这才是个孝顺的好女儿哩。"

振辉见她拍拍胸脯，鼓着小嘴儿，似乎勇气百倍，这就感到她的可爱，便也拍拍她的肩胛，笑嘻嘻地说。这时耳中只听稀奇古怪的叫声，不时的在空中流动。两人携着手儿，一面向前走，一面注意四周的走兽。裘丽见有小鹿很快地奔跑，还有野兔子在草丛里乱窜，于是笑盈盈地说道：

"假使这山中只有这些小动物的话，那我不但并不害怕，而且还感到十二分有兴趣哩！"

裘丽这话还没有说完，忽然在草堆中发现了一条大蛇，心中一惊，忍不住抱住了振辉竭叫起来。振辉也早已发觉了，意欲开枪射击。但那条蛇一听竭叫之声，似乎吃了一惊，立刻游得不知去向了。振辉忍不住故意笑道：

"哪里来的什么蛇呀！这一定是你眼花了。"

裘丽忙着回头看去，果然已没有了蛇的影子了，一时暗暗奇怪，望着振辉的脸，笑道：

"我明明看见的，怎么一忽儿就没有了呢？"

"人怕蛇，蛇也怕人，它被你竭叫一声，便很快地游逃开去了。"

"原来我的叫声也有些效用哩！"

振辉听她说得有趣，觉得这姑娘真可爱，他情不自禁地勾住她的脖子，两人的脸差距便只有一寸光景了。裘丽赧赧然含笑问道：

"你呆望着我做什么呀？"

"我想亲你的小嘴。"

"被爸爸瞧见了，怪不好意思的。"

"你爸爸住的地方还有些路呢，他哪里就瞧得见呀。"

"那么你就吻吧。"

裘丽的热情也终于关不住了，她的樱口吹气如兰，还微微地凑上去。振辉一听得到了她的许可，心里这一快乐，真是乐得心花怒放。于是大着胆子低头下去，在她软绵绵滑腻腻的小嘴儿上紧紧地吻住了。两人正在热吻，忽然有人叫道：

"许先生，你多早晚上山来的呀？"

振辉裘丽突然被人一叫，急得慌忙分开了身子，裘丽回眸望去，先瞧到一个怪人，三分人样儿，倒有七分像鬼。她这一害怕，比见了刚才那条蛇还要吃惊，立刻掩了两眼，竭叫一声，忍不住要昏跌到地下去了。振辉回头望去，却反而十分欢喜地奔了上去，和那个怪人握了一阵手，笑着道：

"老先生，我们好久不见，快近一个月了吧，你的女儿也来了呢。裘丽，快过来，别害怕，这就是你的爸爸呀！"

振辉说着，又向裘丽连连招手。裘丽想不到这可怕得像个饿鬼似的怪人竟就是自己的爸爸，虽然有些疑心，但振辉这么说，自然也相信起来。这就急急奔了上去，猛可扑入东生怀里，叫了一声爸爸，却又放声大哭起来。东生怎么也想不到这个美丽的姑娘就是自己的女儿裘丽，他欢喜极了，但也伤心极了，抱住裘丽，眼泪也像雨点一般滚落下来。

振辉连忙说道：

"裘丽，你快不要哭了，倒又勾引起你爸爸的伤心来了。你们父女今日能够在这儿重逢，应该快乐才是呀!"

裘丽听了振辉的话，方才收束了泪痕，又向东生叫了一声爸爸。但东生推开裘丽身子，却把脸别转过去了。裘丽不知道东生什么意思，遂泪眼盈盈地说道：

"爸爸，你为什么不愿意见我? 你恨我吗?"

"不，裘丽，我的好女儿，爸爸爱你疼你，怕你见了爸爸这张丑脸会吓着呀。"

"不，爸爸，我不怕，我要见你这张可爱的脸，这张具有真正美的脸。爸爸，您这十几年来太苦了。"

裘丽方才明白爸爸是为了这个意思，她心中一阵感动，便又直奔到东生面前，呆呆地望着东生的脸，伸手抱住东生的脖子，又呜呜咽咽地哭了。东生也哽咽地说道：

"裘丽，整整十七年，爸爸丢下你，可怜你也太苦了，你姨妈身体好吗?"

"爸爸，女儿没有苦，姨妈待我很好的。她前些天生了几天病，后来得了爸爸的皮货，卖去了给她老人家请医生服药，她的病才好起来的。"

"可怜你们一个寡妇，一个孤女，这十七年来的生活，也够你们煎熬的了。这一个月中爸爸又杀死了好多只猛兽，兽皮都保存着，你们回家的时候带去吧。"

"爸爸，你就和我们一块儿回家去好吗?"

"唉，爸爸这张脸是见不了人，爸爸是不愿再离开这个荒林了。况且爸爸年纪老了，还有几年能在这个世界上做人呢?"

"爸爸，我要到你住的屋子里去看看，爸爸住在怎样的地方呀？"

"你爸爸住的是座挺好的小洋房，哈哈！"

东生一面回答，一面忍不住哈哈大笑起来，于是他们三个人一同向前走进去。万不料走了一程路后，忽然"砰砰"的两声放枪之声，接着只听东生哎哟一声叫喊，身子便向后仰天跌倒了。裘丽一见，早已急急地伏了下去，哭叫起来。振辉也大惊失色，立刻拔枪在手，向后一望。见树林内蹿入了几个人影，暗想，竟有人暗算我们了。于是瞄准了枪口，向那奔窜的人影也"砰砰"地放射了两枪。只见那两个人影就应声倒地了。振辉知道他们不敢再追上来了，于是慌忙把东生扶起来。只见东生胸口流了一大摊血，显然是中了枪伤。这就急急问道：

"鲁老伯，你怎么啦？你……怎么啦？"

"我想……在你们……上山的时候，一定有我的仇……人追踪而来，你们不……要管我，快……快……逃……命吧！"

东生虽然是受了重伤，但他心头还十二分清楚，便这么猜测地断断续续地回答。

裘丽忍不住抽抽噎噎地哭道：

"爸爸，我……悔不该叫振辉陪我到这儿来看望你，那……不是女儿害苦你了吗？"

"裘丽，现在不是哭的时候，仇人虽然被我打中了两个，但还有几个在后面悄悄地追上来了呢。我负了老伯，到小屋里去吧。"

振辉一面急急地说，一面就把东生负在背上，一手拉了裘丽，向那边小板屋里匆匆地奔逃。但这后面的枪声早已砰砰响了起来，有几个子弹打在了树干之上，便发出了嗒嗒的响声。振辉一面奔逃，一面回身向他们还击过去。振辉的射击技能原是非常精准，他射出的子弹真是百发百中，只见后面一个黑影又倒了下去。这时振辉把东生负到小屋门口放下，裘丽先急急走进屋子，要去扶爸爸一同入内。但东生却站在门口不动，手里已拔出腰间的利刃，单等着后面一个人影直奔到离自己约两三丈路的时候，他终于瞧清楚来人的面目，遂大声叫道：

"你这个该死的张大彪，看刀！"

东生的话还没有说完，手中的那把利刃早已抛了出去。东生这把利刃是专门杀猛兽用的，张大彪当然不及猛兽厉害，当下脑门上就被戳了一个正着。只听他大叫一声啊呀，身子早已跌倒了下去。东生见仇人死在自己手中，他就哈哈一阵大笑，刚才一股子硬拼的勇气已消沉下去，他再也支撑不住倒在地下了。

振辉俯身方欲搀扶东生，忽见后面跟着追上来一个男子，不是别人，就是贾连平。一时方才恍然大悟，遂大骂连平不该谋害自己。说时迟，那时快，枪声响起，连平应声而倒。接着又听"扑通"一声，原来有一个健仆，误踏捕兽陷阱，于是连枪带人一同掉落下去。振辉见前面并没有什么响动了，知道都死光了，方才把东生抱进屋子，只见东生奄奄一息，颤声说道：

"许……先生，你，你……爱裘丽吗？"

"老伯，我……爱……她的。"

"很好，你爱……她，我……就放心了，我……死后，裘丽就托付给你了。裘丽，好……孩子，你……你不要哭，爸爸……活着……也……没有意思，死……了……也……好，反……正……仇人……都给我们杀……了。你们把我埋在小屋子旁边，你……们就……快些找路……回……去吧。"

东生说到这里，声音已渐渐低沉，可怕的脸也沾满了无数的眼泪，他不住地喘气，终于连眼皮也合上了。裘丽连声叫着爸爸，她伏在东生的尸体上忍不住哀痛欲绝地大哭起来。振辉心中一阵悲酸，眼泪早已滚落而下。

这阴森森的荒林中充满了恐怖的鬼气。

虎啸狮吼的声音兀是震撼着山谷，小鹿和野兔子仍旧乱窜乱跳地奔跑，这个被人们认为是妖怪的鲁东生，却永远再见不到他的足迹了。

附　录

从鸳鸯蝴蝶派谈到冯玉奇小说

裴效维

《民国通俗小说典藏文库·冯玉奇卷》将收录冯玉奇的百余种小说作品，此举极其不易。现在，我愿以这篇文章给出版者呐喊助威。尽管我人微言轻，但我毕竟是一个中国文学的研究者，为鸳鸯蝴蝶派说些公道话是我的责任。

冯玉奇是一位鸳鸯蝴蝶派作家，因此我们要想了解冯玉奇，必须首先厘清有关鸳鸯蝴蝶派的一些问题。

一、何谓鸳鸯蝴蝶派

鸳鸯蝴蝶派作家平襟亚在《关于鸳鸯蝴蝶派》（署名宁远）一文中对鸳鸯蝴蝶派的来历说得很清楚：

> 鸳鸯蝴蝶派的名称是由群众起出来的，因为那些作品中常写爱情故事，离不开"卅六鸳鸯同命鸟，一双蝴蝶可怜虫"的范围，因而公赠了这个佳名。

——载香港《大公报》1960 年 7 月 20 日

可见鸳鸯蝴蝶派并不是一个有组织有宗旨的小说流派，而是因为当时流行的言情小说多写一对对恋人或夫妻如同鸳鸯蝴蝶般相亲相爱，形影不离，因而民间用鸳鸯蝴蝶小说来比喻这种言情小说，那么这种言情小说的作家群当然也就是鸳鸯蝴蝶派了。这种说法应该是可信的，因为民间常用鸳鸯和蝴蝶来比喻恋人或夫妻，很多民间文学作品中不乏其例。这一比喻非常形象生动，但并无褒贬之意，因此不胫而走。

传到新文学家那里，便加以利用，并赋予贬义，作为贬低对手的武器。但新文学家对鸳鸯蝴蝶派的界定并不一致，大致有两种看法。

一种看法认同民间的比喻说法，即将鸳鸯蝴蝶派小说局限为通俗小说中的言情小说，将鸳鸯蝴蝶派局限为言情小说作家群。鲁迅是这种看法的代表，他在1922年所写的《所谓"国学"》一文中说："洋场上的文豪又作了几篇鸳鸯蝴蝶派体小说出版"，其内容无非是"'卿卿我我''蝴蝶鸳鸯'"（载《晨报副刊》1922年10月4日）。又于1931年8月12日在社会科学研究会做了《上海文艺之一瞥》的长篇演讲，其中对鸳鸯蝴蝶派小说更做了形象而精辟的概括：

> 这时新的才子＋佳人小说便又流行起来，但佳人已是良家女子了，和才子相悦相恋，分拆不开，柳阴花下，像一对蝴蝶、一双鸳鸯一样。

> ——连载于《文艺新闻》第20、21期

此外，周作人、钱玄同也持这种看法。周作人于1918年4月19日在北京大学文科研究所小说研究会做《日本近三十年小说之发达》

的演讲中，就说现代中国小说"还有《玉梨魂》派的鸳鸯蝴蝶体"（载《新青年》第 5 卷第 1 号）。次年 2 月，周作人又发表《中国小说里的男女问题》（署名仲密）一文，认为"近时流行的《玉梨魂》，虽文章很是肉麻，（却）为鸳鸯蝴蝶派小说的鼻祖"（载《每周评论》第 5 卷第 7 号）。与周作人差不多同时，钱玄同在 1919 年 1 月 9 日所写的《"黑幕"书》一文中也说："人人皆知'黑幕'书为一种不正当之书籍，其实与'黑幕'同类之书籍正复不少，如《艳情尺牍》《香闺韵语》及'鸳鸯蝴蝶派小说'等等皆是。"（载《新青年》第 6 卷第 1 号）这种看法后来被人称之为"狭义的鸳鸯蝴蝶派"看法。

另一种看法却将鸳鸯蝴蝶派无限扩大，认为民国年间新文学派之外的所有通俗小说作家都是鸳鸯蝴蝶派，他们的所有通俗小说都是鸳鸯蝴蝶派小说。这种看法的代表人物是瞿秋白和茅盾。瞿秋白从小说的内容方面来扩大鸳鸯蝴蝶派小说的范围，他在《财神还是反财神》一文中说，"什么武侠，什么神怪，什么侦探，什么言情，什么历史，什么家庭"小说，都是鸳鸯蝴蝶派小说（见人民文学出版社 1953 年 10 月版《瞿秋白文集》）。茅盾则从小说的形式方面来扩大鸳鸯蝴蝶派小说的范围，他在《自然主义与中国现代小说》一文中认定鸳鸯蝴蝶派小说包括"旧式章回体的长篇小说""不分章回的旧式小说""中西合璧的旧式小说""文言白话都有"的短篇小说（载 1922 年 7 月《小说月报》第 13 卷第 7 号）。这种看法后来被人称之为"广义的鸳鸯蝴蝶派"看法，而且逐渐成为主流看法，以致后来的文学研究者都接受了这种看法。

新文学家不仅在鸳鸯蝴蝶派的界定问题上分成了两派，而且在鸳鸯蝴蝶派的名称上也花样百出。如罗家伦因为徐枕亚等人好用四六句的文言写小说，便称其为"滥调四六派"（见署名志希的《今日中国之小说界》，载 1919 年《新潮》第 1 卷第 1 号），但无人响应。郑振铎因为《礼拜六》杂志为鸳鸯蝴蝶派的主要刊物之一，便称其为"礼拜六派"（见署名西谛的《新文学观的建设》一文，载 1922 年 5 月 21 日《文学旬刊》第 38 号）。这一说法得到了周作人、茅盾、瞿秋白、朱自清、阿英、冯至、楼适夷等人的响应，纷纷采用，以致使用频率越来越高，知名度越来越大，终于成为鸳鸯蝴蝶派的别称了。于是"鸳鸯蝴蝶派"和"礼拜六派"两个名称便被新文学家所滥用。如郑振铎在《新文学观的建设》一文中称"礼拜六派"，而在《〈文学论争集〉导言》一文中却称"鸳鸯蝴蝶派"（见上海良友图书公司 1935 年 10 月出版的《新文学大系·文学论争集》卷首）。还有人在同一篇文章里既称鸳鸯蝴蝶派，又称礼拜六派。如阿英在 1932 年所写的《上海事变与鸳鸯蝴蝶派文艺》一文中说：张恨水的所谓"国难小说"，与"礼拜六派的作品一样，是鸳鸯蝴蝶派的一体"，"充分地说明了鸳鸯蝴蝶派的作家的本色而已"（见上海合众书店 1933 年 6 月出版的《现代中国文学论》）。

茅盾在 20 世纪 70 年代觉得统称鸳鸯蝴蝶派或礼拜六派都不合适，于是提出了一个折中的看法，他在《紧张而复杂的生活、学习与斗争（上）——回忆录（四）》中说：

> 我以为在"五四"以前，"鸳鸯蝴蝶派"这名称对这一派人是适用的。……但在"五四"以后，这一派中有不少人也来"赶潮流"了，他们不再老是某生某女，而居然写家庭冲突，甚至写劳动人民的悲惨生活了，因此，如果用他们那一派最老的刊物《礼拜六》来称呼他们，较为合式。

——载 1979 年 8 月《新文学史料》第 4 辑

事实是该派在"五四"前后没有根本变化，都是既写言情小说，又写其他小说，将其人为地腰斩为两段，既显得武断，又无法掩盖当时的混乱看法。

这些混乱的看法导致后来的文学研究者无所适从：或沿用"鸳鸯蝴蝶派"的说法（如北大本《中国文学史》和《中国小说史稿》、复旦本《中国文学史》和《中国近代文学史稿》等）；或沿用"礼拜六派"的说法（如山东师院本《中国现代文学史》等）；或干脆别出心裁地称之为"鸳鸯蝴蝶—礼拜六派"（见汤哲声《鸳鸯蝴蝶—礼拜六小说观念的价值取向及其评价》，载《苏州大学学报》1992年第 2 期）。这可真算是中国小说史上的一出有趣的滑稽戏了。

二、如何评价鸳鸯蝴蝶派

鸳鸯蝴蝶派的开山作品是 1900 年陈蝶仙的言情小说《泪珠缘》，因此鸳鸯蝴蝶派应该是指言情小说派，这也就是后来的所谓"狭义的鸳鸯蝴蝶派"，但被新文学家扩大为"广义的鸳鸯蝴蝶派"，实际上也就是民国通俗小说派。

鸳鸯蝴蝶派与同时期的"南社"不同，既没有组织，也没有纲领，而是一个在思想倾向和艺术风格上大体相同或相近的小说流派，连"鸳鸯蝴蝶派"这一招牌也是别人强加给它的。然而客观地说，鸳鸯蝴蝶派确实是一个产生过巨大影响的小说流派。在"五四"以前的近二十年间，它几乎独占了中国文坛；在"五四"以后的三十年间，虽然产生了新文学，但新文学只是表面上风光，而鸳鸯蝴蝶派却一派兴旺发达景象。我对"广义的鸳鸯蝴蝶派"做过不完全的统计：该派作家达数百人，较著名者有一百余人，所办刊物、小报和大报副刊仅在上海就有三百四十种，所著中长篇小说两千多种，至于短篇小说、笔记等更难以计数。在此前的中国文学史上，还没有哪个文学流派有过如此宏大的规模，产生过如此巨大的影响。

鸳鸯蝴蝶派由于规模宏大，又处在历史的一个巨变时期，其成员的确鱼龙混杂，其作品也良莠不齐，但总体来说，它形象地记录了中国二十世纪前五十年的历史，为中国读者提供了丰富的精神食粮，对中国小说的传承起过积极作用，因此应该给予充分的肯定。

鸳鸯蝴蝶派小说已经不是中国传统通俗小说的复制，而是一种改良的通俗小说。在形式方面，它既采用章回体，也采用非章回体，甚至采用了西洋小说的日记体、书信体等，至于侦探小说则更是完全模仿自西洋小说。在艺术手法方面，受西洋小说的影响非常明显，如增加了人物形象和景物描写，结构与叙事方式也趋于多样化，单线和复线结构并用，第三人称和第一人称叙述法兼施，还采用了倒叙法和补叙法。在内容方面，鸳鸯蝴蝶派小说已经扩大了描写范围，反映了当时社会生活的各个方面，甚至已经紧跟时事，及时反映当前的社会现实，被称为"时事小说"。如李涵秋的《广陵潮》描写辛亥革命，而他的《战地莺花录》则描写五四运动，这种及时反映当时发生的重大政治事件的小说，与多写历史故事的古代小说完全不同，显然是一大进步。鸳鸯蝴蝶派的言情小说，也不同于古代的才子佳人小说，而是一种新才子佳人小说。古代的才子佳人小说因面对森严的封建礼教，只能写才子与佳人偶尔一见钟情，以眉目传情或诗书传情的方式进行交流，最后皆是有情人终成眷属的大团圆结局。而这种大团圆结局完全是人为的：或出于巧合，或由于才子金榜题名，皇帝御赐完婚，这就完全回避了封建包办婚姻的问题。而民国年间的封建礼教已经在一定程度上松绑，尤其像上海、北京等大城市得风气之先，恋爱自由和婚姻自主思想已经渐入人心。因此有些鸳鸯蝴蝶派的言情小说也突破了古代才子佳人小说的窠臼，才子佳人已经敢于"相悦相恋，分拆不开，柳阴花下，像一对蝴蝶、一双鸳鸯一样"。其结局也不再全是有情人终成眷属的大团圆，而是"有时因为严亲，或者因为薄命，也竟至于偶见悲剧的结局……这实在不能不说是一个大进步"（鲁迅《上海文艺之一瞥》，连载于1931年7月27日、8月3日《文艺新闻》第20、21期）。言情小说由大团圆结局到悲剧结局的确是一个大进步，因为前者是回避封建包办婚姻礼制，而后者是控诉封建包办婚姻礼制。而这一进步的开创者是曹雪芹和高鹗，他们在《红楼梦》里所写的婚姻差不多都是悲剧。因此胡适称赞《红楼梦》不仅把一个个人物"都写作悲剧的下场"，而且最后"作一个大悲剧的结束，打破了中国小说的团圆迷信"（《〈红楼梦〉考证》，见1923年亚东图书馆版《胡适文存》）。可见鸳鸯蝴蝶派的言情小说在一定程度上继承了《红楼梦》开创的爱情婚姻悲剧模式，因而具有相当的反封建意义。我们可以徐枕亚的《玉梨魂》为例加以说明，因为该小说被新文学家指为鸳鸯蝴蝶派的代表性作品。

《玉梨魂》的故事很简单——清末宣统年间，小学教员何梦霞与年轻寡妇白梨影相爱，但两人均认为他们的这种行为是不道德的。为了得到感情的解脱，白梨影想出个"移花接木"的办法，即撮合何梦霞与自己的小姑崔筠倩订了婚。然而何梦霞既不能移情于崔筠倩，白梨影也无法忘情于何梦霞，结果造成了一连串的悲剧——白梨影在爱情与道德的激烈冲突下郁郁而死；崔筠倩因得不到何梦霞之爱而离开了人世；白梨影的公公因感伤女儿、儿媳之死而一病身亡；白梨影的十岁儿子鹏郎成了孤儿。何梦霞为排遣苦闷，先赴日本留学，继又回国参加了辛亥武昌起义（即辛亥革命），壮烈牺牲。

《玉梨魂》不仅描写了一个爱情婚姻悲剧，而且不同于一般的爱情婚姻悲剧。一般的爱情婚姻悲剧都是由封建势力造成的，即由包办婚姻造成的；而《玉梨魂》所写的爱情婚姻悲剧，其原因却是何梦霞和白梨影自身的封建道德。他们既渴望获得恋爱自由和婚姻自主的权利，又不能摆脱封建道德和封建礼教的束缚，两者激烈冲突，造成三死一孤的惨剧。从而揭露了封建道德和封建礼教的影响力是多么巨大，它已深入人们的骨髓，使其不能自拔。因此，它的反封建意义比一般的爱情婚姻悲剧更为深刻。

其实，新文学阵营也不是铁板一块，虽然大多数新文学家对鸳鸯蝴蝶派全盘否定，但也有少数新文学家态度比较客观，他们对鸳鸯蝴蝶派也给予一定的肯定。鲁迅是其中最突出的一位，他不仅认为某些鸳鸯蝴蝶派的悲剧言情小说是"一大进步"，而且不同意某些新文学家对鸳鸯蝴蝶派消极影响的夸大其词。他说：

> 至于说他流毒中国的青年，那似乎是过虑。倘有人能为这类小说所害，则即使没有这类东西也还是废物，无从挽救的。与社会，尤其不相干，气类相同的鼓词和唱本，国内非常多，品格也相像，所以这些作品也再不能"火上添油"，使中国人堕落得更厉害了。

> ——《关于〈小说世界〉》，载《晨报副刊》
> 1923 年 1 月 15 日

这种客观的观点与前述周作人无限夸大鸳鸯蝴蝶派作品能使国民生活陷入"完全动物的状态"乃至"非动物的状态"的观点形成了鲜明对比。当抗日战争爆发后，鲁迅更提倡文学界的抗日统一战线，主张团结鸳鸯蝴蝶派一起抗日。他说：

我以为文艺家在抗日问题上的联合是无条件的，只要他不是汉奸，愿意或赞成抗日，则不论叫哥哥妹妹，之乎者也，或鸳鸯蝴蝶都无妨。但在文学问题上我们仍可以互相批判。

——《答徐懋庸并关于抗日统一战线问题》，
载《作家》月刊第 1 卷第 5 期

鲁迅不仅提倡团结鸳鸯蝴蝶派一起抗日，而且主张新文学派与鸳鸯蝴蝶派在文学问题上"互相批判"，这种平等对待鸳鸯蝴蝶派的度量，也与那些视鸳鸯蝴蝶派如寇仇，必欲置诸死地而后快的新文学家形成了鲜明对比。

对鸳鸯蝴蝶派给予肯定的不只鲁迅，还有朱自清和茅盾。朱自清认为供人娱乐是中国传统小说的特点，因此不赞成将"消遣"作为罪状来批判鸳鸯蝴蝶派小说。他说：

在中国文学的传统里，小说……更是小道中的小道，就因为是消遣的，不严肃。不严肃也就是不正经，小说通常称为"闲书"，不是正经书。……鸳鸯蝴蝶派的小说意在供人们茶余酒后的消遣，倒是中国小说的正宗。

——《论严肃》，载《中国作家》创刊号

茅盾也承认鸳鸯蝴蝶派小说也"写家庭冲突，甚至写劳动人民的悲惨生活"。他还从艺术性方面对鸳鸯蝴蝶派小说给予一定肯定。

他认为鸳鸯蝴蝶派的有些长篇小说"采用西洋小说的布局法",如倒叙法、补叙法,以及人物出场免去套语、故事叙述"戛然收住"等等,这一切是对"旧章回体小说布局法的革命"。还认为鸳鸯蝴蝶派的有些短篇小说学习了西洋短篇小说"截取一段人生来描写,而人生的全体因之以见"的方法:"叙述一段人事,可以无头无尾;出场一个人物,可以不细叙家世;书中人物可以只有一人;书中情节可以简至只是一段回忆。……能够学到这一层的,比起一头死钻在旧章回体小说的圈子里的人,自然要高出几倍。"(《自然主义与中国现代小说》,载1922年7月10日《小说月报》第13卷第7号)

鲁迅、朱自清、茅盾毕竟属于新文学派,因此他们对鸳鸯蝴蝶派的肯定是有限的。我们应该摆脱成见与束缚,从中国文学史的角度,对鸳鸯蝴蝶派做出客观公正的评价。

三、如何看待冯玉奇的小说

我们澄清了以上有关鸳鸯蝴蝶派的三个问题,等于为介绍冯玉奇的小说提供了一个坐标,也等于为读者提供了一把参照标尺。读者用这把标尺,就可自行评判冯玉奇的小说了。

冯玉奇于1918年左右生于浙江慈溪,笔名左明生、海上先觉楼、先觉楼,曾署名慈水冯玉奇、四明冯玉奇、海上冯玉奇。据说他毕业于浙江大学(一说复旦大学)。1937年九一八事变后寄居上海,感山河破碎,国事蜩螗,开始写作小说以抒怀。其处女作为《解语花》,由上海春明书店出版。出版后旋即由东方书场改编为同名话剧,演出后轰动一时。那时他才十九岁。由此一发而不可收,至1949年7月《花落谁家》出版,在短短十来年时间里,他创作的小说竟达一百九十多种,平均每年近二十种,总篇幅应该不少于三千万字，只能用"神速"来形容。这时他只有三十一岁。近现代文学史料专家魏绍昌先生（已去世）所编《鸳鸯蝴蝶派研究资料（史料部分）》（上海文艺出版社 1962 年 10 月出版）开列的《冯玉奇作品》目录只有一百七十二种，也有遗珠之憾。不过我们从这一目录中仍可确定冯玉奇是一位以写言情小说为主的通俗小说作家，因为在一百七十二种小说中，言情小说占有一百二十二种，其他小说只有五十种：社会小说三十四种、武侠小说十四种、侦探小说两种。

冯玉奇不仅是一位写作神速且极为多产的通俗小说作家，还是一位热心的剧作家和剧务工作者。早在他二十六岁（1944 年）时，就担任了越剧名伶袁雪芬的雪声剧团的剧务，并为之创作了《雁南归》《红粉金戈》《太平天国》《有情人》《孝女复仇》五大剧本，演出效果全都甚佳。在他二十七到二十八岁（1945～1946）时，又与他人合作，前后为全香剧团和天红剧团编导了《小妹妹》《遗产恨》《飘零泪》《义薄云天》《流亡曲》等二十多个剧本，演出效果同样甚佳。可见冯玉奇至少写过十几个剧本。

冯玉奇一生所写的小说和剧本总计不下两百五十种，总篇幅可能达到四千万字以上，是名副其实的"著作等身"，是当之无愧的中国最多产的作家，号称多产的同派小说家张恨水也难望其项背。当时的文学作品已是一种特殊商品，冯玉奇的小说如此畅销，其剧本演出又如此轰动，这足可以证明其受人欢迎，这就是读者和观众对冯玉奇的评价，它比专家的评价更为准确，也更为重要。遗憾的是，我们无法看到他的剧作和三十岁以后的作品，也不知其晚景如何，卒于何年。

从冯玉奇的生活年代和创作时段来看，他显然是鸳鸯蝴蝶派的后起之秀，所以尽管他作品如此之多，影响如此之大，而同派的老前辈却很少提到他，这也是"文人相轻"的表现之一。

按说要介绍冯玉奇的小说，应该将其全部小说阅读一遍，但我没有这么多时间，也没有这么大精力，因而只向中国文史出版社借阅了《舞宫春艳》《小红楼》《百合花开》三种，全都是言情小说。因此我只能以这三种言情小说为例加以介绍，这可能会犯以偏概全的错误，因此只能供读者参考。

　　《舞宫春艳》写了两个纠缠在一起的爱情婚姻悲剧故事：苏州富家子秦可玉自幼与邻居豆腐坊之女李慧娟相恋，由于门第悬殊，秦可玉被其父禁锢，二人难圆成婚之梦。不幸李慧娟生下了一个私生女鹃儿，只好遗弃，自己则郁郁而死。鹃儿被无赖李三子收养，长大后卖到上海做伴舞女郎，改名卷耳。中学生唐小棣先是爱上了姑夫秦可玉家的婢女叶小红，不料叶小红失踪，于是移情于卷耳，但无钱为卷耳赎身，两人感到婚姻无望，于是双双吞鸦片自尽。

　　《小红楼》的故事紧接《舞宫春艳》：曾经被唐小棣爱过的叶小红的失踪，原来也是被无赖李三子拐卖为伴舞女郎，小棣、卷耳自杀后，小红才被救了回来，并被秦可玉认为义女。经苏雨田介绍，与辛石秋相识相恋而订婚。同时石秋的姨表妹巢爱吾也爱石秋，但石秋既与小红订婚在先，便毅然与小红结婚。爱吾为了摆脱难堪的地位，离家出走，下落不明。石秋奉父命赴北平探望二哥雁秋，在火车站被人诬陷私带军火，被军人押到司令部。可巧爱吾此时已成为张司令的干女儿兼秘书，便设法救了石秋一命。但张司令强迫石秋与爱吾结婚，二人既不敢违命，又固守道德，便以假夫妻应付。后来石秋回到家里，终于与小红团聚。

　　《百合花开》写了两个紧密相关的爱情婚姻故事：二十岁的寡妇花如兰同时被四十二岁的教育家盖季常和十八岁的革命青年盖雨龙叔侄俩所爱，而盖季常的十六岁侄女盖云仙又同时被三十六岁的银行家杨如仁和十九岁的革命青年杨梦花父子俩所爱。经过许多曲折后，终于两位长辈让步，盖雨龙与花如兰、杨梦花与盖云仙同场结婚。

由以上简单介绍可知，冯玉奇的这三种小说共写了五个爱情婚姻故事，其中两个是悲剧结局，三个是有情人终成眷属。这正如鲁迅所说："有时因为严亲，或者因为薄命，也竟至于偶见悲剧的结局……这实在不能不说是一个大进步。"其次，这三种小说的五个爱情婚姻故事，倒有四个是三角爱情婚姻故事，但它们的情况并不雷同。唐小棣、叶小红、卷耳的三角恋是一男爱二女，辛石秋、叶小红、巢爱吾的三角恋是两女爱一男，而盖季常、盖雨龙、花如兰和杨如仁、杨梦花、盖云仙的三角恋更为异想天开，竟然都是两辈嫡亲男人（叔侄、父子）同爱一个女子。可见冯玉奇极有编故事的才能，从而使作品更具吸引力和娱乐性。又次，这三种言情小说的描写极为干净，没有任何色情描写。除了秦可玉与李慧娟有私生女外，其他人都非礼勿言，非礼勿行。如辛石秋与叶小红因婚礼当天石秋之母去世，为了守孝，新婚夫妻在百日之内没有圆房。而辛石秋与姨表妹巢爱吾为了对得起叶小红，虽被张司令强迫成亲，却只做了几天假夫妻。

从表现形式和艺术手法来看，我觉得冯玉奇的小说与当时新文学的新小说都受了西洋小说的影响，基本相同。譬如：两者都突破了传统小说书名的套路，不拘一格，尤其采用了一字书名和二字书名，如冯玉奇有《罪》《孽》《恨》《血》和《歧途》《逃婚》《情奔》等；而巴金有《家》《春》《秋》，茅盾有《幻灭》《动摇》《追求》。两者的对话方式也突破了传统小说的套路，灵活自如：对话既可置于说话者之后，也可置于说话者之前，还可将说话者夹在两句或两段话之间。至于小说的结构法、叙述法与描写法，更是差不多的。譬如人物描写不再是"沉鱼落雁""闭月羞花""倾国倾城"之类的千人一面，景物描写也不再是"落红满地""绿柳成荫""玉兔东升"之类的千篇一律，而加以具体描绘。这里随便举一个例子：

> 小红坐在窗旁，手托香腮，望着窗外院子里放有一缸残荷，风吹枯叶，瑟瑟作响。墙角旁几株梧桐，巍然而立。下面花坞上满种着秋海棠，正在发花，绿叶红筋，临风生姿，可惜艳而无香，但点缀秋色，也颇令人爱而忘倦。

这是《小红楼》对莲花庵一角的景物描绘，虽然算不上十分精彩，但作者通过小红的眼睛描绘了院中的三样东西——风吹作响的"枯荷"、巍然挺立的"梧桐"、正在开花的"海棠"，从而衬托出莲花庵幽静的环境，曲折地表明了时在秋季。频繁使用巧合手法是冯玉奇小说的显著特点，可以说把所谓"无巧不成书"用到了极致。巧合手法有助于编织故事，缩短篇幅，增加作品的吸引力等，但使用过多则时有破绽，有损于作品的真实性。冯玉奇的某些小说也采用了章回体，但只是标题用"第×回"和对偶句，"却说""且听下回分解"之类的套语已不再经常出现，因此并非章回体的完全照搬。况且章回体并非劣等小说的标志，它在我国小说史上发挥过巨大作用，产生过杰出的四大古典小说。因此用章回体来贬低冯玉奇的小说，也是毫无道理的。

冯玉奇的小说也有明显的缺点。它们与其他鸳鸯蝴蝶派小说一样，主要注重小说的娱乐性，而忽视小说的社会性和艺术性，因没有产生杰出的作品。他是南方人而小说采用北方话，加之写作速度太快，无暇深思熟虑，导致语言不够流畅，用词不够准确，还有许多错别字和语病。还有使用"巧合"法太多，有时破绽明显，这里不再举例。

总而言之，冯玉奇既不是"黄色"和"反动"小说家，也不是杰出小说家，而是一位勤奋多产、有益无害的通俗小说家，他应在中国小说史尤其是中国现代小说中占有一席之地。

2017 年 6 月 4 日于北京蜗居